和你相遇在這城市的我，很幸福，不孤單，卻寂寞……

寂寞金魚的1976

Lonely City

人氣作家

穹風

那麼，後來，你好嗎？

盛夏的夜晚有滿天星斗，來自台北的我，在恆春鎮上的郵局前，投遞出這張明信片，給人在台北卻屬於恆春的你。想告訴你，這兒一切都好。你呢？大家呢？也都好嗎？

我在四百多公里外的另一座城市裡曬得黑了，也平靜了。

終於看懂夏季大三角，遇見可愛的竹節蟲，然後，用左手拿筆，寫明信片給你。

沒有皎潔明月的夜裡，我戴著粉紅色棒球帽與嘟嘟魚耳環要去旅行，朝遠方就去了，昨天很美，今天很美，明天一定也要很美。

下一回，或許我再告訴你東京鐵塔上的風景。

晚安，我是寂寞金魚，晚安，已經很遠的1976，晚安。

冬季無雪，我自城的一陲邊走過，回首小山蒼蒼，天也蒼蒼。

而城裡霓虹似錦，我呵開一口凍氣，就凝了霜。

噯唷，愛唷。不來的何只是不來的人而已。

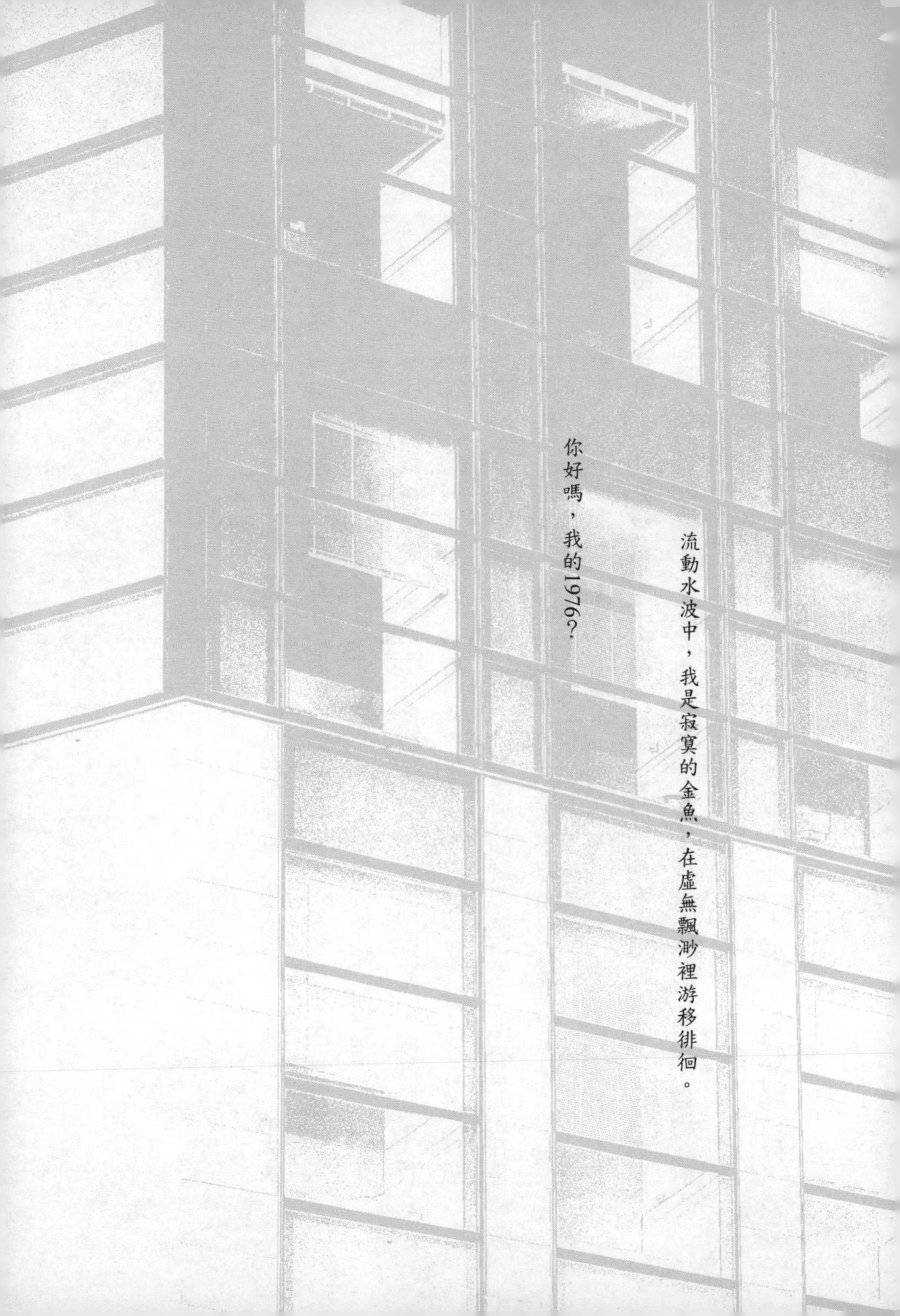

流動水波中，我是寂寞的金魚，在虛無飄渺裡游移徘徊。

你好嗎，我的1976?

進場前的隊伍是移動緩慢的漫長人龍，散場時則簡直人山人海彼此雜沓，一齣太多人期待的舞台劇總是如此。我側身在湧向出口的混亂人群中，無意識地跟著挪動腳步，而腦海裡的回想畫面正進行到劇情最高潮的那一幕，彷彿還可見乾冰煙霧瀰漫，劇中角色張牙舞爪，讓人血脈賁張不已，尚未從劇情裡走出來時，同時腳步則剛好踏上人行道，放眼是跟劇中的歐洲古裝扮相大不相同，穿著入時的現代都會人群，從各個門口魚貫而出。外頭風涼，傍晚的雨雖然停了，但地上到處濕漉漉，城市裡五顏六色的光在積水上灘灘掩映交融，彼此交輝，很美，卻虛無。不急著穿越馬路去攔計程車，若論身高體型，我這樣的女生在人群中一點都不起眼，根本搶不到車，那不如先到一旁喘口氣。穿高跟鞋的缺點是走在路邊要小心水溝蓋的縫隙，我仔細地看著地面，靠到一旁，鬆緩了一整晚緊張刺激的看戲情緒，也等人潮稍稍散去一些，發呆了片刻之後，才繼續往前走。

通常週五的晚上不可能這麼準時下班，但今天卻是例外，不但有充裕時間吃晚飯，還能悠哉地搭公車過來看戲。不只今天，事實上，我這星期的工作都很輕鬆，但與其說是輕鬆，不如說是無聊，每天簡直無所是事，只能按照平常慣例，處理些簡單事務，維持基本運作而已。不是我上面的大頭本週特別關愛才少下工作，而是大頭根本就不見了。

這件事說來玄妙怪誕，但也不無脈絡可循，不過還是得從頭講起：上個月初，我們飯店裡來了幾位神祕的日籍客人，他們怎麼看都不像觀光客，年紀多在五十歲上下，衣著頗爲高尚整齊，可偏偏又經常窩在飯店裡，也沒出去洽公辦事，因此客務部的同仁們推斷，這些人應該是日本的飯店業者，前來進行商業考察，想觀摩借鏡。這些人住了幾天，在退房臨走前，特地向櫃檯提出會見本飯店執行長的要求，當時大家都不明所以，而執行長與他們面晤了大約幾個小時後，也沒發表任何意見或看法，一切都與平常殊無二致。

我在飯店上班，這十幾樓的宏偉建築，屬於一家大型的連鎖飯店集團。本分館屹立在城市地價最高的角落中。集團擁有將近十家大型飯店，尤以本店爲最，這兒的生意最好，口碑最佳，當然也最值得同業學習。而能在短短數年之間，讓一家分店如此聲望顯赫，端賴我們執行長的眞知灼見，信奉「極簡」風格的他在甫到任之初，便提出了這樣的概念，進而落實，從硬體設施到內部管理上，不但一改過往的氣派富麗裝潢，也盡量簡化訂房手續，極度講求人性化與便利性的服務，從根本上去調整原本的經營型態，因此頗受好評，甚至還有電視新聞來採訪，我們這位年輕有爲的執行長因此一躍成爲本集團炙手可熱的人物。正當我們所有人的目光焦點都齊聚在他一人身上，想知道這位飯店業的明日之星，接下來將有什麼更加大刀闊斧的作爲時，哪知道他卻忽然閃電請辭，而且拒絕任何慰留，倉卒地毅然走人。全世界都沒人知道他爲什麼要走，也不清楚他去了哪裡，除了我。

不久前，就在他離職後，我的電子郵件信箱裡收到一封短信，這位前執行長捎來消息，他請我幫忙整理一份以前的工作記錄摘要，然後寄過去給他。信末，他說日本此刻下著大雪，但室內溫度非常舒服，正是泡湯的好時機，如果我也在的話該多好。而如果我今年年假沒有其他安排，又對日本有興趣的話，不妨提前跟他說一聲，他可以安排有好景觀的房間，但同時也請我代爲保密，別向他人透露。然後我便恍然大悟，無須聯想，立刻明白：原來那些日本人是來挖角的。

在巷口的便利商店買了一杯熱咖啡，這是我多年來的習慣。每晚睡前喝一杯，咖啡濃度不必高，但非得有濃濃牛奶香不可。

　　等著咖啡煮好時，阿宛姊打電話來，問我新的執行長是不是下個月初就會到任，我說按照目前的行事曆確實是如此沒錯；她又問我，如果新執行長要大舉任用自己的親信來擔任副手或助理，那我願不願意再多考慮一下，到現在讓她焦頭爛額的宴會廳部門暫時支援一陣子。阿宛姊年紀約在四十來歲上下，她會負責帶領這部門，其實也是臨危受命，怪只怪以前的執行長未免太狠，被挖角離開時，還把幾個自己的得力手下一併帶走，這猝然狙擊的一招，讓我們飯店在不為外界所知的輝煌表面下，著實動盪了好一陣子。跟我私交甚篤的阿宛姊，原本只是餐廳部的副主管，臨時被徵調過去擔任宴會廳的代理經理，搞得手忙腳亂。

　　「要是不繼續留任原來的位置，妳也會不上不下的很麻煩，不是嗎？在有適合的職缺可以安頓之前，就先過來幫一下忙嘛。」說著，她又抱怨起來。

　　「放心，妳撐得住的。」我笑著跟她說：「而且妳不用擔心我，一個公司那麼大，難道還怕沒座位讓我坐？」掏錢結帳。捧著熱咖啡走出店門時，迎面又是一陣清冷的寒風，冷得讓人連心都凍住了。我在心裡替阿宛姊喊了幾聲加油，同時也想到她說的話。是呀，接下來該怎麼辦？我不是這企業裡舉足輕重的大人物，卻實實在在，是這場人事風波中的受害者，只怕再沒人會比我遭受到更大的衝擊了吧？在這夜空裡沒半點星星，我呼口長氣，有白色的霧。跟自己說，穩著點，不必太擔心，我其實已經做好準備了。

以前那位執行長剛到任時，還沒培養出自己的班底，只能在現有的人手中挑選新的助手。那天，在行銷部的辦公室，我正在寫一份與觀光局合作的企畫，正逢他來巡視，在一旁看了片刻後，忽然用英文問我，如果今天中午他想去一趟動物園，問我是否適合。而我不曉得哪裡來的靈光一閃，居然也用英文回答，跟他說一下午的時間去動物園只怕有點趕，如果喜歡大自然，不妨從本飯店門口乘車，到城裡的植物園走走，那裡既沒有太擁擠的遊客人潮，也可以呼吸到新鮮空氣，更可以參觀台灣許多特有的原生植物。如果想了解得更深入，可以洽詢我們一樓大廳的櫃檯，本飯店與植物園有合作契約，還能安排導覽員做專業解說。

聽完回答，這位年輕帥氣、臉上帶著神祕微笑的高階長官露出滿意的表情，卻什麼也沒說，兩天後人事派令下來，我就從行銷企畫變成了執行長特助。

這原本應該是個讓人春風得意的晉升，在原本的制度下，我幾乎沒有飛黃騰達的機會，然而這平步青雲的狗屎運卻那麼眞實地從天而降。當然公司裡也不免有人要猜疑，是否我跟這位已婚的執行長之間有所曖昧，爲了讓大家心服口服，所以我得加倍努力，規畫好所有行程、安排每一次會議，並且犧牲自己的休閒，去彙整所有工作報告，在最短時間內提出建議，讓執行長斟酌參考。他雖然有強烈的主導意識，但往往不直接說出來，而要先聽大家的看法，我雖然不是部門主管，但因爲擔任附屬於執行長職位的工作，當然就更必須跟他方向一致。而那其實也不難，順著他一向的觀念，稍微推敲，通常我也都能提出符合他想法的意見。

這一做就做了四年，就在我開始覺得有點疲乏，想申請調職時，也約略就是日本客人入住後的沒幾天。那個晚上，我們剛結束一個極其無聊的會議，時間已經是晚上七點多，按照慣例，他會鬆開領帶，把皮鞋換掉，穿上放在辦公室小櫃子裡的休閒鞋，然後到樓下的酒吧去喝杯威士忌後再回家，不過他卻叫住我，問我晚上有沒有行程，若無，他想找我到外頭去吃個飯。

「妳還記得那天嗎？」在飯店附近的小餐館裡，剛用完餐點，等待飲料送上來時，他聊起當初拔擢我擔任特助的契機，「我一直很想問妳，當時怎麼會那樣回答？妳的客人已經說了想去動物園，可是妳卻建議他去植物園，爲什麼？」

「因爲我知道那時間不適合去動物園呀，」我說：「用英文問我，表示這位客人可能不是很了解台灣，既然他想認識台灣，那就應該用有效率而且較爲輕鬆的方法。我只是站在客觀的立場，給客人最好的建議，同時也讓客人了解，原來我們飯店有這些便利性的措施與服務。」

他微笑著點點頭，說這正是他一直以來，認爲飯店業者最該具備的觀念，說著，他忽然把手伸出來，搭在我的手背上，問我願不願意跟他一起，往更好的方向發展。

那瞬間我有點錯愕，這舉動他從未有過，而且我們今晚可是一滴酒也沒沾唇，怎麼會有這樣的突兀舉措？這如果是通往「更好的方向」的第一步，那下一步他會幹出什麼事來？我愣了愣，正想把手抽回來，他卻已經握住了我的手掌，又問：「或許妳會覺得訝異，但我卻是很認眞的。」

「你介意把話說得清楚點嗎？」滿是尷尬，以前那些蜚短流長也就罷了，我一直認爲清者自清，從沒想過居然會眞有這一幕。不過話又說回來，向來讓人覺得高深莫測的他，到底有著怎樣的意圖，這動作是否只表示了什麼膚淺的男女之情，實在不是我能妄加論斷的，所以只好直接問他。

「妳點頭，我就告訴妳。」輕輕鬆開了手，他微笑著說，笑容裡有一貫的神祕感。

這件事只發生在極短暫間，我沒點頭，只顧左右而言他，就怕他眞說出什麼讓人傻眼的話來。兩人旋即換了話題，聊起別的事，而在過後的幾天裡，他再不曾提及，我當然也樂得假裝從沒發生過。甚至，有時我都懷疑，或許這眞的只是想像與幻覺，也許它確實從不曾存在過；再不就是他可能還有什麼計畫，只是還不到說出來的時候。而也就在這件事後不久，他就匆匆遞上辭呈，理由是老家有重大急事，需要請一段時間的長假，本來所有人都不疑有他，哪知道他的辭呈早已悄悄上呈到總裁手中，雖然不知內容為何，但肯定辭意堅決，再不就是他寫得讓總裁非常惱火，所以又過不久，人事派令很快下來，辭呈生效，即日實施，原職位由總經理暫代，我頓時失去了老闆。

所以他那天晚上是否在暗示些什麼？除了工作方面想找我一起走，或許還有其他的意思？但這些都無從揣測了，反正這個神祕兮兮的男人已經去了很遠的地方。不管我拒絕的是什麼，在那一次似有若無的徵詢而沒能得到滿意答覆後，他給我的，就是一個名為遺棄的回報。所以，那封電子郵件被我直接刪除，沒理由將公司的資料外洩給一個已經離職的上司，萬一出了什麼事，這責任誰也承擔不起。

新的執行長即將到任，屆時他會物色一批自己的人馬，一朝天子一朝臣的道理我懂，不等之後的人事異變，我主動申請，要調回原本所屬的行銷部，那裡才是我最初的開始，也是我最喜歡的工作內容。這四年來的執行長特助工作總算告一段落，可以恢復成正常的上下班生活，不必再陪著出席各種會議或應酬，或者參加任何沒意義的行程。

躺在床上，望著窗外，遠遠可以看見林立的大樓，燈火燦爛，五顏六色的霓虹把這城市點綴得繽紛多彩，像是充滿了生命的張力，但偏又讓人好陌生。我盯著外頭交織的光線，忍不住發呆，曾幾何時，今晚看的舞台劇內容早已拋諸腦後，本來這應該是兩個人一起去的——大約就是他握我手的那一晚後沒兩天，見我用公司電腦上網訂票，他好奇地問，我說這是一齣在國外頗負盛名的舞台劇，他當時興味盎然地說也想看看，還請我也幫忙代訂一張票，就用他的信用卡付錢。所以我今晚不用捧著包包看戲，旁邊多了一個可以放東西的座位，這樣難得的好處，竟是來自於我被自己老闆擺了一道的錯愕感。但或許這就是人生，而且是這城市裡誰也逃不開的荒謬人生。

「如果同樣的事再發生一次，又有一個新上任的執行長走過來，說他想去動物園，這次妳會怎麼回答？」重回行銷部，屁股都還沒坐熱，電腦也才剛開機，乾媽就探頭過來問。四年前剛來時，是她帶我熟悉環境、認識工作；四年後，又重回這部門，她已經升官當到主管。老實說，轉了一大圈後，回來還能跟她們一起共事，我覺得很開心，至少不必連應對進退間，都是官腔連連的語言。那段陪著執行長東奔西走的日子裡，我只要一有空，就會溜回行銷部來，在這個單位裡，沒有數人之下，萬人之上的孤寂感，反而是一群好相處的人，能夠像朋友一樣，用不著掩飾或偽裝什麼，哪怕只是家常般地閒聊幾句，都好過待在執行長辦公室裡正襟危坐。此刻就是如此輕鬆的感受，一點也沒有處在新環境裡的陌生與畏怯，這裡的人與事，我老早就熟悉得很了。

「我會跟他說：『那邊有電梯，你直接下樓，攔一輛計程車就可以去了。』」很老實地，我這麼說。

「這麼冷漠？」

「因為我當初遞履歷時，是打算來寫企畫、做行銷的，不是想當誰的祕書。以前年紀小，不懂事，才不知道該拒絕，結果浪費了四年的寶貴青春！」我笑著說。

乾媽說我這樣的想法有點奇怪，兩個職位，雖然都在這家飯店裡，但薪水相差可不少，如果死賴在特助的位置上不肯走，或者讓新任執行長來安排調度，薪水總不會變動太多；但自己請調回行銷部，就只剩下原本固定的薪資，變成一個死上班族，而且她也擔心，我離開行銷企畫工作那麼久了，現在又回鍋，會不會產生不適應感。

「我倒覺得坐在這裡敲打鍵盤的感覺務實多了，至少知道自己每個階段的任務是什麼，而且完成工作後，也比較容易獲得滿足感跟成就感，相對的，也快樂許多。」我沒誇張，事實上，當過執行長特助後，再回頭做企畫，我確實比以前更能掌握每個案子的訴求方向，而且更能駕輕就熟去處理，更何況，就算遇到任何困難或不懂的地方，一抬頭，這裡都是老同事了，誰不能幫得上忙？

「為什麼？」

「因為我花了四年時間，還是搞不懂，究竟當執行長的褓姆會有什麼樂趣。」電腦開機完成，指著螢幕，那是一個剛起草的企畫案，我說：「但我覺得，如果能讓那些北投溫泉區的泡湯業者都願意跟我們簽約合作，那將會是一件讓人很有成就感的事。」

這個新推的企畫，是整個農曆新年的系列活動之一，我們除了圍爐宴、親子套房的措施外，也要幫來飯店吃年夜飯、過除夕夜的客人安排，讓他們能從這裡出發，到台北市幾個比較值得一去的地方走走。而既然是冬季活動，當然溫泉也就不能免俗。早上晨會時乾媽發給我一份資料，以便盡早進入狀況。簡略看完後，我就說要不溫泉這部分的企畫讓我來負責。

這不是很難的點子，異業結盟本就是商界慣用的手法，花了一下午，在北投溫泉區走來走去，挑了幾家看來適合的泡湯店，也進去詢問價格，接下來就是整體評估，跟著談好價錢再簽約就好。那幾家沒有提供住房服務的溫泉業者，以極爲低廉的價格出售泡湯券給我們，我們用來搭贈在春節假期的專案裡，這樣而已。

跟業務一起去拜訪後，帶著業者的資料回來，辦公室在十四樓，搭著電梯上來，剛到門口，滿腦子都是企畫的構思，卻被總機小姐給打斷，她把我叫住：「何小姐，有妳的訪客喔。」

「訪客？」我愣了一下。總機小姐點點頭，說這個訪客是男的，而且自稱是準備接手執行長特助一職的員工，但很奇怪，他卻不肯上來會客室等，只留了手機號碼，然後約我下樓碰面。她核對人資部那邊的資料，最近根本也沒有新進員工要來報到的消息。

「新人這麼快就到了？」業務問我，而我聳個肩，也是狀況外地回答他：「見鬼了。」

飯店的一樓是大廳跟咖啡店，二樓有餐廳，三到五樓則都是宴會廳，更以上才是客房部，我們的辦公室則位在十四樓的角落。通常員工不會從大門出入，只會走側面的員工專用門，搭乘的也是員工專用電梯。如果是後台這邊的工作人員，大多會直接上來辦公室，不會約在樓下，因此才讓我疑惑不已。

星期二的午後，陰霾天空遮蔽了本該浪漫的夕陽，甚至晚點可能還會下雨。我走進一樓的咖啡店時，看了看落地窗外的天空，就怕下班時會有雨。咖啡座那邊有不少人，穿著整齊合宜的服裝，他們有的在桌上攤開資料文件正討論，有的則專注地看著筆記型電腦的畫面，幾乎沒有落單的人。

疑惑中，我轉身而出，走到飯店大門口，這兒人車往來繁忙，熙熙攘攘，有幾個單身的人佇足，剔除女性，就只有三個男的，最左側柱子邊的那位先生額頭已經很禿了，年紀大概五十幾歲，不太可能是他；中間一個雖然年輕，但他拄著枴杖，看來行動頗爲不便，相信應該也不會是；最後只剩下我旁邊這個男的，他年紀大約三十歲上下，跟大多數人一樣穿著西裝，也梳著整齊的髮型，但不管怎麼看，就讓人覺得哪裡帶著一點土味，眉宇間並沒有什麼精明幹練的英氣。我以前雖然不算非常稱職出色，但好歹也有過幾年的特助經驗，特助最重要的本領是什麼？就是要會察言觀色，經驗與本能都告訴我，眼前這人顯然腦袋不太靈光，反應也不怎麼快，一整個就是跟這地方格格不入的模樣。門口來去的人不少，有些客人的行李較多，就由門房人員抬放上推車，在進出中都要通過大門，所以門口絕不是什麼逗留的好地方，可是這傢伙居然一點都沒察覺，甚至已經被推車碰到好幾次，他也只是原地閃避，就不會識相點，往旁邊讓一讓。

又看了幾分鐘，還是沒什麼像樣的人，最後我只好掏出手機，按照樓上總機給的電話號碼，直接撥打過去。這通電話不撥還好，一撥出去，我立刻就後悔了。旁邊那個呆頭鵝忽然在身上一陣亂掏，手忙腳亂中，好不容易才從褲子口袋裡掏出手機，但偏偏沒拿穩，又掉了下去，就在他彎腰撿拾時，我這邊剛好進入語音信箱，於是乾脆直接掛斷。

那當下不知怎地，我忽然覺得好笑起來，怎麼會有這麼笨的人呢？這樣的人如果當了執行長特助，我看這家飯店大概也快完蛋了吧？有種想要惡作劇的感覺，我故意走開幾步，然後又打了一次電話。這次那男人接得很快，而且「喂」得很大聲。

「找我什麼事？」這樣的距離，他只能從手機裡聽到我的聲音，但我卻能清楚看見他說話時的表情。

「是妳打給我的，這句話應該我問才對吧？」他居然還沒會意過來，帶點茫然與疑惑，問我是誰。

「我就是你想找的那個人啦。」沒好氣地，我說：「新執行長還沒到任，人資部也沒有你的到職通知，目前根本就沒有需要交接的東西，你找我什麼事？」

這話一說，他臉上總算露出了笑意，恍然大悟地問我現在是否方便，想要請教一下關於執行長特助工作的問題，還說感到非常不好意思，雖然人資部的派令還沒下來，但他已經到了台北，大致都已安頓好，閒來無事，所以才打算先過來拜訪一下。

「特助就是特助，安排行程、準備會議、提供意見、解決疑難雜症，就這樣而已，有什麼好問的？」

「可以說得更具體一點嗎？」這人臉上表情很生動豐富，現在又變得有點侷促不安。

「比如外賓來訪，執行長可能要出席接待，或者跟什麼單位合作，說不定需要執行長去簽約，各式各樣的行程一大堆，你要能替你的老闆安排妥當；再不就是飯店裡的專案實施後，執行長需要視察，這時候特助就要安排跟陪同，如果在過程中，執行長提出問題，你最好是那個最先想出答案或解決辦法的人。」我說。

「因爲如果執行長問了一個問題，現場沒人能解決，而執行長又不肯罷休的話，你就得跟在那裡罰站。」

然後他露出爲難的神色，自言自語地說：「看樣子，這個特助很不好當。」

「那就看你是不是這塊料囉。」我說得輕鬆，不過他臉上可是苦惱至極的表情，這種老實本分的憨樣，在台北街頭可不多見了，於是我忍著笑，想更爲難他一下，又說：「要是今天發生一個狀況：大半夜裡，飯店的火災警報器響了，搞得雞飛狗跳，但事後證明只是虛驚一場，然而客人因此非常不滿，要求飯店提出賠償。請問，這大半夜的，你該怎麼處理？」

「請執行長馬上過去？」

「錯！這麼做你就死定了，還有沒有其他的辦法？」我立刻否定了他的回答，但顯然這傢伙根本提不出下一個點子，懊惱了半天也不說話，只能呻吟連聲。最後，爲了不浪費自己的電話費，我只好告訴他標準答案：「執行長現在在睡覺，你把他叫醒之前，最好先搞清楚，這問題究竟是怎麼發生的，而客房部的主管是否與客人已經有了初步的協商，並且了解雙方的要求與底線究竟在哪裡，在最短時間內整理好，然後你才能打電話去把好夢方酣的執行長叫醒。」

「原來是這樣哪……」語氣沉吟，此時他臉上已經只剩恐懼了，想了想，他忽然又問：「可是既然這些妳都能處理，也處理得很好，那爲什麼好端端的卻不做了？」

「等下次又換執行長的時候，如果你還在，就會明白原因了。」我說。

「好吧……」又想想，然後他問這工作平常是否有很多表單之類的東西要處理，一聽說有，他馬上又問能否先跟他做一點說明介紹，以便日後可以盡快上手。

「沒問題呀，你不就是爲了這個而來的？」我「嗯哼」連聲，慢慢朝他走過去。

「可是我已經在大廳這邊等了很久，不曉得何小姐妳什麼時候才會回來？那個總機說妳現在在外面跑業務……」

「我從頭到尾也沒說不跟你見面呀，這麼擔心做什麼？」笑著，我說。

「那妳現在人在哪裡？」

「你背後。」很近的距離，我說。然後他嚇得手機又掉了。

「登」地一聲，我登入MSN的同時，周遭同時響起了四五聲音效。說也好笑，大家的座位這麼近，卻很少交頭接耳地講話，有事要找也寧可上線講。以前我覺得這樣的方式很彆扭，但現在卻再好不過。一上線，坐在對面的曉寧就傳訊息來，問我：「金魚，妳後面那是什麼？」

「拖油瓶。」我無奈地敲出這三個字。

李鍾祺這人還不錯，不過就是有點笨拙。「執行長特助」本來就是個很特殊的工作，並非誰都能夠勝任，除了反應快、心思細，最重要的，當然是要能跟執行長相處得來，所以這個職缺通常會讓執行長自己物色人選。看見李鍾祺很專注但又顯得苦惱地認真研究著報表的樣子，我不免要想，會挑選這種貨色來當特助，究竟我們這位尚未到任的執行長又是個什麼樣子？

執行長的辦公室在十五樓，目前還空著，但正在做簡單的內部整理，因此李鍾祺也不方便進去工作，況且，在還沒交接的情況下，他進去也什麼都做不了，於是現在只能坐在我後面的小椅子上，專心看那些他根本看不懂的資料。

碰面後，帶他從大門出去，轉到側面的門口，這裡才是員工專用的出入口，等電梯時，我問他爲什麼會來應徵這份工作，他說不是應徵，事實上，老家在屏東的李鍾祺，他家經營的就是民宿，而之所以會到台北來當特助，則是人情使然。

「這種事能有什麼人情壓力？」

「因爲那個執行長是我親戚，他叫我來幫忙。」

「什麼親戚有那麼大權力，可以叫你幾百公里地大老遠來這裡？」

「不是權力很大，卻是很熟的親戚。」

「多熟？」我忍不住問。

「我要叫他表姨丈那麼熟。」

瞧他一臉認眞的樣子，我就決定不再問下去了。

不得不停下溫泉合作企畫的進度，我先拿出以前的行事曆，讓他大致了解，執行長一週當中的固定行程，並且一一解釋。

「有時候，夠資深的特助是擁有很大權限的，許多事有時未必需要執行長親自出面，特助就可以做初步的決定；或者執行長下了一些指令後，特助就負責去掌握進度，然後隨時回報。」我不時提出說明，而他則認眞動手筆記。

從我們那小小的辦公區域，一路講到餐廳，我自認爲已經做了最詳細的說明，但事實上他的接受度卻非常低，後來我終於發現，問題不在於我的表達能力，而是他根本就對飯店業一竅不通。

「你家不是開民宿的嗎？」

「是呀，」他說：「本來我以爲飯店跟民宿差不多。」

「是差不多，只是比較複雜一些，多了點東西而已。」

「妳確定只是多了『一點』？」他瞪眼，「我家民宿只有二樓，這裡有十五樓耶！那中間相差十三樓裡的東西眞的只有『一點』？」

左手拿著湯匙在舀飯，嘆口氣，我只好從頭又講一次，這回不是簡單地敘述特助的工作內容而已，我從飯店的組織架構、前台與後台的分野，乃至於各部門的工作概況都逐一說明，剛開講時，附近還有來往吃飯的員工，等我把最後一個安全調度室的職責大概講完，口乾舌燥，環顧四周已經空無一人，而我面前的蛋包飯也早就冷透了。

「全都說完了，懂了嗎？」最後一次，我問，同時準備繼續吃飯。

他若有所思地點點頭，想了想，然後說了句讓我瞬間倒盡胃口的話：「原來妳是左撇子。」

辦公室佔據了整個十四樓的大半空間，站在門口，我告訴李鍾祺，這裡主要分成三大部門，分別轄屬於三位高級主管，最左邊看過去都是財務部，財務管錢，舉凡成本控管、會計、營收之類的都歸他們，主管是財務長；中間這一區屬於後勤部門，如採購、人事、工程，以及安全調度，就交給副總經理來管；而位階上跟財務長、副總經理平起平坐，但權限卻大得多的，就是我們的執行長。整個公司的行政運作，就是分成這三大區塊，三位高階主管的上頭，還有總經理在統領一切。

「執行長的權限之所以很大，是因爲他管理的轄下單位最多，也最雜，比如行銷這邊。行銷部分成兩個小單位，分別是行銷企畫跟行銷業務，但事實上只是裡外的差別，負責企畫的人在辦公室裡寫企畫，負責業務的人就出去執行這些企畫，大家都歸乾媽管理。而行銷跟公關基本上又是一區，因爲這二者也互爲一體兩面。然後是餐廳部門，分成中、西餐跟餐務組。再過去就是客房部，又分成房務跟客務兩個小部門。這就是十四樓的分區狀況，不過你以後上班的地方不在這裡，因爲執行長的辦公室在十五樓，所以你會在上面陪他。之後要是有事，你可以下來問，不然撥我分機也行。」我站在門口，一一地指著。大致說明完飯店的後台職司分佈後，問他這樣有沒有比較具體的概念了。

「妳真的是左撇子。」然後他露出好奇的表情說。

那當下我覺得現在最好還是別浪費時間，不如趕緊走回座位，寫個辭呈算了。會指定這種人來當特助，這個執行長的腦袋大概也不怎麼樣。這樣的組合要來管理全飯店最大的部門，我想我們的覆滅應該指日可待。

新執行長還沒到任，目前沒有可辦的事，但反正營運好幾年了，一切早都上了軌道，況且這段空窗期裡，還有總經理親自代理職務，公司雖然少了一個大頭，但也出不了什麼亂子。我整理好溫泉合作的方案，提交給乾媽後，已經是傍晚時分，本來想打開電子信箱，看有沒有什麼兩廳院的表演訊息，但想想又算了，從開始工作以來，我給自己的額度，就是一個月只能去看一場舞台劇，不能沒事就花大錢砸在這上頭，況且我剛回到行銷企畫的崗位，雖然目前還算應付裕如，但畢竟還有點生疏，爲求更好的表現，我在想，如果有多餘時間去看戲，倒不如運用在工作上會更好一點。收拾東西，準備下班，起身時，我發現，除了乾媽之外，行銷企畫的另外三個人全都不在座位上，也不曉得忙什麼去了，再回頭，那個愣頭愣腦的李鍾祺也不在，都來兩天了，居然不知道要去跟總經理報到，還是靠我提醒，才想到該上去打聲招呼，結果一去就是一下午，看來大概會被刮得很慘。這幾天我都戲謔地叫他「鵝先生」，沒辦法，一臉傻憨，什麼都慢半拍，眞的是呆頭鵝。

離開飯店，發現外面已經天黑，而且下起了雨。走進地板濕漉漉的捷運站，行人甚多，每個人好像都只專注於自己的腳步。本來想在月台邊脫下長外套，但拿在手上又嫌麻煩，最後只好在悶熱擁擠的車廂裡煎熬半天。已經養成習慣，搭捷運就閉目養神，反正就算那麼擠近，車廂裡誰也不認識誰，或者誰也不會想去認識誰，如此既近也遠的人與人之間，我有時會感到荒謬不已，但那就是大家習慣的樣子，沒辦法，那就讓腦袋暫時放空一下也好，免得想太多。

今天沒什麼食欲，而且冰箱裡還有好幾個就快過期的麵包，所以途中也不怎麼停留，那杯睡前的卡布奇諾可以晚點再出來買，我現在只想趕快回去，把被雨水沾濕的布鞋換下來，就怕泡出香港腳。

沒幾坪大的空間，但傢俱一應俱全。這種全是小套房的大樓在台北不曉得有多少。很邊間，剛好兩面都有窗，床頭的窗戶看出去，從一堆林立的建築縫隙中，遠遠可見台北車站前的新光三越大樓。點亮大燈，先把鞋子脫下來，拿到陽台邊風乾，跟著打開電腦，並且連上網路。雖然已經下班，也沒特別急著要聯絡誰，但就是一種習慣，總覺得電腦非得是開機的狀態不可。最後則換下衣服，順便洗澡。這樣的生活其實也不賴，至少自己並不成為誰的負擔，一個人過著簡單的生活。這城市就像一個大魚缸，而我是一隻有點孤單寂寞卻不無聊的金魚，在魚缸裡游呀游的，來來回回，日復一日。

但就算沒人可以講話，只要一低頭看到丸子，就覺得下班後的生活中至少也還有伴。一隻快要九歲的老貓，身材非常像牠的名字。沒有貓咪應有的孤傲個性，反而跟前跟後，愈老愈愛撒嬌。

「你如果有空的話，不妨幫我拿手機過來，好嗎？」洗完澡，還在擦頭髮，手機已經響了好幾遍。我對丸子說話，但牠只是睜大眼睛，趴在浴室門口看著我。

好不容易，哆嗦著在寒流來襲的低溫中擦乾身體，穿上休閒服，一邊套著外套袖子時，我一邊拿過手機，看看是誰急著找我。

「又不是要去相親，下了班就急著跑哪裡去？快出來！」曉寧在撥打了好幾通電話後，傳了這封簡訊，她說：「老總說要幫妳徒弟辦個迎新會，閃不掉的。老地方見，不來是小狗。」

小狗？我冷笑一聲，把手機丟到床上。小狗就小狗囉，反正又不是沒當過小狗。都洗完澡，隨時可以睡覺了，誰還要再穿上內衣，換上外出服裝，在這種下雨的晚上又出門呀！

這種晚上還得出門，讓人非常不耐，若非乾媽又接連打兩通電話來，我本來是打算裝死到底的。無可奈何，穿著牛仔褲跟針織上衣，外面罩著粉紅色的羽絨大外套，我連鞋子都只是運動鞋，晚上八點半，用郊遊踏青的裝扮出門，甚至連妝都不化，反正是跟很熟的同事聚會，應該沒有濃妝艷抹的必要。

也果不其然，抵達時，只見那兩桌的每張臉都是熟面孔，李鍾祺雖然才來沒幾天，但我跟他朝夕相對，也早就不算陌生了。

「這麼晚，還以爲會梳妝打扮一下的，結果妳穿得像是要去巷口倒垃圾。」曉寧說。在一堆抱怨聲中坐下，這家很有日本居酒屋風格的小店就在我們飯店附近，走路也不過五分鐘，附近就是捷運站，交通很便利。

「爲什麼你的迎新會要我們來辦？」眼見得滿桌菜，也不用再加點，先挾了一塊生魚片進嘴裡，我問李鍾祺。他還來不及回答，一臉木訥，顯然還在思索如何啓口時，坐在桌尾的方糖就代答了：「因爲妳的鵝徒弟是執行長特助，但現在執行長還沒上任，而且他以後除了執行長，就再沒其他同單位的同事了。所以老總叫他先窩我們部門，找妳拜師，學點飯店行銷，也交接特助工作的內容。既然這樣，那就比照我們行銷部的慣例，新同事先跟大家聚一聚囉。」

「沒錯，而且剛好妳也回鍋，當然也算半個新人，對吧？」然後是阿娟湊過來搭話。

「想找個理由吃喝玩樂就直說吧，少來這些冠冕堂皇的理由。」笑著，我也說。

一邊吃，一邊喝著已經變涼的清酒，看著眼前這群人在跟李鍾祺閒扯。爲首的乾媽已經將近五十歲，有兩個寶貝兒子；曉寧跟阿娟已婚，方糖有個交往多年的男友，這些女人卻像十八九歲的大姊姊在欺負一個五六歲的小男生一樣，問他結婚了沒、老家那邊有沒有女友、喜歡什麼樣的女生、對台北的女孩子有什麼看法、需不需要幫他介紹……等這些搞企畫的女人們鬧夠了，跟著另一桌，負責業務的那些人又群起而上，開始說自己認識哪裡的誰或誰，或許可以介紹給鵝先生「參考參考」。

喧鬧了好一陣，等他們總算耍得夠了，我才問問早已灰頭土臉的李鍾祺，爲什麼他會想來接這份其實並不輕鬆的工作，我說得很直接：「坦白講，以你的個性，還有年紀，我都不認爲這份工作會很適合你，還有那個什麼親戚的人情壓力，這說法也未免牽強。」剛剛在他們的喧嘩中，我已經聽到，原來有一張娃娃臉的李鍾祺看來雖不過三十上下，卻是一九七六年出生的，今年都三十幾歲了。這樣的年紀，要怎麼勝任一個需要活力與積極度的工作呢？而且聽聊天內容，我才曉得，原來李鍾祺以前學的既非經營管理，也不是什麼餐旅科系，根本是學化工出身的；即使老家經營民宿，但他也沒有實際參與其中，反而都在高雄從事其他類別的工作，難怪他對這一行一竅不通，而我也就是因此才起疑。

「有機會的話，總是應該試試看嘛。」他笑得靦腆。

「問題是你認為自己合適嗎？總不會一個什麼表姨丈的幾句話，你就把自己給賣了吧？」我說這不是瞧不起人，幾天觀察下來，確實他不算這方面的長才，以後只怕幹不了多久就會把自己累死。

「這個嘛……」沉吟著，李鍾祺似乎還有什麼想說的理由，只是一時說不出口，而不知怎地，我便忽然有了個聯想，會不會還有其他難以言語的理由？趁著大家正在閒聊的同時，我低聲問他：「其實還有別的原因，對吧？」

這下可好，原本就一臉無奈的他，現在可脹得滿臉通紅。那當下我哈哈大笑，說到這裡就夠了，不必急著追問，反正日後多的是時間可以探聽八卦。

「小子，你小心點，這個飯店說大不大，說小不小，那麼多人來來去去，什麼風聲都傳得很快。」乾媽原來一直在留意我們的動靜，她筷子指指我，又笑著對李鍾祺說：「尤其是我們這位何大姑娘，人家以前可是稱職的執行長特助，察言觀色是再拿手不過的，被盯上的話，你就死定了，對她而言，可沒有什麼叫做挖不出來的祕密的。」

「如何？我們的迎新會還不賴吧？」走出來時，外面正飄著細細的雨絲，沾身不濕，但我們還是各自撐著傘，慢慢地走回去。這時間在台北不算晚，路上車很多，流洩的車燈光線像一條條發光的河流。他要回飯店去拿些資料回家研讀，我也想把溫泉業合作的案子帶回去做，反正今晚喝了點酒，意興常飛，睡也睡不著，動動腦袋，說不定會有什麼好點子。

「還不賴，就是有點招架不住。」等紅燈過馬路時，他苦笑著說。

「這些人就是這個樣子，習慣就好囉。工作就是工作，也沒什麼好調劑的，一遇到可以玩的場合，大家當然不能放過，」我也笑：「況且這是總經理交代的，吃吃喝喝還可以報帳，何樂而不爲？」

「所以妳也整我整得很開心囉？」他橫我一眼。

「話可不能這麼說，」我嘿嘿一笑，「既然你之後要接的是我的位置，老總又叫你先在行銷部窩幾天，當然我有多了解你一點的必要，對吧？」

「我在墾丁好歹也是一家民宿的小開耶！」

「你不高興可以辭職回去呀，那個拿刀架在你脖子上，逼你來台北的人不曉得是誰，但反正肯定不是我。」我回嘴得很快：「按照輩份關係，你還得叫我一聲師父。那爲師的現在累了，這個路口走不過去了，你願不願意彎下腰來揹我？師父我每天睡覺前一定得喝杯熱的卡布奇諾，否則隔天上班就會心情不好，心情不好就不會想教你東西，那你願不願意先去旁邊的便利商店，幫忙買杯咖啡？」看著瞠目結舌的他，我還沒打算罷休，又說：「不過剛剛握壽司吃多了，我好像胃酸有點高，最好是來杯清淡的飲料中和一下，你等一下再買咖啡，現在我想喝杯烏龍青茶，記得，我只喝五十嵐的手搖飲料，而且要少糖跟去冰。」都說完後，我問他現在感想如何，他沉思了片刻，回答我：

「台北人都很難相處。」

這個路口的紅綠燈已經變了兩次，但我們光顧著說話，完全沒往前走。最後眞的晃進了街角的便利商店，買了兩杯咖啡，站在照顧徒兒的立場，他那杯還是我買單。

「你除了那些化工的工作之外，眞的都沒碰過飯店業？」買好咖啡，過了馬路，繼續往飯店的方向走，眼看著已經快到員工進出專用的側門了，我問，而他點頭，隨便數了一下，至少有七八個職業。

「那怎麼會忽然做這麼大的轉型，大老遠跑到台北來？」忍不住，我還想再多試探一下。

「很奇怪嗎？幹嘛一整晚老問這個？」

「當然囉，畢竟改變得很突兀呀。我連有沒有表阿姨都不知道，更不會認識什麼表姨丈，而你卻因爲這個人，丟下自己原本擅長的工作，不遠千里跑來台北。這種理由眞的很難取信於人。」於是我鼓勵他：「怎麼樣，你打算告訴我什麼眞相了嗎？」

「說眞的，這是一個祕密。」他忽然停下腳步，用很認眞的口氣說著，還問我會不會洩漏出去。

「我以人格發誓，說出去的是小狗。」我也很認眞地看著他。

不過可惜這個祕密他終究還是沒有說出來，就在欲言又止的當下，在我終於即將獲知眞相的瞬間，側門邊的小巷子忽然開進來一輛車，把整個門口擋住一半。我們慢慢走近，待要看清楚是誰的車擋在那裡時，門口開處，有個女孩走了出來。很清秀的模樣，有著又長又順的頭髮，她穿著制服，所以應該是前台的員工，等走得更近了些，我認出來，這漂亮的女孩是負責房務方面的職員，名字不太記得，但依稀曾在飯店裡見過她。

不約而同地停下腳步，我們看著那女孩推門而出時，一支手機正夾在肩膀與臉頰之間，一邊忙著講電話，同時左手拿筆，正在右手捧著的筆記本上不斷抄寫，而她已經騰不出手來拿的雨傘眼看著就要落地。我本來還沒想太多，本能地就打算過去幫她拿傘的，結果那輛車上卻下來一個男人，很體貼地走上前去，先接過女孩的雨傘，跟著還用手幫她扶住電話，就這樣自己淋著細雨，直到女孩的電話講完，兩個人相視一笑，臉上有甜蜜幸福的表情，女孩先掏出紙巾來，幫男人把臉上的雨水擦拭了一下，然後才一起上車離去。

「甜蜜蜜，眞叫人羨慕哪。」我看著，不禁嘆了口氣，正疑惑爲什麼李鍾祺一點反應都沒有，好奇地轉頭看看時，他雙眼還直盯著那個已經空蕩蕩的門口，只有亮黃色路燈在門邊，映照出濛濛雨絲，臉上是說不出的悵然。而我想起，剛剛那女孩拿筆的手，跟我一樣，都是左手，於是忽然有點明白，看來，拿刀架在他脖子上，把他逼來台北的人，或許可能就是他自己囉？

雖然大部分的後台部門都在十四樓，但房務、客務，乃至於廚房等等的前台管理單位還是分散在各樓層之間。跟方糖一起，拿著企畫書與廠商單據下樓，春節期間，我們飯店在餐廳部門有幾種優惠方案，印刷廠已經將海報送達，行銷部得下來核對一下，這是責任範圍。

一大疊東西堆放在角落裡，正在清點時，我忽然瞥見一個身影，剛從走道邊過去，那當下心念一動，我把剩下的工作交給方糖，立刻跟上那個女子的背影。她走路的姿勢很端正，深褐色的長褲套裝，以及高挽的馬尾髮型，正是房務部的標準造型。相隔一小段距離地跟上去，她走進長廊盡處的員工休息室，而我在門關上時，順手接住門把也推開。

「妳好。」客氣地點個頭，眼睛一瞥，她胸前的名牌上寫著「沈映竹」三個字，眞是好聽的名字，我暗想。

「請問這裡是房務部的休息室嗎？」明知故問，她點頭時，我便跟著要自我介紹，然而沈映竹卻客氣地對我先招呼，叫了一聲何小姐。

「妳認識我？」

「我相信在這個飯店裡，認識妳的人一定比妳認識的人要多得多。」她笑著，端給我一杯茶，同時遞上一張名片，她現在的職銜是房務部的小組長。這說得也沒錯，我跟著前任執行長四年，那是幾人之下，數百人之上的職位，在飯店裡，幾乎不管遇到誰，都是對方前躬後揖，我哪記得那麼多人的面孔與名字？反而是大家一定會認識我。

編了個爛理由，我說接下來還有一些活動看板準備在飯店裡擺掛，需要暫時存放的地方，因此特地過來看看。沈映竹很有禮貌，立刻答應把這個小小的休息室給讓出來。

「這樣會不會不方便？」沒想到她那麼隨和，我反而有點不好意思。

「這裡歸我管轄，所以沒有關係，而且我相信大家都可以體諒的。」她依然掛著笑容，那笑容讓我覺得非常眞心且溫暖。

昨晚，沈映竹上車後，那輛車很快駛出了巷子。本來還跟我有說有笑的李鍾祺整個人安靜了下來，幾乎不再開口說話。我們一起走進側門，搭上員工電梯，上到十四樓的辦公室，各自拿了資料後，原本就可以分道揚鑣的，但我卻忍不住跟著他的腳步走，走過路口，沿著人行道，漫無目的，最後逛到了國父紀念館附近，偌大一個清幽的公園環境，這當下細雨紛紛，非常安靜，只不遠處偶爾傳來車輛聲喧。沿著人行步道走了一小段，就在一個小廣場上，靠著花圃欄杆，李鍾祺嘆了口氣。

「她不知道你來了嗎？」我問。不必得到親口證實，更無須假設什麼，光是那一幕，就可以猜得到，李鍾祺來台北的真正動機是沈映竹。

搖頭，他說：「打過電話，不過沒人接，所以只有留言。她應該也沒聽吧。」

「那你要說故事給我聽嗎？」

「妳眞的很愛聽八卦。」滿臉落寞的他抬頭看過來一眼。

「那得看是誰的八卦，値得聽的我才想聽。」我驕傲地說。在聽故事前，先到附近的販賣機買了兩瓶罐裝熱咖啡。

「認識很久了，以前高中的同學。後來大家走的路不太相同，映竹去念餐旅科系，畢業後就在飯店上班，而我爸媽希望我轉工科。不過我想自己畢竟不是那塊料，化學式來來去去永遠搞不懂，所以還是放棄了，就算相關產業做過幾年，但終究提不起勁來。」

我點點頭，這樣的背景交代算是夠了，重點是接下來的發展。

「台北這地方當然不是沒來過，不過已經是好多年前的事了，畢業旅行時來過。要說工作的話，我根本不會考慮這裡，太擠、太亂，而且感覺上，這兒的人都很不好相處。」說到相處問題，他居然看了我一眼。不過我人很好，沒有立刻發作，就讓他繼續說下去：「會答應我表姨丈，一來是我自己想多看看外面的世界；二來是飯店的工作似乎很有挑戰性；第三，就是因爲她。」

「你們交往過嗎？」

「沒有。」他有點靦腆地笑著。

「告白過嗎？」

「也沒有。」他笑得更靦腆了。

「那……她知不知道你喜歡她？」

「恐怕是不知道。」最後他連靦腆的笑容都笑不出來了。

這麼看來，這兩個人大概不會有什麼希望了，我心想。站得累了，就往前又走幾步。李鍾祺根本不曉得對方在台北過著怎樣的日子，也從來不曾表達過心意，雖然是高中時代的好朋友，但那都是十幾年前的事了，全世界大概只剩下他還能如數家珍地說著。

「我們在高雄念高中時，經常一群人出去玩，騎著機車到處亂跑，最遠還騎到台南呢！不過當然了，高雄再怎樣熱鬧，還是比不上屏東，眞的。」聊起往事時，他忽然有著興奮的神情，說：「屏東的夏天很好玩耶，空氣比高雄好上一百萬倍！到了晚上，滿天都是星星，很熱，大家也是騎著車在鄉下亂跑，也可以到河邊去烤肉、游泳，我們有一次比賽，看誰能憋氣憋得比較久，本來我是最厲害的，結果有一次我潛下去才不到幾秒鐘就冒出來了，妳猜是爲什麼？」他回憶得很開心，說：「因爲有魚咬我屁股。」

「魚會咬人嗎？」

「當然呀。」他很認眞地說。

不知道是眞的或假的，不過那樣的畫面想像起來確實很有趣，他臉上有著異樣光采，那應該是人生中最快樂的回憶吧？我手靠在欄杆上，像在聽一個古老而遙遠的故事，不由得心嚮往之，但同時也在想，能這樣坦率而自然地訴說自己故事與想法的人，這年頭可也很難遇到了吧？

「妳有抓過蚱蜢嗎？」自己說著還不夠，他又問我。

「蚱蜢跟蟋蟀我都分不清楚。」我搖頭。

「獨角仙？」

「昆蟲圖鑑裡看過。」我當然又搖頭。

「天牛？」

「天牛是什麼？天上飛的牛嗎？」

「下次來南部，我帶妳去看，別說蟋蟀或天牛了，我家外面連竹節蟲都抓得到。」他很得意。

問我何以對這些生物如此陌生，我說那也是不得已的，出生前，我爸媽都住國外，六歲時他們離婚，我媽帶我跟姊姊回來，當時住台中；十五歲那年，媽媽改嫁，去了日本，姊姊則帶我來台北；現在她跑回美國找我爸，只剩我一個人在台灣。什麼是童年，我完全沒有感覺，也沒有印象，從小到大，總來來去去於城市與城市之間，甚至國家與國家之間。

「聽起來很複雜。」他皺著眉頭，問我如何能把這樣曲折的人生說得輕描淡寫。

「不然難道要哭哭啼啼嗎？過去的就過去了，也不會再有什麼改變，而且就因爲那些過去很曲折，才有現在簡單的我呀，當然應該開心才對。所以我沒多少機會跟同學長時間往來，動不動就被迫轉學。」聳肩，我說：「壞處是朋友少，好處是，至少我不會有機會喜歡一個老同學，喜歡個十幾年還不敢告白。」

然後他的笑容就又崩盤了。

所以我很想來看看這個女子，她是如何能讓一個男人心繫十年，除了名字好聽、長相好看之外，究竟她的優點在哪裡？

說做就做，立刻整理了一個小空間出來，準備堆放行銷廣告，映竹很熱心，臉上也始終掛著笑容，而且不是那種商業用的表面笑容。

「妳很喜歡笑喔？」我忍不住問她。

「多一點笑容，日子會開心一點，對吧？有笑容的時間總是過得比較快一點囉。」

我點點頭，這麼說也沒錯。眼見得環境已經準備好，再沒有什麼可以逗留的理由，我正打算離開時，映竹卻從角落的小冰箱裡端出一盤小蛋糕，問我要不要吃。

「這怎麼好意思？」愣了一下，正想推辭，她卻已經端到我面前，當下卻之不恭，只好接過。吃著蛋糕，她問我怎麼特助不幹了，卻轉調回行銷部。

「新人新氣象，執行長換人，當然特助就一起換囉。」我說：「況且我也比較喜歡行銷的工作。」說著，忽然想試探一下，究竟她是否真的不曉得李鍾祺的事，我問映竹知不知道新任執行長是誰。

「這個應該輪不到我過問吧？反正不管是誰都一樣，我們把該做的做好就夠囉。」笑著說話時，動作也沒閒下來，剛剛爲了騰出空間而移動休息室裡的小沙發跟茶几，現在她彎下腰，很認眞地將傢俱一一擺設整齊，並且撿拾地板上的小垃圾。

「怎麼這麼說？我覺得以妳的條件跟工作態度，應該很有往上升遷的機會。如果我還是執行長特助的話，一定會建議上去。」

「那還好妳卸任了。」終於收拾好，她站直了身，很高瘦的個子，很溫馨的笑容，她說：「我在房務部好幾年了，覺得這是個很讓人開心的工作，所以完全沒有想要升遷的欲望。」

「是嗎？」我很詫異。

「我讓每一個踏進飯店、想要投宿的客人，都能獲得安心舒適的服務，這不就夠了嗎？」笑著，她說。

然後我點點頭，就懂了原因。爲什麼會有一段牽掛可以超過十年？昨天我問鵝先生，他愣愣地想了想，說了一個讓我當時不是很懂的答案，他說：「跟她相處的時候，妳不會覺得地球在轉。」現在，確實我也覺得，地球眞的不需要轉，如果這當下已經是最美好的一刻。

雖然飯店業的初衷就如映竹所說的這麼單純，但在經營上可絕對不只如此，在基本的服務外，還有太多能做的東西，誰做得好，讓客人感受到物超所值的滿意度，誰家的生意就會好。當我埋首撰寫企畫時，心裡想的就是這樣。雖然偶爾也會有腸思枯竭的時候，看著往年同時期的企畫案，心裡怎麼想就是想不出更好的點子，但這種時候畢竟不多，這是個可以群策群力的工作，一個人辦不到或想不周全，一群人總可以互相提供意見，使之完整健全。

「這張椅子壞了嗎？」辦公室的座位區隔很小，沒有自己位置的李鍾祺只能坐在一邊的小圓桌那兒，努力研讀所有資料，但看著看著，他忽然站起身來，研究起擱在一旁的另一張辦公椅。

「好像是，你坐坐看就知道，它有點傾斜。」沒時間回頭，我瞄一眼，然後回答。

「怎麼不修一下？」把資料闔上，伸伸懶腰，他又問。

「沒空呀。」我這次沒回頭，雙手還在敲打鍵盤，一邊回答：「找工務部來修東西還得填單跑流程，也不曉得要等多久，反正是閒置的椅子，修不修無所謂吧？」

「可是不修的話，客人來就沒得坐了。」他還在自言自語，但我已經懶得搭腔了，這裡是行銷部，向來是我們外出洽公，比較少有客人來訪，即便有，會議室就在旁邊，又何必到這兒來坐？正當我準備繼續工作時，他卻忽然起身，跟著又蹲下，再下個動作竟然就把那張壞掉的椅子給翻了過去，開始觀察起來。

「有螺絲起子嗎？」他又問。

「方糖的抽屜裡有。」我一指。就看李鍾祺一點頭，走過去借了傢伙，回來繼續忙活，才不到幾分鐘時間，他一拍手，說了兩個字：「搞定。」

「搞定什麼？」還不明所以的方糖探頭。

「其實不是壞掉，只是螺絲鬆脫而已，轉兩下就好了呀，舉手之勞嘛。」李鍾祺很輕鬆地說。

這本來只是一件非常簡單的細微瑣碎，不過就是修理一張椅子。但就從這兒開始，方糖說她的抽屜有點卡，推拉之間非常不順，隨口問李鍾祺會不會修。我本來是不以為意的，然而就看這位老兄走過去，乒乒乓乓的幾下金屬碰撞聲後，那個抽屜的老毛病居然不藥而癒。這下大家可樂了，曉寧說她辦公桌的檯燈故障，阿娟說她的分機電話經常不響，這些都要李鍾祺去修繕，而乾媽更誇張了，她居然問李鍾祺晚上有沒有空：「我家廚房的水管有點塞，可不可以下班後過來幫我疏通一下？」

哭笑不得中，我勉強只能想出一個需要李鍾祺的地方，樓層往上，十六樓的天台有個小空間，是員工們常去的休憩之處，那兒可以抽菸，也有小椅子可以坐著吃午餐。通往天台的門最近似乎有點問題，老是關不緊，風一吹就不斷搖擺碰撞，讓人聽了很煩。我跟李鍾祺說：要是吃飽撐著那麼閒，不妨上去連那個也處理一下。

「這問題不大，待會我去弄把扳手來，三十秒就可以擺平了。」午休時我帶他上樓，只看了兩眼就找到原因。完全不在意做這些瑣碎的修繕工作，李鍾祺輕鬆地說。

天台不大，雖然不過十幾坪，但欄杆外卻有良好的視野。我偶爾會上來吹風，也會在這裡吃飯。靠近角落那兒有座十幾階的小鐵梯，再上去就是放水塔的地方。

「前幾天我見過沈映竹了。」吃著便利商店買來的飯糰，看著一愣的李鍾祺，再往遠遠的方向，這城市一片灰濛，一陣風來就讓人頗感寒意。我說：「她是個很棒的女生喔。」

「妳去找她做什麼？妳們說過話啦？」一聽到沈映竹三個字就立刻露出緊張的表情，這人還眞是毫無心機，他本來站在一旁看風景的，立刻走了近來。

我不太喜歡在辦公室裡聊私人的事，不過既然都上頂樓了，那閒扯一下也無妨。點點頭，看他緊張的樣子，忍不住讓人又想捉弄一下，我說：「映竹在我們飯店工作好久了，她那個男朋友，就上次來接她那個，你還記得吧？那男的很不錯喔，非常疼女朋友，兩個人好像最近就要結婚了。」

「結婚？」大吃一驚，李鍾祺的眼睛瞪得好圓。

「而且就在我們飯店辦喜宴，好像還央請了總經理來當證婚人。」

「什麼時候要辦？」

「如果你還不快點去跟她打聲招呼，讓她知道我們這兒還有個苦戀她的癡心男的話，我看這場婚禮可能很快就會成眞囉，搞不好是下個月，搞不好是下星期，也搞不好就是今天晚上呢。」我已經快要忍不住了，面對著眼前這隻皺起眉頭的呆頭鵝，說：「哎呀，到時候我這個當師父的就辛苦了，又要包紅包出去，又要安慰失戀的徒弟，哎呀，眞無奈哪……不知道鵝會不會哭喔？你在鄉下住過那麼久，鄉下有養鵝吧？你看過鵝掉眼淚嗎？」

一邊說，一邊笑，我加快腳步想逃，但李鍾祺已經發現自己被愚弄，氣得拔腿就要追上來。

「等一下！」快步逃上小鐵梯，我回頭喝住他，「雖然只是騙你的，但我說的也沒錯呀，你人都來到這裡了，也知道她還單身，為什麼不敢跟她見面？就算不可能立刻成為情人，但至少還可以是朋友吧？」

「這不關妳的事！」說著，他又想衝上來。

「再等一下！」然後我又叫住他，「是因為映竹現在有男朋友嗎？別傻了，這種事沒有什麼先來後到的，喜歡就是喜歡，根本不需要考慮那麼多。我可是很好心想提供你意見的！而且你說你打過電話給她，對吧？但我告訴你，人家根本沒收到，所以完全不清楚你的事。」

「在胡說些什麼！怎麼可以不管人家現在生活是什麼狀況，就冒冒失失地跑去打擾別人？我總得找個恰當的時機再出現吧？」

「什麼時機才是恰當的時機？她發喜帖想到你的時候嗎？」我鄙棄地嘲諷著：「我可不認為拿帖子跟禮金去的時候，是跟新娘告白的好時機。」

直視著目瞪口呆的李鍾祺，不給他繼續爭辯的機會，我忽然話題一轉，問他有沒有玩過一個遊戲，「猜拳，贏的人可以往前進一階，先走完階梯的人就贏了，但是輸的要原地罰站一分鐘，不能做任何動作。」

「這誰都玩過，幹嘛？」他埋怨的口氣，問我到底想做什麼。

「來玩。」站在十幾階的上方，對著樓梯下方的他，我說：「你要是贏了，我就告訴你，到底那天沈映竹跟我說了些什麼。」

這是個非常幼稚無聊的把戲，但毫不猶豫就點頭的李鍾祺卻認眞地舉起手來，馬上就要開始。只是他沒想到，姑娘我從小就很會猜拳，而且十之八九都能掌握到對方要出什麼。果不其然，猜沒兩把，李鍾祺固定先出石頭的習慣就被我掌握到，他要往上，我要向下，他只往上踏了兩階，我卻已經連番獲勝，走到樓梯中段。又沒幾下，他根本沒機會再前進，我已然經過他身邊，到了最下面。

「你輸了。」踏下地面的瞬間，一回頭，我瀟灑地笑了一笑。

「是作弊的吧？」目瞪口呆，完全不敢置信地看看自己的拳頭，又看看睥睨四方的我，李鍾祺一臉欲哭無淚的表情。

「別難過，這就是命。」得意地「哼」了一聲，從口袋裡掏出一張名片，塞到李鍾祺的手上，我說：「趁著罰站的這一分鐘，你可以拿出手機來檢查一下，看這是不是你打過的號碼。」說完，我笑著轉身就走。再不理會他看著名片上印著「沈映竹」三個字時的錯愕神情。

✥

一個人大老遠跑到車站附近的咖哩店，倒不是它有多麼好吃，只是覺得，如果生活永遠只有那一條捷運路線，也實在太淒涼，偶爾應該有點變化。上網看過，最近沒有特別吸引我的舞台劇，不過雖然如此，卻還是買了過陣子要上演的相聲票，當做兩個月後給自己的生日禮物，反正沒戲看，看相聲也可以。吃完飯，順便逛街，買點東西，但其實都不是生活必需品，純粹只是想滿足購物欲。

天色漸晚，華燈初上，城市最忙碌的時刻，人行道上滿滿的人，男女老少，大多數人臉上都帶著忙碌整日後的疲憊。這時的人們走路依舊很快，步伐卻與早上上班、上學時截然不同。

我不趕時間，晃了一小段路，覺得外頭的空氣更糟了，索性就往地下街去，漫無目的，放眼盡是琳瑯滿目的店家，卻沒什麼能引起我的興趣。到晚上八點多，街上的人潮稍微散去些了，才踏進捷運站，準備回家。

不若那些趕路的人，我挨進擁擠的車廂，耳裡聽著轟轟作響的列車行進聲，偶爾聽聽旁邊的小女生們聊起化妝品，讓自己成為一片淹沒在人海中的葉子，直到抵達該下車的站，又重新走回地面，自始至終都很悠哉。這漫長的悠哉路上，手機一共響起過三次，曉寧跟阿娟約好今晚要去唱歌，又覺得只有兩個人未免孤單，所以極力相邀。不過今晚我眞的不怎麼有興致，忙了一星期後，今天只想早早回家，給陽台的幾盆花澆點水、把廚房流理台上那堆洗好很久的碗盤收歸原位，要是明天有太陽，我甚至還想曬曬棉被。

小公寓的租金不高，當初多虧找了好仲介，幫忙談了漂亮的價錢，但缺點是房子老舊且狹小。然而無所謂，一個人住，需要的空間不多，況且前幾年工作太忙，根本也沒多少在家的時間。

一打開門，就看見丸子跑過來，餓一天了，牠激動得不斷喵叫，過去一看，果然飼料碗裡空空如也。帶著歉意給牠補上。我放下包包，脫了外套，隨手先開電視。沒有想看的節目，也無所謂是什麼頻道，但屋子裡若沒半點聲音，就免不了有種寂寞的感覺。開完電視就開電腦，那也是慣性，開機完成時，我剛從冰箱裡拿出飲料，同時點了一根薰衣草香味的線香。

「妳沒去唱歌？」我的暱稱是寂寞金魚，但事實上卻一點也不寂寞，剛上線，人還在辦公室的方糖就傳訊息過來。我說興致缺缺，雖然已經一陣子沒出去玩，但一想到歌唱太晚會很累，就覺得還是算了，更何況方糖還一個人在公司奮鬥，我要是再拋棄她，去跟那兩個人妻享樂，豈不是很不好意思？

「爲了表示我對妳的支持，今晚我在家寫企畫就好。」很夠義氣地，我打了這串話給她。

「那可眞是感激涕零了。」而她這麼回答。

行銷部跟公關部雖然是各自獨立的部門，但事實上卻是一體的兩面，兩邊往來極其密切。最近大家都在趕春節專案，公關部已經等不及了，三天兩頭來要活動內容，所以行銷這邊焦頭爛額，大家莫不繃緊神經在趕工。偏偏曉寧跟阿娟居然還有體力去唱歌，這要是讓乾媽知道，不嘮叨才怪。

儘管關著窗，隱約還聽得到外面的車聲，小桌子靠窗邊，一轉頭就看見外面的世界。一邊寫著企畫，忽然覺得惆悵，外頭霓虹似錦，今晚的台北很熱鬧，但那些熱鬧卻與我一點關係也沒有。這城市裡我認識太多人，卻沒幾個眞正是朋友的朋友，一想想就覺得很悲哀。

「就說了妳們自己去玩嘛，又打來做什麼？」東西才剛寫了一點，手機又響，一接起來我就直接說。不過對方卻是個男聲，很疑惑地問我玩什麼。那當下我也愣住，再細看來電者姓名，這才驚覺搞錯，打電話來的可是總經理。

「妳可不可以告訴我，有什麼辦法好讓妳那個徒弟早點進入狀況？他媽的表單又給錯了是怎樣？」他雖然是在罵人，但其實無奈口氣居多。

「呆頭鵝嘛，開竅比較慢，再多給他一點時間，沒問題的。」我陪笑說誰沒有菜過？不要這麼心急。總經理很莫可奈何，不過卻也下了最後通牒，說：「講他是鵝都侮辱了鵝！叫他最好快點拿點什麼成績來，否則不必等他新老闆上任，我就先開除這個笨蛋！」

老實說我也很無奈。前幾天李鍾祺剛去跟老總打過招呼，馬上就被指派一些瑣碎工作。那些雖然不難，但畢竟需要細心跟反應。李鍾祺一則新手膽怯，二來本性遲緩，所以讓老總很不高興，被刮了一頓。今天下午我看他愁眉苦臉地縮在天台的階梯邊吃麵包，過去了解一下狀況，他倒是沒有怨言，只說都怪自己不夠機靈。

「小事嘛，我會搞定的。」

「妳搞定？」

我露出成竹在胸的表情，李鍾祺卻一頭霧水。下午行銷會報結束，把彙整的資料送上去，老總問我溫泉業者是否已完成簽約，他年紀大概五十幾歲，不過目光炯炯，個性精明幹練，但平常很隨和，也不難相處。從我還在當執行長特助時，他就很常開玩笑，說如果當年有生兒子，一定要娶我做兒媳婦，我說那實在很抱歉，看來只好期待下輩子了。

「本來是今天要把合約送過去呀，不過我想想還是算了。」

「爲什麼？」他疑惑，本來在看報表的視線也轉過來。

「因爲公司裡有更好看的戲呀，」我抱著那疊不肯給他的會議記錄，抖著腳說：「這時間怎麼可以不在場？要是錯過了，可就可惜了呢。」

「什麼好戲那麼値得妳看？」他還在狀況外。

「總經理欺負新人的好戲，你說有沒有看頭？」然後我瞪他。

老人家笑得合不攏嘴，直說我這當師父的未免護短，但我說不看僧面也看佛面，欺負徒弟就是不給師父面子，好歹我也算是前朝大老，要修理李鍾祺之前，至少先知會一聲，免得外人以爲是師父沒教好，才讓徒弟在外面出醜露乖。

偌大一個公司，敢這樣跟總經理講話的，大概沒有幾個人。若論資歷或目前的身分地位，當然我也不敢沒大沒小，但就因爲我曾經是前任執行長特助，怎麼說也曾參贊機要過好幾年，光憑這一點，只要不過度逾矩，說說笑笑都還是可以的。

本以為下午去找過總經理，接下來應該會讓李鍾祺好過點，沒想到傍晚就又出包了，眞是受不了。每個人都有自己的存在價値，但價値所在卻不見得能夠輕易被發掘出來，我相信李鍾祺雖然現在看來很笨拙，卻頗有耐性，對每個不懂的工作環節也都能夠認眞學習。他是可以長期鍛鍊的，問題是不管哪個企業，都不會有閒工夫去等人才茁壯，大家都希望一進公司的新人就已經是神人等級。這對李鍾祺而言是很吃虧的。無可奈何，看來只好再加強訓練，不然要是被老總盯上，他以後也不會太好過。

到了晚上十二點多，幾乎把工作都忙完，我才發現自己不但還沒洗澡，甚至連衣服都沒換下。正猶豫著是該先出去買杯睡前的卡布奇諾，還是先進浴室，電話卻又響，而奇怪的是，手機螢幕上顯示的居然是飯店的號碼。我納悶地接起，對方一聽到聲音，就氣急敗壞地問我是不是何小姐。

「我是。」忐忑著，直覺告訴我一定有什麼狀況。

「妳好，我是客房部的副理，不好意思打擾了。」他急忙忙地，也不囉唆，居然就問我現在是否方便立刻到飯店一趟。

「怎麼了嗎？」一邊問，我也抓起皮包，反正不管發生什麼事，看來都是他們處理不了的狀況，而且在新執行長尚未到任的情況下，他們大概也不敢更往上級去打擾總經理，因此只好找我幫忙。拿著外套準備出門，我又問：「李鍾祺呢？那個新來的特助，你們找過他了嗎？」

「別開玩笑了，那傢伙今天下午跑來跟我借一堆資料，借去以後就人家蒸發了！這要是被我們經理知道，肯定害我被罵！」一聽到李鍾祺三個字，副理更火大了，嚷著說：「擺平今晚的問題之後，何小姐呀，妳明天要是有遇到他，順便幫我也把他處理掉吧！」嘆口氣，除了一個「好」字，我還能說什麼呢？

一到飯店，櫃檯小姐便帶我進電梯，看她按的是十二樓，我心裡可更涼了，十一跟十二樓是貴賓樓層，一晚房價動輒上萬，會住這樣房間的客人通常非富即貴，而現在的狀況，如剛剛在計程車上時我聽副理說的，是客人居然在房間的地毯上發現蟑螂，這可是驚天動地的大事。

「現在怎麼樣？」一出電梯，剛剛跟我通過電話的副理就等在那兒，他滿臉愁容地回答：「不太好。」

那位客人的房門外現在擠了一堆人，看來大概客務部跟房務部，兩組夜班的全體人員幾乎都到齊了。客房部顧名思義，就是下轄客務跟房務兩個小部門，映竹就是在房務部上班。事情能鬧到這地步，看來客人的火氣眞的很大。我跟副理走過去，只見房門緊閉，門外的人全都凝重著臉，那當中也包括了映竹在內，不過我無暇跟她招呼寒暄。輕敲了一下門，出來應答的正是薛經理。

「有什麼需要我幫忙的嗎？」

「除了總經理之外，那老頭現在誰都不見，也不肯多談，還說天亮前要是不給個交代，他保證會讓一樓大廳擠滿記者。」薛經理懊惱地說。

「這麼誇張？」我皺眉，問：「不過就是一隻蟑螂而已，難道非得鬧這麼大？他想怎麼樣？」

「就是不知道他想怎樣，才讓人摸不著頭緒。」他嘆氣。

房間很大，這是十二樓貴賓樓層當中，要價最高的一間房，裡面又分爲一房一廳，有將近二十坪的空間，擺設古色古香，充滿中式貴族的氣息。那位客人現在在臥室裡，不肯出來跟我們這些身分太低的人廢話。客廳這邊看來並無異狀，只有地板上非常突兀地用紅色膠帶黏了一圈，把那隻被踩扁的蟑螂屍體用一種怵目驚心的方式給突顯出來。

敲了幾下臥房房門，我用客氣禮貌的語調說話。客人姓李，叫了幾聲，這位李先生老氣橫秋、一副趾高氣昂的模樣開了門，第一句就問我是這飯店裡的誰。

「我是之前的執行長特助。」很不穩的口氣，但也不遞上名片了，我看著眼前這個身高不滿一百七十公分，膚色黝黑，臉上充滿跋扈神色，講話態度讓人很反感的老頭，說：「相信道歉的話，剛剛薛經理已經說了不少，但我在這裡還是要先向您致歉，在本飯店的高級客房裡居然會出現一隻蟑螂，這種始料未及的事實在太讓人意外，我們很遺憾，也很抱歉。」說著，同時深深一鞠躬，見我彎腰，薛經理跟副理當然也只好跟著動作。

「鞠躬道歉有個屁用？」他完全不領情，問我是不是做得了主。

「給客人帶來這樣的麻煩，我們一定會有相當的補償措施，這一點請您絕對可以放心。」我說：「至於賠償的內容，李先生是不是可以讓我們的主管們討論一下，再給您報告呢？」

「能賠什麼？你們賠得起什麼？」他絲毫不肯退讓，而且這些制式化的處理方式，剛剛薛經理顯然已經用過了，然而對方根本不吃這一套，很直接就說：「我花了一萬多塊錢，一萬多塊錢，妳給我聽清楚，是一萬多！這樣的價錢，妳給我的卻是一個這樣的房間？」他指著地上的死蟑螂，很生氣地說：「如果要住個有蟑螂的房間，我需要花一萬多嗎？沒什麼好討論的，也不必浪費我的時間，要道歉的話，妳給我找個夠資格的人出來道歉，然後退費給我，老子不住了！」

「我們總經理已經下班了，這位薛經理是我們目前最高的行政主管，資歷與位階都非比尋常，有他在，您絕對可以放心，沒有問題。」我說：「李先生，請您稍安勿躁，這件事我們一定會給您一個滿意的交代……」

「交代個屁！輪得到妳來交代嗎？」他音量大了起來，直接就問，是不是不肯退費。而我點頭。這在飯店業來說確實是不可能的事，我們可以贈送優待或其他設施的使用券，但絕不可能讓客人整晚房價都免費。

「那就不必再說了！大家等記者來吧！」吼了一聲，房門「砰」地關上，我們所有人全都束手無策，只能看著地上那隻死蟑螂，再互相對看幾眼，無計可施。

這位李姓客人是做什麼的，現在完全沒有人清楚，不過他自稱在南部的政商關係良好，在台北一樣可以找到不少人脈。這種囂張跋扈的客人我們見得多了，平常也未必放在心上，但問題是誰也不敢肯定他是不是虛張聲勢，萬一眞的大有來頭，那可如何是好？

「要不要聯絡一下總經理？」薛經理沒有我剛形容的英風厥偉，反而哭喪著臉問我。

「再等等，沒關係。」我安撫了他幾句，總不能讓客人予取予求，只要是人，就有談判的空間，更何況這個傢伙並不是眞的很難搞，他就是面子、裡子都想要，這樣而已。回想以前前任執行長明快精準的辦事風格，我相信只要站穩立場，仔細觀察對方，再多花一點時間，找到彼此的共識，一定可以擺平他。

訪。

「李先生……」鼓起勇氣，我決定再敲一次房門，不過他的態度比剛才還要強硬，在臥房裡很凶悍地吼了一句，叫我們所有人都滾開，不然保證十分鐘之後就讓記者來採訪。

已經凌晨一點出頭，薛經理熬著夜，紅著眼睛，疲倦地叫大家先各自去忙，就算遇到這樣的怪客，每天該做的工作還是不能耽擱，他指揮現場的員工，要大家各歸本位，而我看著映竹苦笑一下，做個無奈的表情，正在思考還有什麼辦法可想時，走廊那邊忽然跑過來兩個人，穿過人群，問我現在是什麼狀況。

「你們怎麼還在？」我愣了一下。

「還沒忙完呀。」嘆口氣，先說話的是方糖，她居然還沒下班。

「方糖說十二樓有好戲，叫我下來看看，搞不好可以學點什麼。」另一個說話的是李鍾祺。一見到他，我立刻轉頭，然而人群已經散去大半，連映竹都回自己的工作崗位了。「現在你大概只能學到如何出糗了。」嘆口氣，我說。

知道是新任的執行長特助，薛經理不敢怠慢，對這位新人客氣地打過招呼，也說明一下狀況，可能是初生之犢不畏虎吧，聽完後，李鍾祺居然自告奮勇，說他願意出面去跟對方交涉。

「你確定？」薛經理嚇了一大跳。

「別以爲你們都姓李就有辦法喔。」方糖也咋舌。

看著他強自鎮定地要上場，我只剩下哭笑不得的心情，提醒了一句：「別忘了，你要是把事情給搞砸，丟的可不只是自己的臉而已喔。」

「大家都是南部人，又都姓李，搞不好我認識也說不定，對吧？」說得輕鬆，好像這狀況跟他處理的那些椅子、燈管、抽屜之類小問題一樣等級而已，李鍾祺走在前面，帶著大家一起進來，他伸手敲敲臥房的門，還特別用台語問對方願不願意出來聊一下，我聽那口音不怎麼熟，或許是他們南部腔也不一定。正捏著冷汗，心裡七上八下，只見房門忽地打開，這位李先生還是一張撲克臉，非常鄙夷地問了句：「這次換誰來了？」

「叔公？」結果站在門口的李鍾祺愣住了，然後，我們所有人跟著也全都愣住了。用兩個字就可以擺平問題，我現在開始相信，在這種連老天爺都瞎了眼亂幫一氣的狗屎運下，你應該會是個很稱職的特助了。

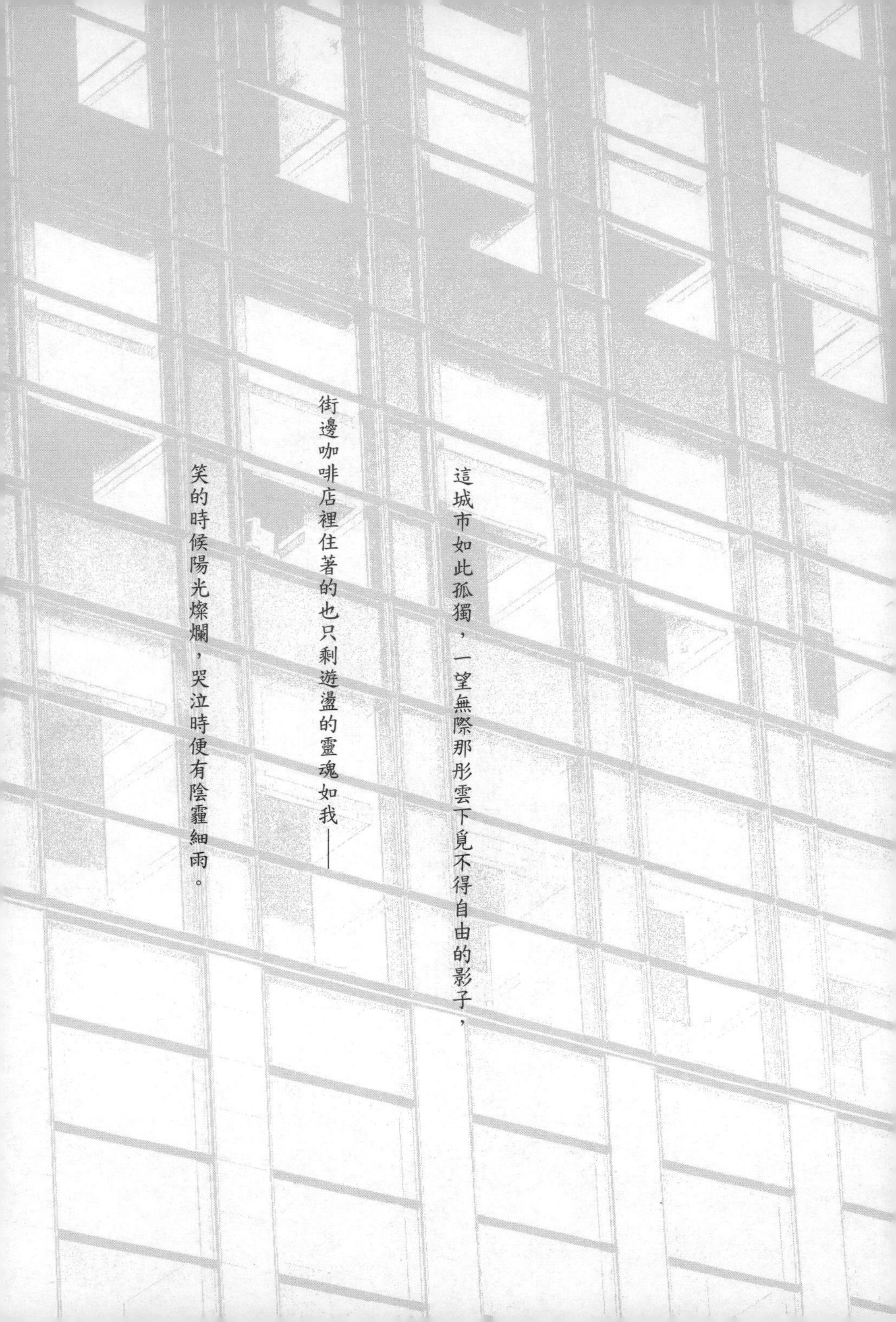

這城市如此孤獨，一望無際那形雲下覓不得自由的影子，
街邊咖啡店裡住著的也只剩遊盪的靈魂如我——
笑的時候陽光燦爛，哭泣時便有陰霾細雨。

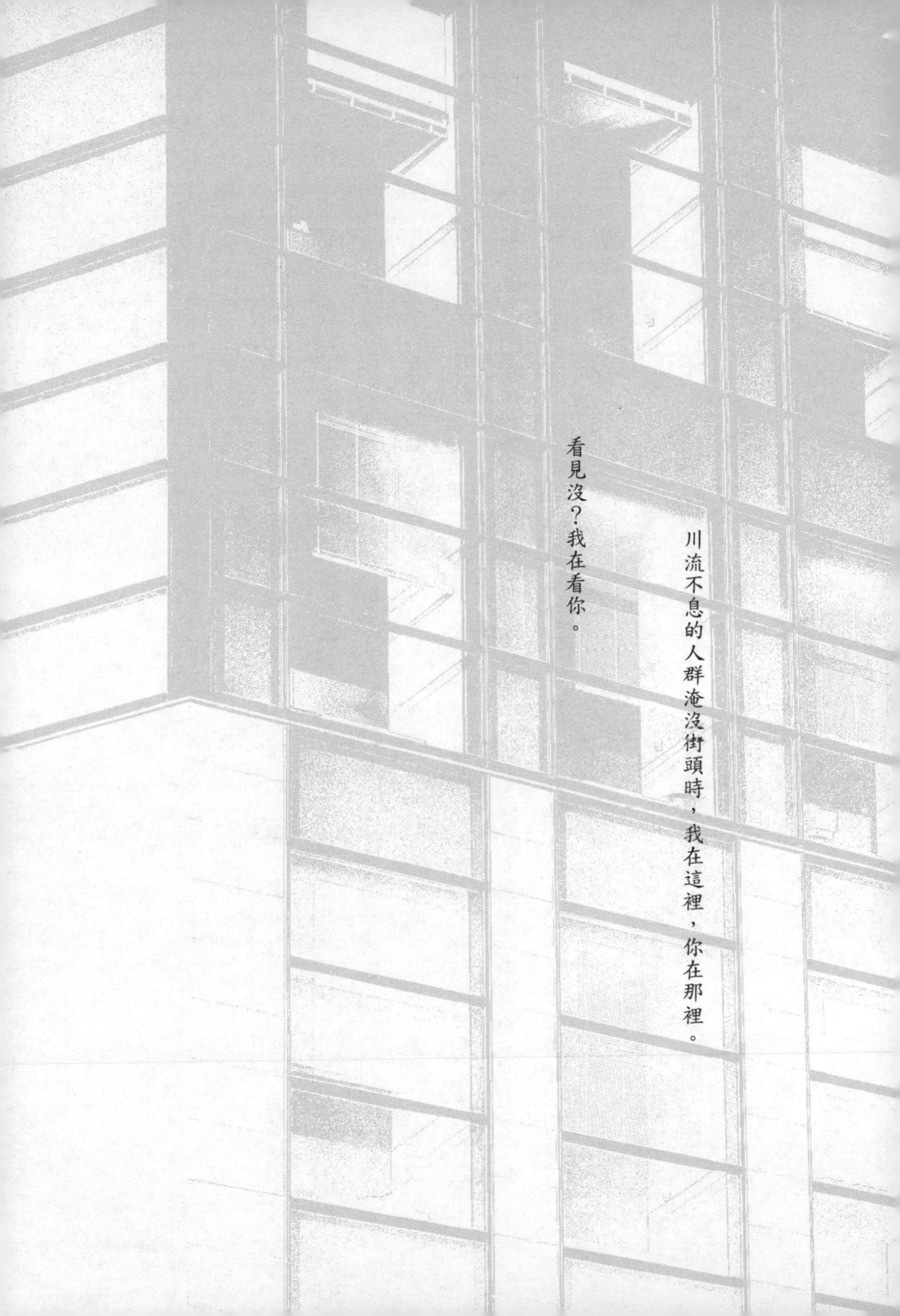

川流不息的人群淹沒街頭時，我在這裡，你在那裡。

看見沒？我在看你。

「本來呢，對你的三分敬重，是看在你表姨丈的面子上；但現在，除了『刮目相看』這四個字，我眞的不曉得還能說什麼才好。」一起從客戶那裡回來，北投溫泉區的合作計畫已經全部完成，我自告奮勇把合約書送過去，然後帶著輕鬆的心情回飯店，走進側門，搭電梯上樓，我對李鍾祺說。幾天時間，他簡直脫胎換骨似的，雖然談不上很穩健，偶爾還會丟三忘四，但至少該上手的東西都能掌握到了，就剩最後兩天，他的表姨丈便要到任，而我該交接的工作大致都已完成。或許上次那件事也給了他不少信心吧，當全世界都束手無策，不曉得該如何是好時，他過去敲了敲門，跟那個難搞的傢伙對看一眼，然後用了三兩句話，居然輕而易舉就把事情給擺平了。而靠著這麼一股莫名其妙得來的氣勢，他也好像眞的稍微開竅了些，事實上，特助工作並不需要承擔太多直接的成敗責任，往往只要站穩立場，將主管的理念貫徹給底下的人，做有條理的溝通，這樣即可。搞定那個跋扈的老頭後，李鍾祺似乎稍稍拿捏到了一點竅門，剛剛帶他去北投，他居然也敢站出來，對著客戶大談接下來的合作意向了。

「沒關係呀，我可以多給妳一點時間，妳就好好地整理一下，把腦袋裡所有稱讚人的話都說出來，我也會很謙虛地接受的。」他居然大言不慚，還說：「不過妳也不用太擔心，我這樣年紀的人了，知道什麼叫做循序漸進，不會一次就把所有本領都拿出來，免得大家一比，很快就發現前後兩任執行長特助的能力到底差多少。」

「我的天哪，鵜先生，你知不知道自己在說什麼？」在狹小的電梯空間裡，看著眼前這個有著一張娃娃臉，皮膚黑得很健康的男人，我簡直不敢相信，幾天前他還唯唯諾諾，非常客氣謙卑，現在居然已經這麼沒大沒小了。

「我看起來像沒睡飽，腦袋不清醒的樣子嗎？」他下巴翹得老高。

眼見得這人已經得意到不行，我決定不跟他硬碰硬，看著電梯剛過八樓，突如其來地伸出手，我按了十樓的按鈕。等到電梯一停，立刻走出門外。

「妳要去哪裡？」他一愣。

「去一個你囂張不了的地方。」嘟起嘴來，我故意逗他：「那邊有個小休息室，放了一些春節活動要用的材料，按理說呢，你是應該過去看看的，畢竟你是執行長特助，萬一哪天執行長問了，你才答得出來，對吧？不過呢，這中間只怕會有點不太方便，因爲那個休息室可是房務部的地方，歸一個叫做沈映竹的小組長管理，哎呀，這可怎麼辦才好呢？」賊眉賊眼地笑著，就在李鍾祺爲之一愣，正想說話時，電梯門剛好關上，跟著數字板的燈號跳動，又繼續往上走。我忍不住在電梯門外哈哈大笑了出來。

休息室裡已經堆了不少東西，春節促銷方案的配套不少，當然文宣看板是免不了的，而且也另外製作了許多應景的裝飾品，這些目前只能到處找地方擺放，準備活動一開跑就立刻安置上去。

「今天比較悠閒喔？」門開處，映竹剛好進來，她手上拿著一個資料夾，看來正在忙，見我蹲在地上翻看文宣，她笑著打招呼。

「我的部分都差不多了，分工分得好，工作效率就會快得多。」我說著，站起身。

「那個新來的幫得上忙嗎？」

「修理一點桌椅或檯燈之類的，那種事他倒是很拿手。」我笑了出來。

那天晚上，李鍾祺他叔公的怒火被這位侄孫用簡單幾句話就迅速澆熄，當場讓所有人傻眼。我說這是走狗運，他倒是自豪地認爲那叫吉人天相。映竹很快地知道了這件事，不過因爲分屬不同部門，所以至今她還沒跟李鍾祺眞正碰到面。

「沒想到他會來這裡上班，一開始我覺得好巧，而且有點難以置信，因爲他以前大學讀的是理工科。後來聽說新執行長是他親戚，才明白原來是這個緣故。他家開民宿的，確實對觀光旅遊業算是有點基礎的認識。」映竹說：「說到修理東西呀，我記得高中的時候，他在班上就是這樣。連老師都知道他的手很靈巧，桌子椅子壞了叫他修，玻璃破了找他換，好像有一次，我們教室裡的廣播器壞了，也是他踩在桌上，墊著腳尖去拆下來修理。有他在，我們班永遠都不怕有什麼東西壞掉。」

「爲什麼他這麼厲害？」

「應該是因爲他家開民宿吧？鄉下地方的小民宿，設備都要靠自己維護，一來省錢，二來找人修也麻煩，所以如果自己家裡就能處理，應該會方便不少囉。」她略帶一點靦腆的笑，說這是她猜的。

「這麼說來，你們以前應該很熟吧？」坐在沙發上，看著映竹把資料夾放回桌上，我問她。

「是呀，我們以前在高雄念高中，班上只有我跟他是屏東人，所以交情會比較好一點，畢竟是同鄉嘛。不過後來大家忙著念書，他又中途轉去學化工，交集就不多了。」她點頭，想到什麼似地，說：「不過說起來也很冒險喔，就算他家是開民宿的，但民宿跟大型飯店畢竟有許多不同之處，而他沒從基層開始學起，半路空降去當執行長的特助，只怕以後會很辛苦吧？」

「辛苦的恐怕不只是他，」我苦笑著說：「還有這隻呆頭鵝的師父，也就是我。」

「的確。」她也笑，不過又說李鍾祺雖然沒有太多飯店經營管理的經驗，但這人的個性非常勤勞負責，所以即使一開始的壓力比較大，但一定可以很快就克服困難的。

我點點頭，眼見得她在休息室裡已經無事可做，一副準備走出去的樣子，於是趕緊又找話題，問她接下來的新年假期是否已經排班。映竹苦笑，說誰都可以排假，但偏偏就她不行。

「爲什麼？」

「我上面還有主管呀，主管當然優先排假，而我下面也還有組員呀，組員都不見得能走了，我又怎麼好意思走？」一臉無奈，她說只好先撐著，反正假期不會短少，只是可能得累積著等以後再放了。

「那男朋友怎麼辦？過年的長假期，不陪男朋友也說不過去吧？」見她一愣，我笑著說：「之前有一次，我好像看到有個男生來接妳。」

她恍然一笑，說這個男的對她很好，交往也有一段時間，但可惜就差了一步，讓她一直無法把這份感情當做自己終身的依靠；而且目前這份工作的工時長，放假時間也跟一般上班族不太一樣，需要大家輪值，根本無法好好陪男朋友，對這一點，映竹說她自己也覺得很苦惱。

「那個差了一步是指什麼呢？」小心翼翼，我不知道映竹會不會介意跟我這個不算太熟的朋友討論私人的感情問題，不過既然她自己都願意起了個頭，那我接著問一下，應該也無妨吧？

「這應該是我自己的問題吧。」雖然臉上露出苦惱，但映竹倒是不介意跟我聊這些，說：「我從屏東來，在台北很多年了，然而不曉得為什麼，我好像永遠無法眞正融入這個城市裡，妳懂我的意思嗎？」

「是生活習慣的問題？」

「是一切。」而她說。儘管跟每個人都走在同一條路上，呼吸著相同的空氣，但不知怎地，她經常覺得自己只是個外人，就算生活了好幾年，對台北已經瞭如指掌，也早就習慣這兒的一切，然而她就是無法產生認同感，甚至還會想逃脫跟逃避。每天在工作上與太多人往來，雖然有熱情，卻也有難以克服的心理壓力。幾年來，其實她有幾度萌生退意，幾乎就要提出辭呈了，但勉強還是忍了下來。

「這麼嚴重？」我可以明白她的感覺，卻不是很能體會，雖然自己也非台北人，但事實上我根本就哪裡人都不是，簡直是世界孤兒，所以沒有這種適應與否的問題。

「所以就算在一起，但總覺得不踏實，好像彼此之間還隔著一些什麼看不見的東西，我男朋友一家都是道地的台北人，這裡是他土生土長的地方，日子過得很自在，在這個環境裡可以很輕鬆，也對我很好，然而那種感覺……」一時詞窮，映竹無奈地笑笑，問：「可能是我比較笨，沒辦法把話好好說清楚，但無論如何，總而言之，妳一定了解的，對吧？」

我沒說話，點點頭，想到的是李鍾祺也說過的，說我們台北人可眞難相處的話。苦笑以對，或許這城市裡有太多孤獨的人，只是誰也不承認，原來自己也是而已。

❖

「這裡怎麼看都不像吃午餐的地方吧？」中午一點，側門的水泥花台邊，我才剛打開手上的壽司盒子，正要把第一個豆皮壽司往嘴裡塞，旁邊忽然走過來一個老伯，就站在我旁邊，看看門口，然後對我說話。

「偶爾換個地方也不錯呀。」我很自然地回答，瞧他穿著休閒衫跟一件洗白的長褲，腳下的皮鞋也很舊，整個就是逛公園的輕鬆模樣。老伯大約六十歲左右，不過氣色很好，雙頰圓潤，搭配那副眼鏡，笑起來頗有肯德基爺爺的福態。

「從這裡也可以進去飯店裡嗎？」他指指側門。

「對，不過這是員工專用的喔。」我吃著午餐，一邊指著斜前方的轉角，告訴他，那邊的入口才是進飯店大廳的方向，這兒則只有員工電梯。他點點頭，也不立刻走開，卻掏出口袋裡的香菸，問我介不介意。

「地球不會因爲你抽一根香菸就毀滅的。」

「有道理。」於是他開心地坐下，並且抽起菸來。

那是個算不上悠閒的中午，事實上，我吃完這盒壽司後，下午有兩個會議要參加，而在開會之前，還得找李鍾祺打探八卦。本來除了餐廳，我也可以在天台上吃飯的，但就在剛剛，我端了壽司準備找地方用餐時，那隻鵝開心地告訴我，說他終於約了映竹，趁著中午要敘敘舊，卻不曉得哪裡比較適合。爲了展現前輩的胸襟，我才讓出天台的位置。

抬頭，這兒看不見樓頂，那上面現在是什麼情形？這兩個人能不能談出一點什麼東西來？我不是很樂觀，雖然都算不上眞的很熟，但至少這點觀察也夠我做判斷了：李鍾祺根本不是那種能夠主動示愛的人，從他單戀十幾年就知道他沒這膽量；映竹大概也是，一來要戰戰兢兢去面對春節假期的沉重工作壓力，二來她自身還有懸而未決的感情問題，這種情形下，他們大概很難第一次見面就有什麼發展才對。早上我離開房務部的休息室前，聽映竹簡單地說了她跟那個男人的故事，就覺得這一對根本不相配，男方是個理財投資顧問，做什麼都眼明手快，十足十的現代人，完全不是溫柔婉約的映竹所能招架得了；而且男方家有自己的公司，是個小開，對比起來自純樸的南部鄉下，沒多少心機也不太長袖善舞的映竹，兩人個性相差不少。那時我對她說：「這城市太擁擠，人與人之間的交集太快又太密，搞到最後，誰都來不及眞正想清楚，究竟自己要的是些什麼，而且每個人的距離都太近了，近得讓人無法退一步，好喘口氣去思考一些深遠的問題，以致於往往因爲一時的感覺而下錯決定，最後才後悔莫及。如果可以的話，不妨給自己多一點時間，多一點選擇，甚至跳出這個漩渦，或者找個不在這漩渦裡的人好好聊一聊，再想一想，也許就會有不同的看法。」

「大家都在這個漩渦裡，去哪裡找個局外人？」

「妳前幾天不就遇到了一個？」我笑著說：「我們都是這漩渦裡的浮屍了，他才正開始要踩進來而已。」

「那上面有什麼嗎？」見我經常抬頭向上望，旁邊的老伯忍不住一起往上看。

「其實什麼也沒有。」我笑著。

「妳是在擔心工作嗎？一邊吃飯還一邊掛心不下，所以想趕快吃完要上去工作？」

「當然不是。」我跟老伯說最近雖然有活動，大家都快馬加鞭在趕進度，但事實上，每年春節的活動內容都大同小異，只要稍加變化，新增一點創意，其實就可以應付過去；如果覺得還不滿意，憑我們行銷部這幾個人的腦袋，也一定可以有不同的發想，就像這次，我們額外結合了許多新的配套措施，不只是我負責的溫泉業，連市政府觀光局也有一系列的年後合作活動正在策畫中。所以不管是這個假期也好，或者年後也好，我跟老伯說，如果要來台北玩，本飯店絕對是最佳選擇，請千萬不要錯過。

「妳在這部門很久了吧？瞧妳說得頭頭是道，連廣告都做得這麼行雲流水。」老伯笑著，眼睛瞇成了一線，加上那滿面紅光的溫潤氣色，看起來非常可愛，令人大生親近之情。

「是在這飯店工作很久，但待在行銷部的時間反而不多。」我說之前四年都是擔任執行長特助，現在執行長換人了，才又調職回來，說著，我補充了一句：「我這廣告可不是隨便打的，非得是有緣人，我才會這麼殷勤邀約呀。」

「那有什麼問題呢？以後一定常有機會的。」他又露出溫和的笑容，但接著也問：「不過妳爲什麼不留任？妳看起來機伶又聰明，應該做得不錯吧？我看過很多行業裡的年輕人，老實說，能夠像妳這樣，可以和陌生人自然地聊天，講話又知道分寸進退，還隨時不忘幫自己公司打廣告的年輕人實在不多，還願意跟我這種老頭講話的更是少之又少，像妳這樣的小朋友，在台北大概是稀有動物了。照我說啊，有能力的人就應該擺在可以發揮能力的位置上，不當特助，卻當行銷，這樣有點可惜囉。」老伯打量著我。

「因爲我本來就比較喜歡行銷企畫的工作呀，而且，跟老人家聊天有什麼不好？至少我們素昧平生，又沒有利害關係，總比跟那些生意人來往要輕鬆得多，對吧？」我咀嚼著壽司，一邊說：「其實當特助很無聊耶，大多數時間都只能面對執行長，做一些跑腿工作；企畫就好玩多了，人多，又都熟。重點是，雖然是比較傷腦筋的工作，卻很有成就感跟滿足感，當然開心許多。」

他點點頭，說：「那你們這個新的執行長可就遺憾了，少了妳這樣的好幫手。」

「放心，我們公司人才濟濟，像我這種貨色，簡直是車載斗量，沒有比較了不起啦。而且新來的特助也不錯呀，挺認真的。」我笑著。老伯給人一種很強的親和力，不知不覺間，我們居然就聊了起來。不過雖然對他有種一見如故的親切感，但我還是得小心地留意措辭，畢竟這位老伯的底細我完全不清楚，而他談話中所透露的氣質可不若一般的老人家，顯然是個見過世面的人。在公司門口，總不能亂講自己公司的壞話。

「認真是最基本的吧？除了認真之外，難道還能比妳優秀嗎？這種工作要是沒有經驗的累積，怎麼可能馬上就得心應手呢？」老伯已經看穿了我想幫李鍾祺美言的企圖，他笑著說：「我以前的公司也用過很多新人，他們哪，能力不好沒關係，認真學習就可以，但主要就是心態問題，心態調整好，心無旁騖了，反應就會快，反應快了，學習才有效果。」

「照你這樣講，那可能真的沒有，他不但沒有比我優秀，而且年紀還比我大很多，但又比我笨，所以我都叫他呆頭鵝，不管教什麼，他都得花上大半天才學得會。」我哈哈大笑，忍不住跟他說：「我告訴你一個祕密喔，你要聽嗎？」

「好呀。」他也興味盎然地看著我。

「那個新特助雖然很勤快，但就是反應有點慢，尤其是在感情方面，所以喜歡一個女生，喜歡了十幾年都不敢告白，他之所以會來我們這兒上班，除了跟執行長是親戚之外，還有另一個主要原因，就是那個他喜歡的女孩子，也是我們飯店的員工。爲了不讓他千里求愛卻落得飲恨的下場，所以我才把吃午飯的天台讓出來，那小倆口現在正在頂樓聊天，而我也才會在這裡遇見你。」

他恍然大悟，接連點頭，但想了一想，卻又問我：「那個新的特助跟妳熟嗎？如果不熟，爲什麼妳要這麼幫他？如果只是工作的交接也就算了，可是聽起來好像妳也很喜歡他，所以才會熱心得連這個都幫忙，是嗎？」

「你好聰明！」我不由得也佩服老伯的眼光，心想這已經無關乎公司形象，純粹只是個人觀感與八卦消息了，所以聊幾句也無傷大雅，但同時也提出說明：「的確，我是挺喜歡這個人的。不過老伯你要聽清楚喔，『我喜歡他』，跟『我喜歡這個人』，那應該是不一樣的意思。如果我說的是『我喜歡他』，就表示這是愛情；但如果我說的是

『我喜歡這個人』，那表示他只是某些地方讓我覺得可愛，這樣你明白嗎？」

「明白，」他立刻點頭，又問這兩者會不會有曖昧模糊的地帶，甚至出現轉化牽引的現象，如果會，那可就變成辦公室戀情的三角關係了。

「這很難講。」我聳肩，說：「不過如果眞的發生這種事，那也是沒辦法的，對吧？」

「是嗎？」

「愛情從開始萌芽的那瞬間起，就是一件永恆的存在了，至於結果、對錯，我覺得好像沒啥好在意的。要是眞的愛了，那愛就愛囉，對不對？」我說得理所當然。

「妳不只聰明、熱心，而且也很勇敢。」他微笑著稱讚。

「謝謝。」我也笑著回答。

這一聊有點久，雖然我並不介意跟一位素昧平生的老人家多聊幾句，但樓上有等著我的工作，也還有八卦可以探聽。當下急忙把最後一口壽司吃完，我起身跟老伯告辭，就準備要進門去。然而剛說完再見，他卻也跟著起身，而且尾隨我走向側門。

「老伯，我剛說完你就忘了嗎？飯店入口在那邊呀，這裡是員工專用的出入口喔。」

「我知道，所以才要走這個門呀。」他笑著，卻一點都沒有開玩笑或老人癡呆的樣子，反而眼神裡一閃而過精明幹練的神采。

「糟糕！」我下意識地驚呼一聲，伸手捂嘴。但這下可來不及了，我已經說了太多不該說的話，怪只怪自己沒有仔細思考，就輕易將對方當做是個偶然路過的老頭，還徹底出賣了那隻大笨鵝。

「下次吃飯的時候，記得慢慢吃，不用趕時間，沒關係的。」走過我身邊，先按了電梯按鈕，展現慈祥隨和的笑容，他說：「走吧，我也很想知道李鍾祺告白成功了沒有，咱們一塊兒看看去。」

接下來這兩天可真是忙亂到不行，所有的企畫案都要整理出來，每一項正在執行中的案子也要列出進度表，而完成的則有成果要驗收。肯德基爺爺看來非常隨和，也不喜歡大家以官銜相稱，就任由我們叫他「爺爺」。不過爺爺一旦認真起來可真是累死大家，乾媽急著要把所有案子整理好，準備送上去。李鍾祺就更慘了，雖然是親戚身分，但爺爺可半點不給他面子，大小事都要這個才剛實習完的菜鳥掌握到位，以致於他一邊要應付主管，一邊又得三天兩頭往樓下跑，一會兒跟我要之前部門主管的會議流程，一會兒又跟我要廠商合作的計畫書，弄得行銷部也跟著人仰馬翻。

❖

「他好像適應得不太好？」員工餐廳其實就是餐廳旁另闢的角落，以區隔我們跟客人用餐的環境。我的玉米湯才喝第一口，映竹手上的湯匙也還沒沾到咖哩飯，就看到李鍾祺匆匆忙忙跑了過去，他嘴上叼著一塊麵包，右手抓著鋁箔包的果汁，左手拿著電話正忙著講，一邊講，一邊跑出餐廳，完全沒發現我們就坐在門口邊的位置。看著這副滑稽的模樣，映竹忍著笑問我。

「但願他能早點度過。」我也苦笑。

沒有刻意安排，只是剛好在餐廳遇到。行銷部屬於飯店的後台單位，沒有硬性規定用餐時間，只要還有飯吃，隨時都可以過來，再不然想出去覓食也可以；但映竹他們卻不同，不但只能輪流吃飯，而且還非得在飯店裡解決不可。這也難怪，我身上穿的是便服，但她穿著的卻是象徵飯店的制服。

「新執行長一來，感覺整個氣氛就馬上不同了。」映竹說最近兩天，執行長已經視察過好幾次，表現得很主動積極，有時不待主管報告，他會直接跟現場的員工對談，實地去了解工作情形。

「這是好事。」我點頭，回想起來，上任執行長可沒這麼勤勞。

「但也把大家累壞了呀。」她說。

說到執行長，當然不能不提到剛剛那個堪稱本飯店現階段最可憐的倒楣鬼李鍾祺。那天，我懷著忐忑的心情上樓，執行長的驟然到來讓眾人措手不及，但還好他只是就任前先來看看環境，一回到他位在十五樓的辦公室，立刻就宣李鍾祺晉見，二十分鐘後，李鍾祺下來，第一句話就跟我說：「我就知道妳是不安好心的台北人。」

「對，」而我也不甘示弱，回了一句：「偏偏那麼剛好，還是個左撇子。」當場又讓他差點口吐白沫。

只有簡單地聊幾句，話題大多圍繞在李鍾祺被新執行長折磨得有多慘烈的狀況上，對於他們那天的談話，映竹並沒有多說。只見她一邊吃飯還一邊頻頻回手機簡訊，臉上依舊有著開心的笑容。

「妳跟他還好吧？」指指電話，我問。

「如果只是平常的相處，那大致上都還過得去。」說著，忽然想到似地，她問，如果以我的觀點，知道自己的男朋友今天加班或應酬，會不會希望對方在平安回家後，給個報訊的電話？而我點頭，這應該很合情合理才對，就算不打電話，傳一封簡訊也可以。然而映竹卻說：「我們經常在這類的觀念上溝通不良，弄得彼此都不開心，很荒謬好笑吧？」

好笑嗎？我一點也不覺得。這是多麼平常而簡單的一個小動作，能讓關心自己的那個人放心，也可以提醒自己，別忘了那個自己也該關心的對象。然而映竹說她男人非常不喜歡這麼做，還把它歸類爲瑣碎的麻煩，認爲生活都已經那麼忙了，實在不必計較這些枝微末節的小事，而且已經幾十歲的人，能危險到哪裡去？這是男人的想法，但在女人的觀點卻不是這樣，有時候，我們就只是想要這麼簡單的存在感而已。

「我喜歡他，也尊重他的想法，但偏偏就是這一點無法苟同，而且他這個人比較情緒化，很多觀念沒辦法好好地溝通，要是多抗議幾句，會很容易吵架的。」那時，她嘆著氣說：「這就是我所謂的『差了一步』，而差這一步，這份愛就沒辦法開花結果。如果把它看小，這就只是一男一女之間的小瑣碎，但放大來看，就又回到原來沈映竹老是婆婆媽媽、她住不慣台北、永遠學不會獨立自主、在這裡適應不良的問題。」

我明白映竹的無奈，也覺得如果我是男人，能有一個這樣關心自己的女人，那該是多麼幸福啊。然而可惜的是，我只是我而已。當電腦傳來曉寧的訊息，問我怎麼還在線上時，我說我是一隻晚上十一點半還在辦公室裡拚死拚活的寂寞金魚，好像全世界都休息去了，但我卻連晚餐都沒得吃，只能在這裡趕工。這城市裡沒有人知道，在這棟飯店大樓的十四樓深處，如此狹隘的小辦公桌前，還有一個名叫何菁瑜的女人正在敲打鍵盤，她要爲很多人構築一個美麗的春節活動，但其實心裡非常無奈，只想回家洗澡、玩貓，還有喝杯卡布奇諾。這女人會如此辛苦，爲的不是別人，就是因爲那個叫做李鍾祺的蠢蛋。

下班前，我已經完成手上所有的工作，企畫稿子就剩最後一點資料，只要輸入數據就可以了，心裡猶豫是否待會要上樓去跟爺爺打聲招呼，順便看看李鍾祺，結果就聽見他們兩個人的聲音慢慢接近。

「你不要永遠都只會看著眼前的東西，得學著留意周遭呀，不然你跟一個普通員工有什麼差別？沒有特定的工作位置，意思就是你得四處走動看看，去察覺那些主管階級該察覺的東西，知道嗎？別像個小員工一樣，只會待在固定的地方做固定的事，這樣是不會進步的，都幾十歲人了，又不是沒出過社會，這種道理你自己應該要知道，也要做到嘛。」爺爺嘮叨著。

「我知道呀。」李鍾祺跟在後面。

「我也知道你知道，但問題是你出去跑的時候，同時也要記得跟我說一聲呀，到處都找不到人，也不曉得你四處看看是看到哪裡去了，看到月亮上面去了嗎？」回頭看李鍾祺一眼，爺爺的表情非常無奈，又責備：「去看整個環境有什麼需要改進的地方，看完就回來整理資料，然後報告給我。不要自己一個人看著看著，就看到失蹤了。我說你呀，眞的，這麼大個人了，這點原則都不會把握嗎？你師父的工作效率就很高，察言觀色，又懂得應對進退，這些都可以學一下的嘛！提早那麼多天來交接，難道都沒在用心嗎？人家以前是怎麼當特助的，到底問過了沒有？我看她現在在行銷部，整天只寫那些企畫案，眞的是大材小用了，到底她的本領到哪裡，你好歹問問也學學吧？」口氣雖然不嚴厲，但不怒自威，爺爺一邊走，李鍾祺跟在後面低頭無語。已經走進行銷部的辦公區，爺爺還沒停止嘮叨，又叫李鍾祺一定要撥出時間，來跟我多請益，究竟怎樣才可以成爲一個工作效率高的好員工。

我覺得這傢伙眞的很可憐，總經理挑剔他也就算了，現在連執行長都嫌他笨，這下可慘，他們還是表姨丈跟表外甥的關係呢！我眉頭一皺，心想最好趕快生個計策出來，好幫助李鍾祺脫困。

「來，你現在就去問問看，看人家之前是怎麼當好一個特助，怎麼當一個優秀員工的，不恥下問，才能獲得眞正的進步。」還說著話，他們已經走到我旁邊來。

「哎呀！」當下我不及細思，只好用腳往桌下的電源線一踢，就剛好在他們走近的瞬間，只見我的電腦螢幕忽然一暗，電腦的運轉聲瞬間停止，我也適時配合地大叫了一聲，當場嚇傻了所有人。

「怎麼了嗎？」爺爺用很疑惑的表情看我。

「我剛剛不小心踢到桌子下面的延長線插頭，結果電腦斷電關機了！」哭喪著臉，我說：「這下糟了，資料都還沒存檔！」就在一片譁然中，我皺著眉，欲哭無淚地看著也滿臉錯愕的李鍾祺，用眼神告訴他：我被全世界都當成笨蛋的理由其實無他，只因爲你。

如果說那是苦肉計的話，未免眞的太痛了點。爺爺跟李鍾祺面面相覷，剛才還把我捧上天的，轉眼，他們就親眼看見我因爲迷糊失誤而墜落地獄。那當下，爺爺只好轉過來安慰我幾句，然後放李鍾祺一馬。臉上滿是苦笑，爺爺大概在想，如果師父就是這樣，也難怪徒弟笨手笨腳了。

爲了幫這隻呆頭鵝解圍，我損失半天的工作進度，重打所有資料，所以非得熬夜加班不可。不想浪費一分一秒，我休息夠了就立刻趕工。這份企畫雖然只是整個春節活動當中的一環，但事關我們與幾家計程車行的協調簽約作業，所以馬虎不得。再說這個案子也是前幾天我跟李鍾祺去初步洽談的，其他人不太知道詳細內容，這種情況下，根本無法找人幫忙代寫。我只能自己先做雛型草案，核可後，再讓負責業務推廣的同事去到處跑車行。

夜已經有點深，但從玻璃帷幕看出去，外頭的諸多大樓依舊燈光明亮，看來這城市裡加夜班的人很多，而更遠處那邊映得滿天繽紛，那是整個台北最熱鬧，也最繁華的地方嗎？喘口氣時，我忍不住看看外面的夜景，心裡感嘆，究竟自己要蹉跎到什麼時候呢？我忽然好羨慕映竹，至少她有個自己喜歡的人，也有另一個一直在喜歡且守候著她的男人。而一想到李鍾祺，我忍不住又笑了，今天傍晚他忽然跑來，打聽了幾個常與我們合作的廠商，想知道他們的應酬方式。聽我說完，他的臉上露出困窘，原來這人根本不會喝酒，一聽到有酒場，當下臉都綠了，還問我能不能一起去，我說老娘爲了幫你解危，只好陪著一起耍白癡，現在連下班時間過了都還走不了，是要喝個什麼屁酒！他滿臉歉意，還說下次好好補償我。陪著執行長去應酬的他，這時間也不曉得醉死了沒有，我看可能凶多吉少。

休息夠了，我在凌晨十二點整再度埋首電腦前，不過身體已經感到疲勞後，工作效率就一直無法提升，窮耗到凌晨，終於再也撐不住了，手指雖然還在敲打鍵盤，卻經常按錯鍵，或者選字選錯。不如先停下來吧！我索性站起身來，走到辦公室後面的會議室，那裡有一張長椅，至少睡個兩小時，然後再繼續吧！

是有一點自傷於這樣的人生，也有一點玩味著如此的際遇，四年多來，轉了一圈，最後我居然成爲一個半夜躺在會議室的椅子上，回不了家的小職員，這是命運使然嗎？我慶幸自己始終沒有事業上的企圖心，隨遇而安，順時而動，雖然有時會覺得好像有點傻，就這樣自己請調回來當行銷企畫，還搞得這麼累。但那又怎樣呢？我現在還是有個好工作，有一群好同事，也有照顧我的好主管，沒人會在意我前四年曾經是執行長特助的這個褪色光環，還能相處得和樂融洽，這不就夠了嗎？沒有什麼壓力，也沒有太大挫折，我只希望能夠平平順順，偶爾追求一點工作上的成就感與滿足感，這樣就好。

把大外套蓋在身上，本來只想稍稍休息一下就好，但沒想到這份感慨都還沒感慨完，我居然就已經沉沉睡去，再也不醒人事。那一段睡眠好沉，沉得讓人完全醒不過來，我在夢中隱約好像看見了誰，聽見了什麼，但都如此矇矓，偶爾似乎是誰走過身邊，又叫了我的名字，卻也彷彿似有若無。最後這些都如流水般從身邊輕輕劃過，再不留下半點痕跡。直到窗外的霓虹錦繡終於完全褪去，連天空都出現一點深藍色的黎明時分，我才猛然驚醒，那一嚇非同小可，就差沒大叫而已。

糟糕！心知不妙，先看外面的天空正濛濛要亮，再看手機，赫然已是早上六點半！我恨不得一把掐死自己，當下也沒時間洗臉，更沒時間責怪自己貪睡，抓起外套，推開會議室的門，急忙忙地，就往辦公室的方向跑去。

不過也就在起腳的那一剎那，我頓時又覺得哪裡不太對勁：昨天半夜，整個辦公室都還有燈的，我可是非常不知節約地開了整層樓的燈光在工作，怎麼這會兒再一看，大部分的燈光卻都是熄滅的？疑惑中，猜想會不會是保全人員來巡邏，順手都給關了。然而想想也不對，前面那邊，我的辦公桌附近，那裡的燈光還在呀，保全總不會還幫我留盞燈才對。納悶著，我一步步走了過去，還刻意放輕動作，心裡盤算著，要是待會看見了什麼不該看見的，身邊有什麼是可以拿來當武器的。正在胡猜，腳步漸進，轉個彎，就到了我的座位前。

電腦畫面停在企畫書的檔案上，不過我稍一細看，赫然發現它已經被寫到了最後的明細，而且條列得相當清楚。這份企畫就在我沉沉睡去的幾個小時裡，這樣被一個字一個字地敲打完成，只要再按個鍵，讓它列印出來，一切也就大功告成了。看著電腦畫面，我怔然許久，不知道該說什麼才好，最後只好先將它存檔，然後輕輕移動滑鼠，把電腦關機。跟著，我把動作放得更輕，將我那件不知何時已經掉在地上的大外套拎起來，輕輕地給他披蓋上。李鍾祺睡得很酣，身上還有濃濃的酒臭味，而且連口水都流了出來，把墊在他臉頰下，那本我最喜歡的便條紙都沾濕了。不過沒關係，現在我只剩下滿盈的心疼感覺，其他的，對於這個我從未在這城市裡遇過的特別男人，我完全不想計較。

「妳其實可以不管這件事，還把自己搞得那麼累的。」李鍾祺說反正他被罵習慣了，在什麼都很上手之前，他早已做好心理準備，一定會滿頭包。

「滿頭包是你家的事，我在乎的是面子問題呀，看你那麼慘，我的臉往哪兒擱？對吧？」我故意輕輕架了他一拐子，「所以，其實你是心疼我，才幫我把案子寫好的，對吧？」

「我只是不喜歡看工作沒做完，又開著整層樓的電燈，非常不環保。」他往旁邊縮了一下，還裝做很正經的樣子。

「那又不是你的工作，電費也不是你付的。」

「做環保是大家的責任呀！」

「那你可以只關燈就走人呀，何必連我的工作也做完呢？」我回話很快，「所以其實你是對我有好感，捨不得看我熬夜，對不對？對不對？」

被我雙眼瞧得渾身不自在，最後李鍾祺索性藉口資料還沒準備好，滿臉通紅地逃走，只留下我坐在這兒哈哈大笑。

春節活動一開跑，再搭配諸多媒體的宣傳，果然訂房率大增，前台的工作人員幾乎忙翻，看著他們應接不暇，我們這些負責策畫的人可開心了，現在總算輪到後台人員喘口氣。不過即使如此，爲了報答李鍾祺的辛苦，所以雖然已經可以放假，但一來我沒地方去，二來也放心不下他，最後還是只好窩在公司裡。春節假期一開始，台北城出去一堆人，但也又湧進來一堆人，飯店全滿，除夕那天，餐廳更是座無虛席，到處張燈結綵的，好不熱鬧，連我都下海去幫忙。好不容易挨到初二下午，執行長召開會議，所有留守的主管都要參加。

「放輕鬆點，不會有什麼事的。」我安撫他。這人根本停不下來，已經做好的東西還要檢查再三，唯恐有一點疏失。

「雖然東西都有了，但是我怕等一下如果執行長問問題，答不出來就慘了。」他很認眞在看開會資料，偶爾還喃喃自語，像在背誦什麼似的。

「停一下，停一下，你這樣不行的。」最後我忍不住打斷他，「資料只是輔助性的，沒有人要求你全都背下來，如果這些數據都在你腦袋裡了，那執行長何必還要自己看？光問你就好了呀。今天之所以要你帶著資料來開會，主要的目的，就是當開會中需要這些數據時，你可以在最短時間內查詢到，然後提供給執行長。同時，你自己也要研究這份資料，去想想當中有沒有什麼問題，如果有，就試著用你的觀點去找出問題的癥結，再提供給執行長參考，這樣懂了嗎？」

我很認眞地說了半天，結果他完全沒有回話，講完，我疑惑地抬起頭來，卻發現李鍾祺臉上帶著淺淺的微笑，眼睛直盯著我。

「幹嘛？」我一愣。

「其實妳跟我早就交接完成，而且可以放年假回家了，對吧？爲什麼還要這樣幫忙？」他忽然問。

「我？」我一愣。

「一定是妳對我有好感，不忍心看我這麼辛苦，對不對？」沒想到他學得這麼快，這一招立刻反過來用在我身上。

「你一定以爲這樣對我有用，是吧？」不過他錯了，這招不但無效，我反而笑著跟他說：「對呀，我對你超有好感的，才會這麼掏心掏肺地幫你，還從工作交接的事，一路幫到你跟映竹的關係上面去，怎麼樣？你很感動嗎？」

然後他就認輸了。

換了衣服，稍微整理了一下頭髮，雖然對我而言沒什麼過年氣息，但至少是個令人有幾分期待的聚會，好歹應該打扮一下。年初四晚上，熬過了最辛苦的一段時間，李鍾祺有假可放，映竹也終於值完班，說好大家今晚出去吃飯。

攬鏡自照，剛把左邊睫毛刷好，我忽然在想，即使很想跟他們一起聚會吃飯，但我這麼一去，會不會反而成了電燈泡？雖然這個約是我找的，本來只是開開玩笑，說要給李鍾祺一個報答我連日相助的機會，他也爽快答應，但我不知怎地，卻又提議要約映竹一起來，他稍微愣了一下，也沒有拒絕。

爲什麼要約映竹？看著鏡子裡的自己，我問她：妳約了一個比妳漂亮、比妳溫柔，也比妳更讓他動心的女孩，這樣好嗎？這問題我找不到答案，想著想著，忽然失去了繼續化妝的動力。我還無法清楚地確定自己的感覺，也不曉得怎樣才是對大家好的，可是我也很明白，那是一種心動，就是心動，就在他偶爾靦腆的笑容中、憨厚的個性裡，還有那一個他伏案沉睡的夜晚，其實我是有幾分動心的。

先把飼料盆洗乾淨，再重新放進新的，然後換過水，清理貓沙；把桌上散亂的書本擺好，一些已經過期而不再需要的便條紙就扔了；接著將衣架上的幾件外套掛好，看來有點不順眼的便扔進洗衣籃裡。我知道自己在拖延時間，好像總有點什麼還不是很肯定似的，分明都已經準備好可以出門了，然而我就是需要再想一下。

那是一種悄然而生的感覺，不知道什麼時候開始的，或許就在我們第一次見面時，他就給了我很不一樣的印象。這人不是平常在這城市裡隨處可見的那種男人，他甚至就跟映竹一樣，與這裡的步調格格不入，可能連在這裡要如何呼吸都還沒學會。然而就是這樣的個性，才讓我覺得他與眾不同吧？這個人不虛假，也不太懂得掩飾，我甚至都還清楚地記得，頭一次在公司側門邊，那天晚上，我們剛好遇見映竹的男友來接她，那當時，李鍾祺的表情讓我始終難忘。

所以我對這隻大笨鵝確實有種好感，上次跟爺爺的對話還言猶在耳，現在確實是從「我喜歡這個人」，慢慢地變成「我喜歡他」。這絕非門口時隨便說說而已。表達好感對我不算難事，但問題是該在什麼時候表達才好？怎樣表達才不會失態，或者嚇跑了人家？這實在不無可能，李鍾祺可不是那種落落大方的人；更甚至，我也在想，有表達的必要嗎？如果從頭到尾，我都只能是他工作上的前輩，那這份好感還有必要讓他知道嗎？應該就免了吧？所以我在門口躊躇，一直猶豫不定，穿上鞋子，也拿了皮包，就是還沒準備好可以開門走出去。今天晚上會有映竹在，不可能是今晚；李鍾祺還喜歡映竹，他們之間的牽絆雖然並不影響我，但總還是得稍微顧慮一下。眼見得已經遲到了，下午我沒事就先回家，李鍾祺則跟映竹一起從飯店過去，這時間大概已經在餐廳了。

拖了好久才出門，心裡一直矛盾著，連走下捷運入口時的腳步都有點拖泥帶水。車還沒到，手機已經響起，李鍾祺打來問我究竟出門了沒有。

「等捷運啦，那麼想我，迫不及待了是嗎？」忍不住，我還是想這樣多試探他。

「是呀，我很想妳，不過更重要的是，妳如果不快點來，我們不好意思點菜先吃呀。」他還在電話那頭自以爲幽默，卻完全不曉得我的心情。

「你可以讓映竹先吃點東西，她這幾天太辛苦了。」我說：「至於你，你可以在餐廳門口立正站好，等我到了再說。」說完，我直接掛了電話。眞是豬頭耶！爲什麼我這麼反覆盤桓著的時候，你腦袋裡想的卻只有食物呢？

餐廳不算特別高級，但是有很優雅的原木色調裝潢，配合黃色聚光燈的投映、餐廳裡洋溢的鋼琴樂聲，顯得非常溫暖舒服。外頭下著細雨，不過我沒撐傘，進來時用手稍微撥了一下頭髮上的雨水，剛剛好，不到淋濕的程度。

「等好久。」嘟著嘴巴，三十幾歲人的李鍾祺像個孩子似地，伸手就要去翻菜單。

「先坐下吧，喝點熱茶，別感冒了。」終究還是女孩子窩心，映竹先倒了茶給我。

「你可以對我好一點嗎？看在我對你好歹也算很有好感的份上。」瞪李鍾祺一眼，我說。不過這句半眞半假的玩笑話可讓映竹吃了一驚，瞪大眼睛看著我們。

「聽她在胡扯！」李鍾祺其實也傻了一下，趕緊澄清。

我「哼」地一聲，這麼怕被映竹知道是吧？本來要反唇相譏幾句的，但想想還是罷了，不願在這裡跟他繼續鬥口。起先沒有食欲的，但一進餐廳就聞到濃濃的食物香味，肚子立刻便有了反應。我在來時，那短短幾站的捷運途中，不斷地告訴自己，或許這只是一時的感覺而已，不見得是眞正的愛情。他也未必眞的有那麼好，只是在我的生活圈裡很少遇到這樣的人，才感到特別罷了。而不管是否如此，至少現在我不該把局面弄得太複雜，除非先確定他跟映竹之間已經再無可能。這樣的理由並不爲別的，我不認爲愛情裡有什麼先來後到，也不認爲這會影響我跟映竹本來就很投緣的友誼，只是純粹地想避免所有不必要的困擾，也不想讓李鍾祺左右爲難而已。

「好吧，點餐吧！不然大家都餓得語無倫次就糟糕了。」於是我給了每個人一個台階，笑著把菜單搶過來，準備挑選今晚的主菜。

「等一下，」然而這次卻變成映竹說話了，她臉上帶著笑，止住了每個人的動作。看我們一臉不解，她眼裡有一絲幸福的光采，說有事想要告訴我們。「我也有話想說，可以等我一分鐘嗎？」

「怎麼了嗎？」李鍾祺問她。

「這裡有一個我認識很多年的老同學，也有一個和我一見如故的新朋友，在這個大環境中，我覺得你們是最適合聽我說話的人，對吧？」她看看我們，說：「今天傍晚，就在我準備離開飯店的時候，收到這封訊息，你們看——」說著，她把手機挪到餐桌中間來。

我知道我不是最好的男人，但我希望我可以是妳生命中，唯一一個能讓妳感受到幸福的人。妳願意嗎，嫁給我？

「其實我有點慌，無法做很理智的判斷跟思考，就算知道中間還有許多一時難以解決的問題，但我很想現在就立刻答應他，你們認爲呢？」

那個向映竹求婚的男人，我不算眞的見過，唯一一次，也就是跟李鍾祺一起，在飯店側門稍遠處看到過而已。後來大部分都是從映竹的談話中，稍微了解一點他的消息，然而那卻不是正面的內容。我知道映竹的心裡有遲疑，儘管給我們看那訊息的當下，她臉上有喜悅與幸福，不過會不會點頭答應，看來還有得談，這件事不必操之過急。在吃飯時她也說了，雖然很感動，很想馬上就答應，然而卻不會眞的被沖昏頭，這是一輩子的事，她終究還是得考慮再考慮。

比較起映竹讓人放心的樣子，李鍾祺這邊可就尷尬了，儘管我嘲笑著說簡訊求婚的方式未免太糟，李鍾祺則哭喪著說我們不如還是先吃飯吧，但當餐點送上來時，他卻簡直食不下嚥，什麼美食佳餚，對他而言，都變成了泥沙糞土似的，完全食之無味，話也變得很少，反而是我們兩個女人聊得很開心，從飯店工作的心得開始，因爲她一直都在前台，對我們這邊的上班情形比較不熟，也很羨慕我這種不必穿制服的日子，於是就從衣服又聊起了最近幾家百貨公司的年終折扣，她也不是很常逛街的人，甚至連五分埔都沒去過，最後我們從衣著打扮再聊到學生生活，她說自己好像一輩子都在穿制服，而我說至少穿著制服的日子裡，妳可以不必對著衣櫃煩惱今天該怎麼搭配衣著。

「你這樣未免太明顯了。」吃完好長的一頓飯，結帳後，映竹在街邊跟我們道別，她接下來有好幾天的連續假期，總算可以陪陪男朋友。同樣是帶著笑容送她上計程車，但我笑得很眞心，李鍾祺的臉卻比苦瓜還苦。等車尾燈消失在遠處的路口，我這麼跟他說。

「不然呢？難道我眞的要祝她幸福快樂？」忽然責怪起我來，他說：「都怪妳，上次胡說八道，說什麼她就快結婚了。看吧，現在眞的被妳這烏鴉嘴說中了。」

「關我屁事呀！就算眞的是因爲我才一語成讖，那也只能怪你自己拖拖拉拉那麼多年，才會落得今天這種下場呀。」瞪了一眼，我又問：「你上次究竟是怎麼跟她聊的，映竹到底知不知道你的想法？如果知道，按理說她今天不會給你看那則求婚訊息才對，這樣未免太殘酷了。」

「不管怎麼聊的，總之今天跟她求婚的那個人不是我就對了。」他嘟起嘴來，問我接下來是不是要回去了。瞧這一臉落寞與痛苦的表情，看來他很不想被我看見這種心情。想想也是，三十幾歲人了，自尊心可經不起太大的打擊。

「回去？我怕你回去忍不住就燒炭自殺了。」不過我也不想讓他自己一個人回家鑽牛角尖，苦笑著，我說：「喝一杯去吧，我想你是需要的。」

沒去酒吧之類的地方，李鍾祺說，與其坐著悶，還不如走一走，所以我們在便利商店買了啤酒，邊走邊喝，整個信義區有的是走不完的路，看不完的百貨櫥窗，晃得腳痠了，就在街邊的椅子上坐著休息。

「本來，我並不是眞的那麼想來台北，眞的。」看著遠方大樓的燈光，再看看四周懸掛樹上的彩色燈泡，這城市很繽紛。然而李鍾祺卻一點也沒有快樂的感覺，他說要是在屏東，這時間早就萬籟俱寂了。

「但你終究來了，不是嗎？」

他嘆了一口長氣，說以前會想來台北工作，是覺得這樣的都會生活很緊湊、很刺激，可是才一個月左右，他就覺得有種喘不過氣的感覺，雖然這工作很有趣也很有挑戰性，但偏偏就是提不起勁來，忙的全是些看不見什麼成果的瑣碎，一點成就感也沒有，這跟他以前的工作實在大相逕庭。

「妳會不會覺得我很軟弱，認爲我是個胸無大志的人？」說著，他忽然問我這個怪問題。

「那應該是兩碼子事吧？」我笑著說：「你要是志向太高，滿腦子都是工作，那我才眞的要煩惱。」

「煩惱什麼？」

「煩惱你每天都看著工作，不曉得何時才會看見我囉。」我笑得很甜，不過他卻瞪了我一眼。

「眞不知道這個前輩是怎麼當的，每次我把眞心話告訴妳，想聽聽妳的意見，可是得到的都是這種不三不四的答案，也不曉得妳腦袋裡究竟裝些什麼。」他索性轉過頭來，用很認眞的口氣說：「我跟妳說，雖然妳在這裡的工作資歷比我深，但我的年紀卻比妳大，就光是多活這幾年，我懂的道理也絕對不比妳少。要知道，女孩子的名節是很重要的，感情這種事，是絕對不能拿來開玩笑的，人要含蓄一點，喜歡不喜歡，或者好感不好感的，這種話不能老是掛在嘴邊招搖，妳懂嗎？」

「我有說我在開玩笑嗎？」於是我也投以非常專注的眼神。

那是非常短暫的瞬間，就四目交投的幾秒鐘裡，我看到的是很眞實的他，一點都不造作，他是眞的很在乎我，這我看得出來，可是他卻沒能從我眼裡看到我的想法，凝視一下後，他又嘆了口氣，依舊躲回自己的沮喪世界中，繼續喝起悶酒來。

「別這樣，當初你來台北之前，應該就猜到可能會有這種結局的，不是嗎？」

「就算是，至少今天晚上悲慘一下總可以吧？」他喝乾了啤酒，望著遠方，說：「我本來就想過，她可能已經有了男朋友，甚至也可能像今天這樣論及婚嫁，畢竟大家都過三十歲了，這種事很正常。但眞正親眼看到那封簡訊，聽到她親口這樣說時，那種感覺終究不同，當然也很難馬上就接受，對吧？所以至少今天晚上，我想我應該有沮喪一下的資格。」

「當然可以，可是你明天會笑嗎？」

「會，我保證。」他點頭，但語氣裡分明充滿了敷衍。

「騙人！明天放假，我看不到。」

「明天放假可不是我定的，那只是剛好而已。」

「所以你根本沒有誠意想證明，到底你明天會不會開心地呼吸早晨空氣。」

「不然妳想怎樣呢？」他反倒笑了出來，拉扯著自己的臉頰，擠眉弄眼地對我說：「失戀本來就應該是這種表情才對呀，眉頭要皺起來、嘴角要垮下來、兩眼無神、一臉癡呆，最好還偶爾流幾滴不自覺的眼淚下來，這才像是失戀的樣子。」

「可是你根本沒有戀，哪來的失戀？」我說：「不管，就算要難過，好吧，勉勉強強，讓你今晚回去痛哭失聲一下好了，明天早上我請客吃早餐，你得給我笑著來！」

我知道這對他可能很難，只有一晚上時間能調適自己，然而這也是沒辦法的辦法，接下來放好幾天假，總不能讓他這樣沉淪下去，誰知道他會不會把自己糟蹋得不成人形？最後一段路，從信義誠品附近離開，慢慢走向捷運站，我提醒他，明天早上八點整，就在我們飯店頂樓那個天台上，不見不散。

「搞不好明天會下雨。」他說，臉上還滿是不情願。

「下雨了也得來。」

「萬一恐怖份子襲擊台北，把飯店給炸了，怎麼辦？」

「恐怖份子炸台灣得不到什麼好處，人家只是恐怖了點，不是白癡。」

「那如果……」李鍾祺還想繼續鬼扯，我卻停下腳步，一把揪住他的領子，對他說：「如果明天早上你不來，我保證你會爲了放我鴿子的這件事後悔一輩子，就這樣。」

我說得很認眞，一點都沒有開玩笑的意思，也不曉得這隻呆頭鵝究竟懂不懂，而且就算懂了，誰知道他到底來不來。這一大早，穿著大外套出門，過年期間，我走了好久才終於找到一家有營業的早餐店，買了兩個飯糰，朝著捷運站過去。

自己為什麼要這樣做？看看時間，平常上班都沒這麼早，而我居然在放假的日子裡，帶著飯糰要去約會？大概是頭腦有問題了。昨晚回到家，在浴室裡淋著熱水，想了又想，怎麼都找不到一個出口，我好像在無意間踏入了另一個世界似的，從申請調回行銷部開始，就這麼逐漸失去控制，然後走到這一步。可那眞的是失去控制的嗎？又不免懷疑。我其實是很清楚自己在做什麼的，非常短的時間裡，就是一種突如其來的轉折變化出現在眼前，或許那是上天安排的，也可能是誤打誤撞而造就的，但總之，現在我想找個方向，走出自己的迷宮，更想也幫著李鍾祺，走出他的迷宮。

整大片的陰霾，雖然沒起風，但還是非常冷。我縮在厚厚的羽絨外套裡，等了又等，八點過三分，當我在天台的樓梯邊，即將凍死之際，門終於推開，李鍾祺一臉沒睡飽似地出現，他甚至還穿著昨天的衣服，鬍子也沒刮。

「你遲到了。」冷冷地，我瞄他。

「等紅燈嘛。」

「哪裡的紅燈？」

「電梯從八樓上來，快到九樓的時候，剛好遇到紅燈……」他還沒胡謅完，我已經把飯糰丟了過去，不過可惜力道不足，恰好被他接住。

「這麼開心是怎樣，哭完啦？」不理他，坐在階梯下方，我先吃了起來。

「其實也沒什麼，可能就像妳說的，沒戀過，哪裡來的失戀，對吧？昨天回家後，我一直在想這個問題，一直想到天亮，愈想愈覺得似乎真的有點道理。」也坐下，跟我一起擠在階梯上，他也吃起飯糰，眼睛呆愣地望著前方，腦袋裡大概正在想些什麼吧，過了一會才說：「如果一段相戀的愛情結束了，花上一個月來療傷應該差不多；如果一段單戀的愛情結束了，花一個星期似乎也差不多；但我自己想一想，高中到現在，雖然一直都很喜歡映竹，可我中間也交過別的女朋友，也跟別人說過『我愛妳』，這樣一來，我是不是連單戀的資格都不夠呢？既然如此，那我看以我的情形，或許真的只用一晚來療傷就夠了。」

我聽得笑了出來，最好可以這樣判別愛情對一個人有多刻骨銘心啦，不過這當下我沒再去刺痛他，只微笑著先陪他吃完飯糰。一邊吃，我偶爾瞥眼偷看他的側臉，下巴的鬍子長得真快，而且隱約還可以聞到一點酒味，李鍾祺的雙眼有點血絲，看來昨晚可能真的徹夜未眠，他花了多大的力氣來說服自己放棄呢？我很想拍拍他的肩膀，跟他多說點什麼，不過似乎又不太需要，他已經自己站起來了不是？

「對了，我問妳一個問題，妳要老實回答我。」他吃完早餐，伸個懶腰後，問我上次在這裡跟他玩猜拳時，到底有沒有作弊。

「對付你需要作弊嗎？」我得意地笑，說：「你要是有興趣的話，咱們可以再來比一次都沒關係。」

「好呀，有賭注嗎？」他說著就站起身來，也不管襯衫的下襬沒塞進去，褲管上還沾著飯米粒，天台上的微風輕輕吹動了他凌亂的頭髮，說眞的，還頗有幾分瀟灑。「這次輸的人要請吃午餐，好不好？」

「我們看起來很像窮到需要別人付錢才吃得起午餐嗎？」我也笑了，起身，我說不賭別的，輸的人只要把自己現在心裡最想講的話說出來就好。

「心裡的話？」他一愣，問這算不算是眞心話大冒險。

「差不多囉。」聳肩，我說著便舉手握拳，跟著第一把立刻就獲勝，當下往上踏了一階。李鍾祺跟絕大多數人一樣，大家猜拳都有自己習慣的選項，而且很難改變，我連贏了兩階之後，決定給他一點甜頭，於是刻意改變了自己的習慣，甚至還去臆測他的下一步動作。這人其實也不難猜，一連好幾把，李鍾祺簡直是勢如破竹，就看他立刻追了上來，已經超越了我，然後繼續往上前進。這段階梯總共也才十來階，轉眼間他已經幾乎到頂，就剩下最後兩階而已，只要再贏兩把，他就可以獲勝了。

「看來妳輸定了，老天爺可憐我，看我昨天失戀，今天就用這樣的方式來給點彌補。」他非常得意，一臉邋遢的人還笑得非常猖狂。

「那可未必吧？」然而我也抱以淡淡的微笑，說：「不然我們現在改一下規則，本來是輸的人要說眞心話，現在換贏的人說，好嗎？」

「當然不好！」他立刻拒絕，還說他只剩兩把就可以獲勝，現在突然要改規則，未免太不公平。

「你就眞的那麼確定自己會贏？」我冷笑著，舉起手來，這次不再有任何的讓步，一把，我贏，踏一步；再一把，我又贏，又踏一步；然後還是我贏，於是再上一步，那不過是非常簡單的剪刀、石頭、布的遊戲而已，可是李鍾祺的笑容卻慢慢僵硬，終至完全垮了下來。當我經過他身邊時，一句話也不說，瞄了他一眼，猜贏一拳，直接就往上踏。

「妳……」還來不及把話說完，我沒給他思考機會，最後一階，他把原本習慣的石頭改成布，但我出的卻是剪刀，當場把他徹底擊倒，然後順利攻頂。

「老天爺不會那麼無聊，讓你用贏了猜拳的樂趣來彌補失戀的創傷，這未免太膚淺了。」最後一個轉身，差了兩階的高度，剛好平衡了身高的差距，我回頭時，與他是平行的四目交投。看著這個滿臉錯愕，一時還沒能接受失敗結果的李鍾祺，我說這次就當做是給失戀的人優惠，眞心話讓我來說也沒關係，而其實我現在只有一句話想說，「我喜歡你。」然後給他一個很大的擁抱，在這冷得要命的天台階梯上，輕輕吻了他一下，嘴唇碰觸他臉頰的瞬間，我心想，不管過了多久、還會發生些什麼事，哪怕又要認爲我這樣有失女孩子的莊重，那些都無所謂了，從這當下，一直到以後，我都只想跟你說這句話。

台北早春，乍暖還寒的風裡飄落是何方的葉？

我在街邊拾起的是過往人潮所遺棄的名為思念，

摺成紙鶴，送給你。

那些知而不能言語的什麼都藏在深深的呼吸之間，

你閉上眼，今晚別走，我告訴你。

六點四十分，外面彷彿還沒天亮似的。已經好幾天沒看到藍色的天空，不曉得這波寒流還會肆虐多久。沒開燈，就著昏暗的視線，披上外套，先走進浴室刷牙，漱洗後才換衣服，然後打開電腦。我覺得這是一種成癮症，儘管時間有限，但出門前坐在電腦前看個十分鐘的網路新聞也好。

粉紅色的羽絨大外套裡還有一條米白色的長圍巾，把牛仔褲的褲管塞進長靴子，最後拎起大包包，然後出門。這是很平常的一天，與往昔無異，但心情卻顯得特別好，連搭上捷運時，都覺得今天的捷運列車跑得特別快。

其實我不需要那麼早到公司，不過早起已經是習慣，在家既然無事，不如早點出門也好。才八點左右，已經到公司附近，還在巷子裡的早餐店坐下來吃了三明治，這才心滿意足地晃過來。

側門邊進出的人很多，大多都是夜班結束後，準備回家的員工，再不就是像我們這種沒有固定上下班時間的後台人員。在那些進進出出之間，每個人臉上都有著不同的表情。我剛晃進門，站在電梯口，排在人群的最後面，正等待時，忽然覺得哪裡不太對勁，於是倒退兩步，探頭往外看。就在上次我坐著吃壽司，遇到爺爺的那個花台邊，有個個子很高的男生，正在那兒抽菸，我探頭的瞬間，剛好他也別過頭來，視線恰好相對。那當下兩個人都愣了愣，於是他朝我點點頭，我也回了個招呼。在這裡幾年，雖然不敢說認識很多人，但見過的總是有點印象，不過這人於我卻是全然的陌生，而且他那樣子看來也不太像是這兒的員工，花台邊可不是抽菸的地方，要抽菸應該上頂樓去，上次爺爺要點菸前還問了一下，我才以爲他是飯店的客人，現在這傢伙看來也是個走錯路徑，跑到員工出入口來的閒雜人等。不過這猜測又錯了，我剛上去，不到半小時，都還沒正式進入工作，先把活動優惠方案送去公關部，就看到剛剛那個人已經赫然在座。

「你是新來的嗎？」好奇地，我問。而他點頭，秀了一下掛在脖子上的員工證，上面寫著他的名字。

「多指教，我叫劉子驥。」他笑起來的樣子很好看，牙齒挺白。抽菸的人還能有這麼白的牙齒，看來這男人很愛漂亮。

「很熟的名字，好像聽過。」

「陶淵明寫過的，南陽劉子驥，去找桃花源的那個人。」

「喔！」於是我恍然大悟，文章沒印象，但我好多年前看過的舞台劇《暗戀桃花源》裡倒是有這名字。「所以那是你本人呀？」打趣著，我問他。

「對呀。」他也笑。

「後來你有找到桃花源嗎？」

「就是因爲找不到，所以只好來上班。」他的反應很快，一來一往之間，完全沒有思索，具備這種對答如流的能耐，果然是做公關的人才。一邊笑，一邊自我介紹，原來他是公關部的新進人員，農曆年後才開始正式上班，今天是第一天。

我對這個新同事的興趣並不高，放了幾天假，比較想見的人還沒見到，忙了一早上，連中餐都只能託方糖出去買。當我下午好不容易喘口氣，可以休息片刻時，趁著送文件上樓的機會，到執行長辦公室去看看，卻發現李鍾祺不在。寒暄了幾句，把文件內容稍微說明一下，報告完畢後，正打算告退，爺爺忽然摘下老花眼鏡，問我現在是什麼情形。

「就是文件裡面寫的那樣呀。」我說。

「我問的不是這個呀。」他的眼神很銳利，彷彿可以把人看透似的，卻充滿笑意。那瞬間我也笑了，看來上次演得太假。「我就在想，會不小心一腳把電源線給踢掉，這種傻事實在不是妳會做的才對，況且時機也未免太湊巧，所以中間肯定有古怪。雖然情況我不太清楚，不過看妳這樣笑，顯然八九也不離十了，對吧？」

「你說是就是囉。」我笑笑，說得若無其事，聳聳肩，裝做完全不在乎的樣子。

「那也不是不行，我相信妳不會因此影響工作，不過比較大的問題是這個對象。」爺爺背靠在椅子上，用無奈的語氣說：「這對象眞的適合妳嗎？」

關於一個人跟另一個人是否適合的問題，我對爺爺的說法是：沒有相處過，就無法確定合適與否；相處有多深多久，才知道適合的程度到哪裡，不適合的問題又有多少。

「說起來呢，那小子確實是個還算不錯的好男人，只是，他的頭腦反應沒妳快，也不是很懂得變通，如果眞不幸被我猜中了，那妳以後可得擔待點。」離開前，爺爺又把眼鏡戴了回去，攤開文件要看時，還不忘抬頭這麼跟我說。

「我會讓他知道這世界有多險惡的。」笑著，我說。

兩天沒見，又沒任何聯絡，我其實也不太清楚李鍾祺的想法，那天忍不住的告白，感覺上很不認眞，他會不會以爲我眞的只是在開玩笑？

好久沒跟阿宛姊聊天，約著下班後去公館，一起吃飯時，她居然又提起找我去餐廳部門幫忙的提議，還說非常羡慕我。

「不管新的大頭怎麼樣，至少妳可以回到原本的崗位，像我可就慘了，一入豪門深似海，根本沒有可以接替我這位置的人，我寫過不只一次的轉調申請書，想回原本的部門，結果每次都石沉大海。」她垂頭喪氣。還沒結婚，也沒有太大的經濟壓力，對阿宛姊這樣抱持單身主義的人而言，我完全可以理解她的想法：與其在一家公司裡擔任中堅骨幹，掌握一方，但若代價是筋疲力盡，耗去太多屬於自己的時間，那不如還是當個小職員就好。因爲這不只是她的想法，也是我的感覺。

「加油，撐著點。」陪著苦笑，再偶爾陪她逛個街以放鬆心情，這其實也是我現在唯一能做的。

走到腿軟才帶著滿滿的戰利品，心滿意足地回家。走進捷運站時，本來掛心的是工作崗位的調換，但車都還沒進站呢，思緒轉折就又跳到李鍾祺身上。心裡充滿了不確定感。今天整天沒見到面，那明天我要用什麼理由上樓呢？春節假期剛過，大家暫時喘口氣，接下來要起跑的春季活動才剛開始。

捷運公館站裡人滿爲患，但我也不想拎著大包小包去擠公車，所以只好認命排隊。然而就在列車進站，正要準備上去時，手機忽然響起。我在手忙腳亂中接起電話，明明是曉寧的來電號碼，但講話的卻是個陌生的男人聲音，問我今晚怎麼不去。

「去哪裡？」納悶中，聽到那邊一陣喧鬧，然後才是曉寧接回電話，她說今天有迎新會，地點就在大家每次聚餐的居酒屋。

「我不記得行銷部有新人耶。」我說。

「行銷、公關一家親嘛！」而她笑得很爽朗，一聽就知道已經喝得差不多了。是帶著一點不情願的，雖然劉子驥給我的感覺還不壞，但他畢竟是公關部的人，自有他的同事可以幫他辦這活動，實在不必連行銷部都攪和進去。不過也誠如曉寧所言，兩邊往來很密切，職責上又是一體兩面，如果公關部有新人，遲早我們也都會遇到，既然這樣，當然有聚會時互相約一下也很合情合理。

不想讓人覺得厚此薄彼，所以即使再不情願，我還是搭上了計程車，反正沿基隆路過去也不太遠。而我一到，都還沒跟服務生說要找誰，就已經聽到裡面傳來划拳喧鬧的叫嚷聲。這些白天在辦公室裡衣冠楚楚的人，到這場合全變了樣，乾媽高挽的髮髻放下，喝得滿臉通紅，曉寧更是連鞋子都脫了，盤腿坐在榻榻米上，大呼小叫地跟公關部的人划拳，方糖則跟劉子驥聊得正起勁。

本來只想打個招呼就走人的，但在眾人的簇擁下，也只好跟著入座。這裡八九個人擠滿了小小的空間，服務生端來的啤酒根本不夠牛飲，我剛喝掉一杯，立刻又有人幫我斟上。

「小姑娘好晚來，是不是去約會了？」公關部的主任是個四十開外的超級型男，自他以下，整個部門全都是俊男美女，難怪我們飯店的公關形象始終不墜。他這一問，立刻引來旁人側目，有人問我怎麼沒帶男朋友來，也有人問我轉回行銷部的眞正原因是不是因爲找到對象，準備結婚，所以才想要穩定的上下班生活。

「想太多，八字都沒一撇呢！」我笑著回答。這些人大概最近苦無樂子，一聊到別人的八卦，全都像聞到魚腥味的貓，大家把目光集中過來，就問我男朋友是誰、在哪裡上班、長得怎麼樣，還有人直接跟我要照片看。笑著，我正想找話題來轉移眾人的注意力，偏偏今天聚會的主角劉子驥又對我說：「哎呀，原來妳已經名花有主了。我今天在樓下看到妳，就有一種一見鍾情的觸電感。妳相信嗎？那就像全身毛細孔都在瞬間一起張開的感覺哪！沒想到居然有人搶先一步了。告訴我吧，那是誰，讓我有個跟他公平競爭的機會。」他不說則已，一說更不得了，全場亂烘烘地鬧成一團，大家立刻高喊著要劉子驥現場馬上告白。

「不行，不行，」我幾乎有點喘不過氣來，好不容易又喝了半杯啤酒，這才放慢呼吸，很認眞地告訴大家：「既然你們都在問，好吧，那我乾脆告訴你們，也順便先插旗子，免得日後在座的哪個女生跑來跟我搶男人。」眾人聽了莫不一愣，居然也真的都安靜下來，睜大眼睛看著我。

「其實，我喜歡的人是李鍾祺。」回想李鍾祺為我熬夜的那一晚，以及天台上的那一吻，眞的有種如劉子驥所說的全身觸電感。然而，我才剛認眞地說完，就在所有人睜大了眼睛，露出不可置信的表情時，我本來還想繼續說明原委的，沒想到就那麼剛好，背後傳來他的聲音：「太惡劣了吧？開我玩笑一次還不夠，居然又跑到這裡來跟大家胡說八道了！」瞪著我，李鍾祺滿臉不高興地說。

大家都沒有可以夜唱整晚的好體力，我們在凌晨一點半左右就宣告投降，各自拖著疲憊的步伐走出來。一場熱鬧繽紛的大聚餐，我們從本來的一個包廂，變成打通隔間，最後居然來了將近二十人，公關部畢竟還是公關部，無論公司內外都八面玲瓏，他們電話一通接一通打，居然連人資部那邊的同事都找來了，而既然已經把觸角伸到後勤部門，當然就不能錯過俊男美女也很多的採購部，於是他們又拿出手機，幾個號碼一撥，也不多時，現場立刻出現好幾位大美女，那些男人無不歡欣鼓舞，立刻添酒添菜，繼續吃喝，直到大家都快撐破肚皮時，不曉得誰又提議要唱歌，結果一大票人鬧哄哄地全都上了計程車，唱到這大半夜。

「比公司喝春酒還要熱鬧呢。」雖然還意猶未盡，但明天都得上班，再不情願也得乖乖回家。腳步踉蹌著，方糖說話時有濃濃酒氣。

「那是因爲今天的小型春酒聚會沒有大頭呀！」我笑著說，旁邊一大群男男女女也都笑了。今天來喝酒胡鬧的，最高層級就是行銷跟公關兩個部門的主管，但都算是自己人，所以大家都毫無壓力。

今晚一起去唱歌的至少有十七八個人，全都擠在超級大包廂裡，酒酣耳熱中，有些人圍拱著李鍾祺，想藉他口去探聽執行長接下來是否會有什麼重大變革，或者知不知道有什麼工作上最好小心避免的地方。雖然劉子驤才是今晚的主角，但他卻完全不以爲意，也經常跟李鍾祺喝酒說笑，大家居然其樂融融。

「幹嘛不說話？」走出KTV時，方糖問我。

「累呀。」我嘆口氣。本來只是很單純地出去逛個街，沒想到一鬧就鬧到了這麼晚。不過這當然也只是一部分原因，更多的，是我還在意著晚上李鍾祺的那句話。

那是胡說八道嗎？當然不是。我原先的確有點擔心他會以爲我不夠認真，但沒想到他居然是壓根兒就不相信。這實在太讓人惱火了，難道我會吃飽撐著沒事，去隨便找個誰來親親臉、抱一抱、隨便亂說喜歡嗎？在那當下，一群人都錯愕地看看我也看看他，頓時不曉得該不該認真才好，所以我很直接地嘟起嘴來，哼了他一句：「眞沒幽默感。」

既然那當下他認爲我只是開玩笑，那就順著他的錯以爲，而跟著假裝下去吧，好讓彼此都有個下台階。如此輕鬆地帶過後，大家稍稍不那麼尷尬，隨後他被邀請坐下，跟著一群人聊起來，也就漸漸地把那幾句話給忘了。可是大家可以不當一回事，但我呢？我怎麼可能無所謂？一群人不斷聊著，但劉子驥卻不時朝我這邊看過來，想來他的觀察力也很敏銳，大概是把我跟李鍾祺的那幾句對話放在心上了吧，所以想知道究竟是怎麼回事。

不想在這種場合擺臭臉，我很努力地跟方糖討論網拍商品的內容，她最近瘋狂迷上網路購物，動不動就找人團購。直接打開筆記型電腦，連上網路，開了網頁給我看。這次她鎖定的目標，包括兩家衣服飾品，一家布娃娃與抱枕的專賣店，以及一家禮品店的商品。我說衣服或抱枕就算了，不過在禮品店的網頁裡，我看見一盒拼圖，圖案是細雨中的東京鐵塔，很有浪漫的意境，我說這個還不賴，可以幫我買，說著又陪她看了看。笑鬧中雖然裝得很輕鬆，可總還是有無數個短短的小片刻，會陷入一個人沉沉的思緒裡，一直在想，他究竟是憑什麼，會把我認眞得不能再認眞的告白，當成了戲謔、當成了玩笑？我可不是因爲他失戀，才給一個安慰獎的！更不是因爲一時的惡戲之意，才故意這樣逗他的！

所以我是落寞中還帶著一點生氣的，從居酒屋出來後，李鍾祺沒跟大家一起去唱歌，他說還要回去整理資料，剛過完年，高雄有旅展活動，雖然有高雄分館那邊在地的同事會去，但執行長卻要我們這邊也派人參加，談不上是協助，但至少可以跟南部的一些旅行社有點交流認識，日後要談合作也比較方便。他知道我是要奉派出差的人選之一嗎？大概不曉得吧？不然今晚他在跟大家聊這些時，就應該會問到我的看法才對，然而他沒有，還在那邊一頭霧水，對於這次的計畫完全摸不著頭緒，簡直笨到極點，果然是一隻大笨鵝！

後來一群人去唱歌時，我也依舊提不起勁來，只是礙於大家的盛情，覺得卻之不恭。但我眞的不想唱歌，勉強陪著哼了幾首後，就開始發呆。包廂裡光線不亮，我一直覺得快要睡著，只是大家未免太熱烈了，喧嘩聲讓我無法入眠，所以聽著歌聲，偶爾喝點熱紅茶，看看螢幕上伴隨著歌詞與旋律起伏的畫面，我只想這麼安靜著，最好不要再有人來找我聊天。

「妳沒事吧？」隔沒兩天，構想著可以在南部旅展時拿出來談的配套計畫，不知不覺就錯過了用餐時間，當下只好下樓，到附近的速食店覓食，不料卻在點餐櫃檯前遇到劉子驥，他說剛跟廣告公司討論完，也正打算吃飽再回飯店，禮貌地讓我先點餐，跟著就問我那天聚會是否還好。

「累死了。」我回答。

「那個大家都一樣累，但我說的其實是另一件事。」他還故意斜眼看我，「妳知道我在指什麼。」

「好管閒事，管你們公關部的事就好，踩到人家行銷這邊來幹嘛？」我也回瞪他，同時點了一份餐點，故意不回頭。

「別這樣，」我拿了餐，轉身就走開，而他只點了一杯可樂，又跟上來，還坐在我這桌的對面。「公關、行銷一家親，幹這行好幾年，直覺這東西我也有一點的。」他還笑著。

「那你應該把直覺放在工作上才對吧？」

「我把直覺放在我認爲應該放的每個地方，當然不會只有公事上。」他說著，也不問一聲，很賴皮地，拿了我的薯條就開始吃，然後問：「可不可以告訴我，妳跟李鍾祺是什麼關係？」

「我說我們是情侶的話，你會不來煩我嗎？」

「不會。」

「媽的。」然後我就罵髒話了。

劉子驥笑了出來，他其實根本不在乎這些，臉上是輕鬆自在的表情，說：「別說你們不是情侶了，就算是，肯定關係也不會太好。但妳別擔心，我沒別的意思。甚至，如果妳眞的喜歡他，我也很樂意幫妳。」

「是嗎？」這話一說，我忽然有點興趣。本來喜歡一個人，就沒有非得要勉強對方跟自己在一起的必要，愛情有更多時候，可貴都在於成全，這是我一直以來所認爲的，不過能否做得到，那可一點把握都沒有。然而劉子驥卻也有這樣的看法，讓人大感意外。

「是呀。」他說：「我覺得那天晚上那一人掛人當中，最特別的應該就是妳、李鍾祺，還有我了。」

「『天下英雄唯使君』嗎？」我笑了出來。

「不錯嘛，女孩子看過《三國演義》的可不多。」他雙眼一亮。

「小說沒看過，不過相聲裡聽過這故事。」而我點頭。

於是我告訴他，或許公司裡很多人都認爲李鍾祺有點笨手笨腳，這樣的年紀還在當特助，恐怕難以稱職，然而我卻一直認爲，他有一種與眾不同的特質，只是一時說不上來，但就是覺得他跟別人很不一樣。儘管現在的他還不是很優秀，經常讓執行長跟總經理詬病，不過只要假以時日，我相信他會做得很好。

「因為他是個很眞誠的人。」劉子驥說：「我知道那個特質是什麼，就是眞誠。」

「是嗎？」

「而且他知道自己要什麼、不要什麼。」他點頭，「至少工作上給人感覺是這樣。」

我不是很明白這意思，但劉子驥告訴我，當晚在喝酒聊天時，酒量不好的李鍾祺一直很小心地適度拿捏，深怕喝醉；聊到工作上的規畫，他對自己現在的評分很低，因為對公司的運作模式還有太多不熟悉的地方，不過他自己也安排了很多計畫，要逐步進行了解。因為本飯店的執行長轄下業務範圍甚多，賦予特助的權責也不小，因此他不敢怠慢。知道自己年紀不小，但資歷又淺，所以他比別人都得加倍認眞學習才行。聽著，我在想，這些好像都沒聽李鍾祺說過，是否表示我對他的了解還太少？或者我太少給他機會講話？

「如果妳眞的喜歡他，那不得不承認，妳確實是有眼光的人。」劉子驥說。

「但可惜的是，他現在對我沒有太多感覺，而且還有自己的暗戀對象。」我苦笑。事到如今，看來是不太需要再對劉子驥遮掩了，我索性說了出來。

「但那並不影響妳，對吧？」

「沒錯，」我笑著說：「他喜歡誰都無所謂，只要他願意告訴我，也願意讓我有機會一直對他付出。相信總有一天，他會明白我有多麼認眞。」

「那萬一最後結果還是讓人失望呢？」

「至少我愛過囉。」而我笑著說：「不管結局如何，也不管在過程中，別人會怎麼看，我相信這就是愛情，而且是我所追求的愛情。就算我跟他之間，沒有太長久的認識，彼此欠缺互相了解的基礎，或者有些人也會懷疑，到底喜歡一個那樣笨手笨腳的男人有何意義，可是對一個女人來說，喜歡上了，那就是喜歡上了，這也是沒辦法的事。」

「說得好，我支持妳！」豎起大拇指，劉子驥說他非常贊同這個觀點，不過他也補充，說這樣的愛情觀並不只專屬於女人，他說：「因爲我也打算找機會，繼續追求妳。」於是我就又罵髒話了。

從過完年後，一直到五月左右，都是飯店業的淡季，這中間幾乎沒有什麼重要的假期活動，因此觀光旅遊產業勢必都會提出相當的優惠措施來吸引消費者，我們延續了春節的專案，持續跟溫泉業者配合，但也與旅行社接觸，做整個北台灣的配套活動。

「按理說，旅客在我們這兒住了一晚，隔天通常就會離開，轉移到下個旅遊地點，晚上才在該地方又找投宿，這是很普遍的情形。但我們現在就是要打破這樣的慣例，想辦法讓客人在我們這兒多住一晚以上。目前規畫的方案，是以我們飯店做爲中間點，往外輻散出去，看整個台北盆地周邊有哪些旅遊景點，比如九份、北海岸、淡水，或者是市內的動物園之類的都市景觀，全都串聯起來，做一個短期旅行的配套，如此一來，客人可以在我們飯店住上幾晚，免於搬運行李的麻煩，也不用舟車勞頓，同時還能在台北附近玩得很徹底，做比較深入的旅遊，不必走馬看花。這是本季所要推動的方案，也是我們與南部的旅行社業者接觸時，可以拿出來的提案。」耐著性子，我把早已寫在企畫案中的內容又口述一遍，李鍾祺這才恍然大悟，臉上露出佩服的神情。瞧他那樣子，我在想，這點子眞有那麼了不起嗎？事實上，這一點都不稀奇啊。

「所以這是我們接下來要推動的方向嗎？」

「算是。爺爺既然對這個發展方向有興趣，那一定不會錯過這次旅展，因爲這是與南部那些旅行社打交道的好機會，能夠一次就把所有大旅行社的資料蒐集到手，所以我們單位也會派人前往，去做初步的了解與認識。那些旅行社的國內旅遊團如果可以絡繹不絕地來台北，採行我們提供的配套方案，那對大家都有好處。相信這一趟應該可以有很多收穫。」

聽完說明，他點點頭，做出總算清楚明白了的表情，居然也沒有打開企畫案來看，就要拿去給爺爺。

「就這樣？」眼看著他轉身居然就要走，也不再多問，我愣了一下，就在執行長辦公室的門口又把他叫住。

「不然呢？」他臉上還有一點焦慮，看看手錶，說等一下還有個會要開，他得先去準備資料，不然又會挨罵。說著，只丟下一句：「有問題的話我這兩天再來問妳，謝啦！那先這樣囉。」

先這樣是怎樣？當他走進辦公室後，我在門外捏著拳頭，不敢置信地盯著已經關上的門，眞想用力把它踹開，拉出李鍾祺來海扁一頓，再問他這樣是怎樣。前幾天的事一直沒有給我個交代，完全漠視我的告白，甚至還當著大家的面指責我在開玩笑。這筆帳還沒算完呢！現在我辛辛苦苦寫好企畫，裡面明白地寫著會南下參加旅展的員工名單，就是我跟方糖兩個人。他根本看也沒仔細看，還說什麼有問題這兩天再來問。問個屁呀！早知道就不要浪費唇舌跟他解釋那些，讓他進去再被罵一頓！劉子驥對這傢伙有那麼高度的評價，我看一點都不符實，而且，他根本就蠢到不能再蠢！氣惱不已，只可惜我還沒膽子踹門，只能在心裡多罵幾句髒話。

展場很大，佈置也很氣派，連鎖飯店的最強勢之處就在於大家可以通力合作，一旦建立口碑，跟很多廠商或業者再談合作時，也有較優勢的籌碼。爲了這次旅展，幾個南部的分館採行了聯合展出的方式，不拘泥在一個小型場地裡，而且所有分工都已安排好，從接待、介紹到銷售，全都編制完整，根本不需要台北分館的介入。

「看樣子我們可以只當觀光客就好了。」方糖說。

「恐怕是。」笑著，我也說。本來已經做好心理準備，要來吃苦幾天的，沒想到完全無用武之地，最後只好在攤位上閒逛。

高雄很熱，即使展場裡已經開了冷氣，但還是有種悶著的感覺。花了兩天時間，把展場裡幾乎所有攤位都逛遍，搜刮了不少旅行社資料。諸多旅遊觀光的優惠活動很多，但我跟方糖只能望之興嘆。這年頭的上班族很可憐，有錢的沒時間花，有時間的卻沒錢玩，景氣太差，大家都得想辦法努力打拼，結果一年過去，再回首卻也沒多少進帳，還是那個吃不飽也餓不死的狀態，無奈之至。

我們在旅展開始的前一天抵達高雄，晚上還先去逛了青年夜市，台北沒多少這樣的地方，東西又多又便宜，沒錢沒閒好出國的我們只好在這裡努力買。逛得累了就吃路邊攤，買過癮了才上計程車又回飯店。

「妳跟李鍾祺現在還好吧？」整個行銷部當中，方糖算是比較了解我的人，儘管從未對她提過李鍾祺的事，但經過劉子驥的迎新會後，她或多或少也看得出來一點。

「妳說呢？」嘆口氣，我說，「所以我說他是呆頭鵝嘛，果然不是很聽得懂人話。」

「這樣眞的好嗎？」方糖問。我不知道她這問題所指的是什麼，是指我在愛情裡採取了主動？還是指對象的選擇？但無論是哪一個，我的回答都是一樣的：「每一種選擇、每一次選擇，都應該是不後悔的選擇。」

那隻鵝直到活動的第三天下午才驚慌失措地打電話來，他還以爲我是不是忽然不幹了，怎麼好幾天到行銷部都看不到人。

「瞎啦？我那天給的企畫案裡頭不就寫了出差名單嗎？你把鵝眼睛睜大一點就會看到了。再不然不會問我其他同事嗎？」我皺眉，如果他有所謂的開竅的一天，那這一天眞不知何時才會來。

「可是我覺得妳會自己跟我說。」

「我跟你說？我自己跟你說？」然後我的聲音就不由自主地大起來了，「請問一下，我爲什麼要跟你說？你是行銷部的主管嗎？或者你是執行長？如果都不是，那幹嘛我出差還得跟你報備？」

「可是……」

「又可是！還可是什麼？」我生氣地問他：「於公，如果你是我老闆或上司，我就跟你說；於私，如果你是我老公或男朋友，那我也會跟你說。請問你是哪一類？而且你告訴我，不管你是哪一類，我該怎麼講、用什麼口氣或態度，或者該採用怎樣的措辭，才不會無論我講什麼，全都被你誤認爲只是在開玩笑？」

「金魚，我……」

「沒話說了吧？沒有就掛電話吧，我很忙的。」對一旁錯愕的方糖露出頑皮的笑容，但我還是用嚴厲的口氣講電話：「你有問題的話就去找別人吧，就這樣。」非常得意地還以顏色，我說完直接掛掉電話。方糖笑說這是一種甜蜜蜜，我說這是上天有好生之德，否則李鍾祺就算不死一百遍，也已經變成鵝肝醬了。

高雄分館的業績不錯，他們推出的都是符合當地經營型態的優惠方案，其中雖然也有可資借鏡之處，但畢竟南部飯店業的經營方式與北部稍有不同，這裡很容易推行定點深入旅遊，連續觀察、學習了幾天，也跟這邊的工作人員交換心得，最後一天的活動結束後，我跟方糖還參加了人家的慶功宴。

「如何，住得還習慣嗎？對我們高雄分館的印象如何？」吃飯時，高雄館的執行長忽然問我，這幾天跟她不算太熟，但也有過幾次交談，大家都叫她謝大姊。我們很客氣地道謝，連日來在高雄館住宿，都是差旅費用支出，自己一毛錢也不必花，但是飯店裡的服務卻半點也不放過，被服侍了幾天，感覺真是過足了大爺的癮。

慶功宴辦在分館的宴會廳，席開兩桌。謝大姊熱絡地過來敬酒招呼，三巡過後，大家已經酒酣耳熱，謝大姊忽然又從主管較多的長輩桌晃過來，就在我旁邊坐下。本來以爲她會問問台北館的經營型態與方針的，沒想到她看看大家都各自有著自己的聊天對象，確定沒人打擾後，便直接問我有沒有考慮過換工作。

「大姊妳現在是打算挖我來當特助嗎？」幾天相處中，她知道我以前的工作，所以趁著酒興，我開玩笑地問。

「如果我說是呢？」她雖然帶著微笑，但眼神卻很認眞。「我現在正缺特助。上一任不是很理想，所以辭退不用了。這幾天我有留意到，妳會很認眞整理資料，勤做筆記，而且不只是對妳自己這一趟所肩負的任務負責，甚至妳也仔細地觀察過我們展場的規畫，以及展期中所提出的優惠內容，對吧？我很欣賞這樣的態度，眞的。」

愣了一下，我點頭，本來微醺的精神也全都清醒了。

「你們那位新任的執行長我也認識，跟他要人應該不會是難事。所以如果妳願意，我相信只要一通電話，派令很快就會下來，如何？」

「我會認眞而且愼重地考慮的。」於是我也很認眞地回答：「高雄分館的環境，以及這城市的寬廣道路，還有陽光跟海洋，都很讓我心動，所以我回去之後會好好考慮這個提議，眞的。」

「沒關係，把我的提議放在心上就好，還不急。」於是她開心地笑了。

那是個很特別的感覺，酒宴結束，回到房間時，我一邊收拾行李，一邊在想，每一個有理想或抱負的人，應該都會很心動於這一刻吧？我非常嚮往，也非常心動，可是卻沒有太過開心的感覺。每一個城市儘管風景各異，但本質上對我卻都差不多，因為就算換了地方，工作還是大同小異，不會有太多差別，然而這份賞識之情卻不是在任何地方都能遇得到的，雖說我其實也不算特別優秀的人才，只是習慣多留心與工作有關的小細節，但這恰好是特助需要具備的重要條件之一，所以才那麼僥倖，能讓一前一後，一北一南，兩邊的執行長都看上眼。如果是不久前的我，在遭遇被自己直屬主管擺道的荒謬狀況之初就遇到謝大姊，或許二話不說可能立刻答應；然而現在卻不行，我還有一份牽掛在台北。

「你前幾天到底找我什麼事？」趁著方糖去洗澡時，我打了一通電話給李鍾祺。他不曉得在忙什麼，過了很久才接，一聽我問，竟然還想了一下，才說他要找一份前兩年一些旅行社與我們飯店合作的舊合約來比對內容。

「後來有找到嗎？」

「有，多虧曉寧姊幫忙。」他說著又問我，是不是高雄旅展一結束就會馬上回台北。

「應該吧，怎麼樣？」我很想留下來玩幾天，不過礙於工作，而且丸子在家，沒人餵飼料，所以頂多再在市區逛半天，明天下午就得趕回去。除了這些之外，重點是我過年前買的一張相聲戲票，就是明晚要去看，那是給自己的獎賞，同時也是慶祝即將到來的我的生日。

「那就好，因爲後天早上要開評鑑會議，執行長希望妳可以參加，提一些從去年評鑑之後，直到現在爲止，所有的針對重點及改進情形，妳知道，這些現在只剩妳一個人還清楚了。」我還以爲他會說出什麼人話來，沒想到居然是這個答案。

「評鑑會議又關我屁事了？好呀，我去，如果你付我加班費的話！」

「妳怎麼又生氣了？」他在電話那頭也露出了不高興的語氣，很有男人的氣概，可是聽了卻讓人更火大。

「因爲我就是這麼難相處！這麼愛生氣！」哼了一聲，我連再見也不說，直接掛了電話。那當下簡直是氣塡胸臆，我恨自己竟如此不爭氣地主動跟他聯絡。可惡哪，怎麼會被逼到這種瀕臨崩潰的地步呢！把枕頭抓起來用力又砸回床上去，沒出聲，但我在心裡瘋狂地吶喊：你不想我你不想我你不想我你不想我我就是生氣你不想我！

❖

謝大姊委託一位公關部的帥哥權充司機，載著我跟方糖在高雄市閒逛。這裡對我很陌生，方糖也不算熟，我們光是在西子灣走走就已經很新鮮了，到鼓山渡口搭船時更是興奮不已，那位帥哥用看外星人的眼光看著我們兩個來自台北的傻女人不斷大驚小怪，連吃個烤魷魚都可以指指點點半天。

「兩位老闆還滿意吧？」過午後，已經三點多，大帥哥把我們送到高鐵站，他很貼心地先下車，還幫女士開車門。

「不錯不錯，非常滿意。」我跟方糖笑得合不攏嘴。今天所有的支出，只要能報帳的，全都由帥哥買單，回去可以申請核銷；不能報帳如烤魷魚，則由帥哥招待請客。謝大姊非常豪爽，她當著我們的面指派司機時，就說了這麼幾句話：「這兩位可是遠道而來的貴客，何小姐以後搞不好還是我的特助。把人給我照顧好，吃什麼、喝什麼都可以，不必客氣。」

「妳該不會真的打算跳槽來高雄吧？」等車時，方糖問我。

「也未嘗不可呀，搞不好這邊還比較有發展潛力呢。」我說高雄的飯店業堪稱全台灣競爭最激烈的一級戰區，放眼市區，飯店跟汽車旅館林立，每一家都努力塑造自己的形象，提供不同的優惠措施來爭取客戶，怎樣才能掌握致勝關鍵，變成非常有意思的思考課題。如果有一天眞的能到高雄來工作，那對自己的企畫構想能力應該會是一大挑戰。

「野心這麼大？」

「反正無牽無掛呀，況且又是有興趣的工作，就算壓力大了點，還是應該趁年輕打拚打拚，對吧？」

「妳確定眞的無牽無掛？那隻鵝呢？妳捨得？」她斜眼看我。

「那得看他捨不捨得囉，又不是我能決定的。」然後我就笑了。這樣講可沒錯，其實本來就沒有什麼籌碼，我也是從一開始確定自己的感覺後，就將全部的心意都攤在他面前了。要怎麼選、要不要選，那都是他做主，一點也由不得我。方糖說這未免太豁達，我說活在台北，已經有太多必須操煩的事，愛情不必也這麼複雜。

今天雖然是上班日，但我們卻沒什麼重要工作好忙，花半天時間瀏覽高雄，傍晚回到台北，就算進公司，也是爲了吃蛋糕。曉寧傳來訊息，說行銷部這邊買了小蛋糕，大家等著替我慶生。我摸摸其實飽脹的肚皮，心想再這樣一路吃下去，恐怕會變得跟丸子一樣肥了。

「生日到了，李鍾祺有沒有什麼表示？」在車上時，方糖又問我。

「我看鵝先生大概連我生日都不曉得吧。」我聳肩。

大感意外，方糖問我：「所以你們眞的不算在一起嗎？」

「當然不算呀，」我啞然失笑：「我跟他告白過一次，然而這隻鵝壓根不當一回事，還以爲我在開玩笑。雖然是在同一個公司，可是自從爺爺來了以後，他就上樓去了，平常各忙各的，也沒多少機會去認識對方，我連想再跟他多聊聊都沒辦法。」

「那妳可得小心點，台北哪，花花世界呢！要是不趕快行動，小心他被別人追走。」方糖提醒，說李鍾祺雖然笨拙又老土了點，但好歹也是執行長特助，而我們飯店裡的女員工這麼多，難保誰不對他有興趣。

這話倒是提醒了我，不說別人，光是映竹就夠了，她可能連話都不必說，只要勾勾手指，李鍾祺還不搖著尾巴立刻跑過去？然而這種事應該不會發生才對，以我對狀況的了解，映竹已經有喜歡的人，那隻鵝則是個沒膽子告白的傢伙。但饒是如此，我終究有點放心不下，於是撥了通電話給映竹，想問她傍晚有沒有空，若無事，不妨過來行銷部一起吃蛋糕，叵料電話連打幾通都沒人接，等高鐵列車快到台北時，她才回我一個訊息，說房務部正在開會，而且李鍾祺也在，執行長特地派他去旁聽，以了解前台的工作情形，這個會開完後，還有一個小組幹部會議，如果忙完後還早，她就找李鍾祺一起過來吃蛋糕。還眞是烏鴉嘴哪！我把簡訊給方糖看，順便架她一拐子。

幾天不在，桌上堆放的資料不少，雖然行銷企畫部的每個人都有自己獨力負責的工作內容，但別人做好的案子還是會發一份副本過來，大家都要看過才行。我看見一個小蛋糕就擺在那堆文件上，很小巧的紙盒，黃色起司蛋糕上面有白色鮮奶油圍裹成圈，中間是滿滿的水果切片，上面插著蠟燭，不是數字，而是一個很精緻的問號。

「問號是怎樣？」指著那根造型特異的蠟燭，我問。

「意思就是妳想幾歲就幾歲。」乾媽給了一個眞讓人開心的答案。

雖然在公司好幾年了，認識的人很多，但畢竟行銷部還是比較像自己的家。沒有大肆鋪張，只有我們少數幾個人，非常簡單的慶生。蠟燭沒點，偌大的辦公室裡也不方便讓我們關燈，我想把它帶回家做紀念就好。既然不點燭吹燭，當然也就省下了許願的俗套，不過我還是覺得心中怏怏，這兒乾媽居長，曉寧、阿娟跟方糖都在，一共五個人，非常溫馨，然而我卻沒看見最想看見的那個人。

吃完蛋糕已經有點晚了，無暇再回去餵飼料，只好讓丸子先餓肚子，反正我前幾天出門時給了牠一大碗，按理說不會餓死才對。揹著大包包，裡面都是連日來的換洗衣物，我出了飯店側門就直接上計程車，一路衝到台北新舞台。時間差不多，現場已經有排隊人龍。我在入口處先拿了節目單，一回頭，忽然聽見滴答聲，沒想到天黑後居然下起雨來。

站在入口處，看著外面漸漸落下的雨，忽地有種惆悵油然而生。這城市的冬天怎麼老愛下雨？雨夜很美，尤其燈光映在地面的積水上頭時更美，可是那種美很虛無，睡一覺起來，路面乾了之後，就什麼都沒有了，只留下醜醜的水漬，還有一整天的煙硝飛塵。怎麼美好浪漫的一切都只能如此短暫嗎？到底有什麼是可以眞正長留在心的？我很想走出去淋一下雨，比起高雄整天的豔陽，還有入夜後的悶熱，台北這短暫的夜雨之美反而更吸引我。人潮中，我靜靜地看著外面發呆，直到開始入場，才被迫往前走。

相聲戲跟其他舞台劇不太一樣，一般舞台劇演出時，觀眾大多安靜地坐著，鮮少與台上有所互動，即便跟著劇情有情緒起伏，也會小心克制，深怕發出聲音會影響別人；但相聲的好處就是聽到好笑的內容時，可以放聲大笑跟鼓掌，這能激起台上的表演者有更多表演熱情，相對也就讓整齣戲更好看。我看得很認眞，也鼓掌得很用力，花兩千多塊錢買的座位很値得，中場休息時就在觀眾意見調查表上給了一堆滿意分數，等到看完，覺得嘴巴有點痠，才覺得自己笑得似乎有點累。

看完戲，走出來時，有種滿足的感覺，好像抒發了滿滿的壓力與疲倦，可是一旦吹到外面的冷風，不由得讓人眉頭又緊縮了起來，同樣是台灣哪，這二、三月之間的天氣怎麼南北相差如此之大呢？我站在路口，看著散場後魚貫而出的觀眾，大家紛紛湧向外面，計程車來回往返絡繹不絕，不知怎地，忽然有種蕭索落寞的感覺，想起上次看舞台劇的心情。那天，我一個人坐兩個位置，而今天，身邊也一樣無人相陪。看看這夜空，我感嘆，搞了半天，原來我還在同一個寂寞的世界裡呀？

不急著擠過去，我喝了一口隨身攜帶的罐裝水，鼓起臉頰，呼出一口長氣。看樣子地球還在轉，世界還在運行，一點也沒有因爲我的開心或不開心而有所改變，今晚不管看的是喜劇或悲劇，似乎對這城市都沒有影響，現實還在以它無情的姿態繼續降臨，當然，它也不會在乎明天是我的生日。

就像那個問號，我也搞不太清楚，究竟自己的實歲、虛歲怎麼算，反正有人問起，一向都說是二十四、五歲，也不會有人深究。等人少點，我這才慢慢踱步，往最近的捷運站過去。

生日不是一件很重要的事，尤其當只有自己一個人的時候。一個人慶生不但沒有喜悅，反而顯得悲哀。但我也不想找一群人狂歡，因爲即使玩得再開心，終究有曲終人散的時候，最後還不是一樣，要一個人走出捷運站，一個人走進便利商店買咖啡，再一個人走回公寓，打開門口時，除了偶爾丸子會因爲肚子餓而喵喵叫之外，絕大多數時候都是一片黑暗中的安靜。將那樣的寂寥拿來與狂歡時的熱鬧對比，這反差讓人很難承受。所以今晚我看看相聲就好，一如買票當時的預想，就是只有我一個人，走這一段路。

該死的李鍾祺，他爲什麼隻字不提、一語不發？映竹最後因爲開會而不能來，但人家可是開了兩個會，所以分身乏術，那他呢？他去旁聽第一個會，結束後難道映竹會不告訴他嗎？肯定不會！可是他既沒來吃蛋糕，也沒打電話問候一聲，就這樣無聲無息地失蹤了。

是不是我太自以爲是了，總覺得他應該要很把我放在心上才對？儘管我很清楚，兩個人的互動不多，自己也不是眞的非常了解他，甚至這份感情也只是我單方面地加諸在他身上，但就算這樣，我總還算是公司的前輩，好歹致意一下也不爲過吧？

想到這裡，原本平靜的心情就亂了，撐傘走了一段路，回到公寓前的巷口，買了咖啡，再回首時，整個台北的夜空一點都不黑，被這城市的霓虹映著紅黃成片。嘆口氣，轉過身，我想今天已經夠累了，最好還是別想太多，免得傷神。

「我等了妳好久。」結果就在大樓的入口處，警衛櫃檯邊的小沙發上，有隻鵝坐在那兒看電視。見我回來，他趕緊起身，手上居然有一束花。

「爲什麼你有我家地址？」我愣住。

「執行長特助隨便掰個理由，人資部那邊還有我弄不到的資料嗎，對吧？」而他笑得很天眞開朗，一點也沒有久候不耐的樣子。把花遞給我，李鍾祺說：「還好，還沒過十二點，生日快樂！」

「如果你把人資部給的資料看清楚一點，就會發現一個更重要的事實，我的生日其實是明天。你這白癡。」接過了花，我說：「祝我生日快樂，罰說一百遍。」

身上還穿著西裝外套，連領帶都沒拆，手邊是他第一天上班時就帶在身邊的小資料夾，李鍾祺問我吃飯了沒。

「吃了，不過你如果餓了，我家還有貓罐頭。」我笑著說。

下午開完會後，他跟著執行長巡視餐廳部，然後又到外頭去跑腿，根本沒時間來吃我的蛋糕，好不容易忙完，到辦公室一看，早已人去樓空，整個行銷部都下班了。迫於無奈，他只好打電話去人資部。

「基於什麼理由，人資部可以把我的個人資料洩漏給你？」

「我說執行長辦公室收到一個包裹，裡面有冷凍牛肉，是澳洲寄來的。可能是妳國外的家人或朋友，不曉得妳已經轉調行銷部。而我們這裡不方便存放處理，行銷部的同仁又已經都下班了，所以必須立刻聯絡快遞公司，再給妳冷凍著寄運過來。」他說得簡單，聳肩，「反正我是執行長特助，我說這樣就是這樣。」

「官架子不小哪？」讓他坐在小客廳的沙發上，我從廚房冰箱裡找出一些簡單的食材，先把麵條煮熟，跟著準備醬料與罐頭，至少是一頓簡單的晚餐。一邊切蔥，我問他是不是最近就會把我找去訓話，好體驗一下他的官威。

「那就看妳的工作表現囉，如果太糟，可能會影響到飯店的營運，我當然就只好在執行長火大之前，先把妳給訓一頓了。」沒想到他很大言不慚，臭屁完就問我麵煮好了沒有。

「還沒，等我把痰吐進去之後，你就可以開動了。」瞪他一眼，我說。

小桌上擺了麵碗、兩瓶可樂，還有一碟糖果，這已經很擁擠了，李鍾祺的外套跟文件只好丟在一邊的地上，他說今晚本來還要陪執行長去應酬，好不容易才能脫身，一副要來見我是件非常困難的事情一樣。

「你跟爺爺說要來找我？」

「我是沒有直接說啦，只說今天是妳的生日……妳也知道，白天工作比較忙，真的，我連喘口氣的時間都沒有，一直在開無聊的會，聽一堆人瞎鬼扯。好不容易忙完，總算可以下班，但我覺得至少應該給妳送個花，說句生日快樂的……」本來想邀功的表情瞬間尷尬了起來，於是我立刻明白，其實他不必明講，光說是我的生日，爺爺一定就會知道意思。我不禁笑了出來，李鍾祺根本不可能大方表態說要來幫我過生日，他肯定要在爺爺面前扭捏一番，甚至搞不好還會被老人家調侃幾句。這個人在他的工作崗位上既然沒有夠好的表現，當然也就不太可能鼓起膽量，跟爺爺說要下班，肯定要在內心裡糾結、拉扯好半天，而偏偏他又是那種藏不住情緒的人，爺爺當然也肯定看得出來，所以知道原委後，才會饒過了他。

「好吧，看在你這麼誠心要來跟我和解的份上，就給你一次機會了。」我說。

「和解？」然而他卻一愣。

「或者你要道歉也可以。」

「我爲什麼要道歉？」結果他才吃碗麵而已，又從人變成了一隻鵝。還傻愣愣地問我：「請問一下，我有做錯什麼事而需要道歉嗎？」

「你好像把上星期的事都忘得一乾二淨了，對不對？」於是我決定重新喚醒他的記憶。

「上星期有事嗎？」他歪著頭想了想，扳起手指開始數：「我不小心把公文草稿送進碎紙機、把客務部的住客意見調查表忘在捷運上，還搞錯一次執行長的會議時間，印象中比較大的問題就這三個，但那跟行銷部應該都沒有直接關係吧？」

「你現在把麵吐出來還給我，然後立刻滾出去。」於是我生氣了。

「做人要講道理呀！」他居然還敢抗辯。

「你還記得有那麼一天嗎？早上八點多，天氣還挺冷的，在公司頂樓上，我說我喜歡你，你記得嗎？」於是我只好把話明說。見他點頭，我又說：「可是後來你在劉子驥的迎新會上說什麼？說我在胡說八道，有沒有這回事？」

「難道不是嗎？」

「當然不是呀！」氣得我一腳踢過去。

大笨鵝最後還是沒道歉，卻稱讚我煮的麵很好吃。這算不算是拐個彎來賠罪？留點面子給他，不想再計較太多，我問起這幾天不在台北時，可有發生些什麼事。

「我說的話，妳會揍我嗎？」

「跟映竹有關是吧？那得看說的是什麼了。」喝完可樂，本來想泡茶的，但又覺得麻煩，最後我從冰箱裡拿出兩瓶啤酒，跟他一起喝。

「映竹她男友的求婚簡訊傳來後沒幾天，兩個人又吵架了，她心情很不好，所以找我聊了幾次，這樣而已。」

「這麼簡單？」我斜著眼，問他有沒有乘人之危。

「我像是這種人嗎？」居然生氣了，他鼓起臉頰說話。

「天知道你腦袋裡想些什麼，」嘟著嘴，我哼了一聲，說：「跟你又沒很熟。」

「沒很熟那妳還喜歡我？」

然後我就無言了，這隻鵝有時候很聰明，有時候又笨得要命。打開電腦，放著音樂，我只好再換個話題，說起高雄旅展的內容，他對活動本身的興趣並不大，反而問我有沒有去高雄的一些地方走走。

「青年夜市之類的倒是去了。」我指著剛剛才提上來的大包小包，說那就是戰利品。

「都大老遠到高雄了，妳逛什麼夜市呀！」結果他嘲笑我，說其實高雄最美的地方不在西子灣，也不是愛河邊，眞正要看高雄的海邊美景，就應該從中山大學走進去，裡頭有個叫做「大自然」的地方，有月亮的晚上，在那兒看海，才叫做浪漫。

「浪漫？」我提醒他，這一趟去高雄出差，只有一點點閒暇時間，當然以逛街敗家爲重，況且兩個女人一起，還需要什麼浪漫？「如果是跟自己喜歡的人，就算看的只是路燈也很浪漫，但如果是跟朋友，我想我們比較需要的，是那種一件牛仔褲只賣兩百九，還可以殺價的地方。」

聊了些以前李鍾祺在高雄念書時的往事，也聽他說了一些高雄有名的景點，雖然大部分我都沒去過，但聽著也很開心。原本不斷反覆上下的情緒，在閒聊中，不知不覺平穩了下來，或許這就是我喜歡他的原因。抱著丸子，看看李鍾祺一邊閒扯，還一邊拿螺絲起子拆開我那個經常罷工的小鬧鐘，開始修了起來，我覺得很有趣。今晚屋子裡不需要電視的雜音，有他在就很好。

直到晚上過十二點了，他總算把鬧鐘修好，這才拿著外套跟文件夾，準備回家。已經錯過了最後一班捷運的時間，陪他一起下樓，到外面的路口去攔計程車，而我也想再喝一杯咖啡。

「看路燈眞的有很浪漫嗎？」走沒幾步，他忽然停下來，一臉傻呆地往上看。這根路燈其實很醜，既沒造型，燈桿上又貼了一堆廣告傳單，有「神愛世人」，有「粗工派遣」，有「越南新娘」，還有建築廣告。

「當然，只要你用對角度看。」

「坦白講，不管用什麼角度，我都覺得它很醜。」說著，他一臉木訥地回過頭來，用很認眞的口氣跟表情，問我到底該怎麼看，才能看出它的浪漫之處。

「想知道嗎？」看著一臉天眞而又專注於路燈的大笨鵝，不知哪裡來的勇氣，我走上前一步，勾住他的手，說：「如果今晚你不回去，那我就告訴你。」

「什麼?」他一臉驚愕。

「你以後都不要回去了，我就告訴你，路燈之外，這世界還有很多浪漫。」而我說。

床很小，而且只有一顆枕頭，平常床尾是丸子的專屬空間，現在牠只能無奈地躺在地板的巧拼墊子上，用疑惑眼神看過來。溫暖的大棉被裡，我躺在李鍾祺的手臂上。其實兩個人都很累了，卻完全沒有睡意。

「妳不覺得這樣很奇怪嗎？」他忽然說話，而且一開口就讓我愣然。

「是呀，眞的有一點。」於是我把棉被掀開一點，說：「不然這樣好了，我把燈打開，你下床去穿衣服，然後馬上給我滾回去。」

他笑了，不過笑得有點扭捏，只好乖乖閉嘴。又過了一會兒，這才說：「我只是不曉得這樣究竟對不對。」

「這世界上有很多事情是沒辦法計較對或錯的。」我被他從後環抱著，背部傳來溫度。輕輕地，我回答。

陪他一起看著窗外的朦朧，我說這誰也沒有答案，但事實上也不需要什麼答案，兩個人在一個適當的時候，做了一件兩個人都想做的事，不就這樣而已？李鍾祺輕輕轉過頭來，問我難道就這麼簡單？

「不然呢？難道我要要求你負什麼責任？或者你認為你應該負什麼責任？是我要你留下來的，不是嗎？我若因此要你負責任，那跟挖個陷阱讓你掉進去又有何差別？」我給他一個淡淡的笑：「用自己身體去套牢男人的女人，是最傻的女人，你放心，我不是。」看著微光中，李鍾祺粗濃的雙眉，我輕撫他的臉頰，輕輕地說：「我只是喜歡你，喜歡得不得了，所以很想擁有全部的你而已。而你要花多少時間才會開始眞正地喜歡我、愛我，中間會有多少遲疑、猶豫，這都沒關係，我很年輕，有的是時間，只要你願意朝著我，一步步地走過來，這樣就好了。我都在這裡等著。」

只是，這樣做對嗎？這樣的愛情，是我眞正想要的愛情嗎？我知道愛情的可貴之處在於成全，但問題是，在萬不得已的狀況發生前，誰會願意將自己渴望的那份愛拱手讓人？誰會不想把自己所愛的那個人緊緊抱在懷裡？當李鍾祺已經沉睡時，我又輕輕下床，坐在小沙發上，看著窗外的天色慢慢自漆黑而深藍，外頭一片寂靜，這城市只在這片刻是無聲的，靜得連李鍾祺的呼吸我都聽得到。我不知道如何區分愛情裡的對或錯，只知道即使平常各忙各的，在公司裡遇見也很少有時間多聊，但我就是在乎他，在乎得快要死掉了。所以剛才我抱他抱得很緊，一點也不想放開，至少，現在不想。不過即使如此，我依舊不認爲今晚的事會對兩個人的關係產生太大改變，他總還是他，我總還是我，這是不爭的事實。能夠像現在這樣，跟他安靜地同處一室，再沒別人來打擾，對此刻的我其實也就已經是莫大的滿足了。

他說內湖那邊租來的房間很小，床也不大，而且只有一張廉價的椰子床墊，所以平常根本不會想賴床。我問他爲什麼不換好一點的，李鍾祺想了想，搖頭說還是算了，他還在考慮是否約滿就搬家，現有的住處，一來房價太高，二來交通又亂又擠。

「何只是內湖呢？」我說只要是在台北，就幾乎都是這樣。李鍾祺嘆口氣，說這就是他在台北覺得很悶的原因，連天空都灰濛濛的。

「妳不睡嗎？」坐得久了，我泡了杯熱可可，正要喝時，他忽然醒來，微睜著眼，見我捧杯抱膝蹲坐在沙發上，他問我在想什麼。

「在想你。」

「但我就在這裡。」

「我知道你在這裡，但這不是眞正的你。」

「有沒有比較具體的說明？」搔搔頭，稍微坐了起來，他不太懂這話的意思。

「現在躺在我床上的李鍾祺，其實是個虛構的人物，是從我夢境裡走出來的人物，雖然只屬於我，卻非常不眞實；眞實中的那個李鍾祺是一隻大笨鵝，早上六點半就得起床，刷牙洗臉，準備上班，他是執行長的特助，住在內湖，平常跟我搭的是不同線的捷運，而且心裡住的應該不只我一個人。」我看著一臉悵然的他，給了一個淡淡的微笑，「不過沒關係，至少現在你在這裡，而且知道我有多麼在乎你，這樣就很好了。」

那時他沒接口，只是靜靜地看著我，在這小小的空間裡，一片安靜中，我們彼此對望了很久，他問我，是不是今晚以後，我們就算是在一起了？而我搖頭，說：「等你眞的愛上我了，我們才算眞的在一起了，對吧？」

難得終於放晴，都過完年了卻還一樣冷，我把圍巾掛在脖子上，連進了辦公室都還不肯拿下來。方糖說該不會是想遮掩男人留下的吻痕，我說別開玩笑了，昨晚那個男人差勁得很，連接吻的技巧都極其拙劣，而且鬍渣弄得人很不舒服，怎麼可能留下吻痕。

「是嗎？接吻技巧拙劣，那長相怎麼樣？」

「還不錯。」我說：「稱得上是帥，而且妳也認識。」

「我認識？」

「喬治克隆尼誰不認識，對吧？」我笑著，立刻招來她的白眼。

辦公室裡一片忙碌，大家埋頭各自的工作，我整理著去高雄旅展所帶回來的資料，得從中找出適合的旅行社，並根據我們飯店的計畫與特色，擬定比較好的企畫，好讓負責業務的同仁去商談。忙到中午，又錯過了用餐時間，而且曉寧跟阿娟都自備了午餐，方糖則在減肥中，我問乾媽要不要吃飯，她居然說佛家有云，過午不食。匪夷所思地，我只好苦笑著自己下樓，早知道就跟著也帶便當算了，免得中午找不到人吃飯。

很想打電話給李鍾祺，就算再忙，至少也應該吃個午餐吧？不過拿起電話時，我遲疑了一下，最後又掛回去。今天清晨，天色還在朦朧中時，我把可可喝完，爬回床上去，兩個人擠在一起，深吻時，他說有甜甜的味道，我說是可可，他說是我。跟他做愛是一件很舒服的事，這男人並不粗魯，過程中充滿溫柔，我很喜歡他的指尖撩撥我耳邊髮絲時的觸感，結果兩個人後來又睡著，還差點遲到。那隻蠢鵝雖然修好了鬧鐘，可是竟然忘記將電池裝回去。

看著電話，我有點生氣，才跟自己說好，不要因為這件事而讓兩個人的關係有所改變的，怎麼就忍不住了呢？我喜歡他，但可不想操之過急，李鍾祺是個慢熟的人，太急只怕會把他給嚇跑。嘆口氣，決定還是算了，至少今天中午就別再找他吃飯了。

站起身，我乾脆連手機也不帶，只放一張五百元鈔票在口袋，輕輕鬆鬆地一個人到外面去覓食吧！沒帶電話，也就不用想那麼多，更不會一直猶豫些什麼。一早上了，我不時拿出手機來，可是既沒電話也沒簡訊，都不曉得自己究竟在患得患失些什麼，眞是受夠了。

中午一點半，沒有特別餓，但又不能不吃。已經吃膩了速食店，也不想買什麼飯或麵，我在附近逛了又逛，最後忽然想到，其實飯店後面不遠處，就有幾個小攤販，賣的點心還不錯。思之及此，於是又慢慢踱回來。台北難得的晴天，昨夜的微雨停歇後，雖然冷空氣依舊清冽，但仰頭卻可見湛藍的天空，眞不像這城市應該看得到的樣子。腳步很輕，走過幾個路口，悠哉地體驗著跟這世界斷了聯絡的感覺，只是一邊走，我也一邊想，或許還是應該打電話給李鍾祺的，不說別的，至少可以叫他出來走走，今天的陽光很南台灣呢！

賣春捲的攤子就在轉角邊，那個老闆一臉和善，他工作的速度並不慢，然而客人實在不少，所以我排在隊伍後面，一邊等待時，一邊踮起腳尖，看看老闆手腳俐落地包春捲，也一邊四面顧盼，看看這個往來繁忙的城市街景，看得膩了，就又轉頭過去，不遠處，隔著低矮的花台，可見飯店側門的員工出入口，待會可以去那邊吃春捲，因爲我有點懶得再跑到天台上面去。

過了好半天，隊伍將盡，老闆已經開始包我要的原味春捲，正開始覺得有點流口水時，我忍不住又回頭看過去，但這次不看還好，一望之下，忽然讓人就此失去了吃東西的欲望。那邊，側門口走出來的是李鍾祺，雖然昨晚沒怎麼睡，但他精神還不錯，臉上有笑容，也看不出有什麼昨晚他說的鬱悶。會笑，我想不會只因爲今天剛好有他最喜歡的艷陽天，更是因爲陪在他旁邊，一起走出來的人是映竹。

「老闆，春捲我不要了，不好意思。」然後我就懊惱地這麼說。

「這個飯店不小，員工能去的地方也很多，雖然我剛進公司不久，對這裡的狀況不是很了解，但我相信這裡肯定不是員工餐廳。」劉子驥問我爲什麼不去餐廳吃東西，或者乾脆上頂樓去，反而選擇躲在逃生梯的樓梯間。

「因爲我的心情不好。」搖頭，我稍微說了一下中午所見的畫面。

「既然妳瞬間就對春捲沒心了，幹嘛又買水煎包？」他指著我手上的一袋食物。

「我可以因爲看到不想看的畫面而放棄吃春捲，卻不能因此而請假回家呀，既然下午還得工作，那另外找點什麼吃，這也合情合理吧？」嚥下嘴裡的包子，換我質問他：「倒是你，有電梯不搭，你跑來幹嘛？」

劉子驥告訴我，因爲之前的春節系列活動大受好評，今天下午有觀光類的雜誌預約要採訪，就約在樓下大廳，所以他得到處張羅。本來已經要搭電梯下去了，瞥見逃生梯的門沒關，才好奇過來看看，沒想到卻見我在這兒。

「妳這人可也眞奇怪，明知道李鍾祺喜歡沈映竹，偏偏還要跳進去攪和，這是何苦呢？」抱著一疊資料，站在樓梯口，他問我。

「那你可也眞奇怪，明知道何菁瑜喜歡李鍾祺，偏偏還要跳進來攪和，這又是何必呢？」於是我也反問他。

「因爲光是第一眼，我就發現妳就有一股很吸引人的特質。」

「比如說呢？」

他想了想，說：「妳很不像台北人，可是又跟這城市處得很好。這都市很混亂而匆忙，每個人光鮮亮麗的外表下，都藏著有點殘破的靈魂，大家表面上看起來都很好，但是聊不上幾句，妳就會聽到一堆人亂七八糟的抱怨之詞，煩死了。可是妳不一樣，妳好像老踩著自己的腳步，不太受到外面世界的影響。」

「那只是因爲我懶得抱怨而已，反正抱怨也沒屁用。還有嗎？」我說這不是特質，而是過度讚美，但其實我有最重要的一個特質，他卻沒有發現。

「願聞其詳。」他瀟灑地一揖。

「就是我雖然對這世界的什麼都不太在乎，可是卻喜歡李鍾祺喜歡得快要死掉了，以致於對其他人一點興趣都沒有了。」我笑著說，然後他就無言了。

如果說這件事有帶來任何教訓的話，那大概就是告訴我，做人不要想太多，管他李鍾祺會怎麼想，反正一通電話打過去，把他給找出來就對了，免得最後落得孤單吃水煎包，沒吃完就被拉著去打雜的下場。

幫著劉子驥一起招呼兩個雜誌社的記者。受訪者是他們公關部的型男主任，本來這件事用不著行銷部幫忙，不過既然還要談到後續的飯店活動企畫，當然我們就有出馬的必要。撥打分機上去，乾媽說這是小事，讓我直接上就好。不過最後我終究還是沒有敢直接落座開口，讓公關部的主任在旁相陪，這種逾矩的事我可幹不出來。把企畫的方向告訴他，讓他去發言也就是了。

採訪結束後，又幫忙帶著記者在飯店的幾個地方取景拍照，忙了一下午，直到四點多才結束，就在我快要走斷腿，好不容易送那兩個記者離開。轉過大門，幾乎已經要忘記中午的那段不愉快，將進側門，準備上電梯回辦公室時，卻剛好看見李鍾祺匆匆忙忙地從裡頭跑出來。

「妳一整天不見人影，跑到哪裡去啦？」大概急著去辦什麼事吧，可是他卻停下腳步，一臉焦急，又回頭對我說話。

「我去哪裡需要報備嗎？」本來已經平復的情緒，這下忽然又火了起來。

「好歹說一聲吧？妳不知道這樣會讓人很擔心嗎？」他看看手錶，大概還有點時間，所以皺著眉頭，就在電梯口跟我說話。

「我倒是一點都不覺得你有很擔心的樣子。」故意把臉撇開，我「哼」了一聲。

「怎麼沒有……」說著，他忽然一愣，一時說不出話來，呑呑吐吐了一下，才又說：「眞搞不懂，妳怎麼老是忽冷忽熱的，經常莫名其妙地對我發脾氣呢？」

「忽冷忽熱？怎樣冷？怎樣熱？我怎麼不知道自己有跟你怎麼個冷跟熱了？如果是因爲昨晚的事，那我說過了，你不需要因爲這樣而感到從此對我有不能割捨的責任，眞的，」確認四下無人，我說：「今天是因爲我喜歡你，所以才會有這麼多事。我當然希望你也喜歡我，但那卻是不能勉強的，對吧？我不是跟誰都能上床的女人，但也不是上過床就死賴著對方的人，這一點你可以不用擔心。」

「問題不在這裡吧？我只是……」他的臉糾成一團，大概是眞的詞窮了，好半晌都沒辦法把話說完。

「沒什麼好只是的，至少在你願意跟我在一起之前，我們都不算有什麼足以牽絆對方的關係，是吧？所以不要這樣哄我，我也不會因此而感到比較開心。」走開一步，按了電梯按鈕，走進去後，回頭時，李鍾祺還站在原地，依舊是苦著臉。

「你說很擔心我，但是非常抱歉，今天中午我可是一點都看不出來。」電梯關門時，我冷冷地說。

看不出來看不出來看不出來！在電梯裡，我想著想著，就生氣地用力跺了好幾下腳，電梯搖搖晃晃，我一度還以爲它會因此故障。眞是氣死我了，說什麼擔心呢？中午他跟映竹一起走出側門時，臉上分明都還帶著笑容，哪有半點緊張的樣子？人哪，不管怎樣，只要一旦開始說謊，那就根本沒救了。我生著氣，一路上到十四樓，走回辦公室時，乾媽問我記者採訪的情形，我硬是擠出笑容，把事情報告一遍，等交代完畢後，坐在位置上，這才繼續自己的憤怒。

可是生氣又能怎樣呢？在這裡既不能拍桌子也不能摔東西，我只好打開桌上的水杯，用力喝下一大杯水，直到差點吐出來。可是即使如此折磨自己，怒氣還是不能消減半分，最後，我決定還是打個電話繼續去罵李鍾祺，非得告訴他不可，我生氣，但不是氣他老是把昨晚的事放心上，不管怎樣，無論昨晚我們有沒有上床，只要他心裡有我，我都會感到開心，我只是生氣他明明跟映竹兩個人很開心地走出公司，卻爲何要騙我說擔心？

沒用公司電話，從桌邊拿起手機，打開蓋子，正想撥號時，我忽然呆了一下，上面有十二通未接來電，其中一通是映竹，另外十一通全是李鍾祺。除此之外，還有一封短訊，裡頭寫著：「映竹約吃飯，但我找不到妳。很擔心，看到訊息請趕快回覆我。」

很擔心？還在說擔心？太可惡了，對著那幾個字，我心想，他中午那個開心的樣子總不會是我看錯吧？正想把簡訊刪掉，繼續打電話去罵人，忽然發現手機另外還有兩通語音留言，撥過去聽，第一通是映竹的聲音，很簡短，說打分機找不到人，手機又無人接聽，猜想我可能去洗手間，叫我中午到附近那家居酒屋去，她要補請生日飯。這一通留言很簡單，但另一通則是李鍾祺急迫擔憂的聲音，他說：「早知道映竹只是留言約妳，沒有眞正確定好，我剛剛就應該先繞過去行銷部看看的！現在可好，到了餐廳她才講，那萬一妳沒聽到留言不就好笑了？她還說要幫妳補慶生，現在主角都不見了還怎麼慶生哪？拜託拜託，妳要是沒事的話，趕快回個電話給我，記得一定要打喔！不管什麼時候聽到留言，總之一定要打給我，就算下班了也要打，不然我就到妳家去等……」留言還沒全部聽完，我的臉已經整個綠掉了。幹，糗大。我心裡偷偷地想。

怎麼會如此烏龍呢？我百思不得其解。李鍾祺則擺出一副得意的表情，那眼神就像在說：來呀，現在看妳拿什麼來補償我。

「你不必用這種眼光看我，三十老娘，倒繃孩兒，也不過就這一次而已。」我聳肩，假裝若無其事，但其實非常心虛地說：「就算是誤會，反正也沒什麼，對吧？」

「對個屁。」然後他拿資料夾打我腦袋。

所以後來這一頓變成我請客，而且本來映竹要招待的只是居酒屋，現在我可得請吃牛排了。在西門町附近，花了快兩千元，讓他們吃飽喝足，李鍾祺還得理不饒人，說這是報應。

「我不介意繼續得罪你，要是再囉嗦，就把牛排吐出來還我。」生氣，我瞪他。

映竹說那天除了補請生日，其實還有另一件事。她最近會到男方家一趟，得買件比較適合的衣服，所以才想約我討論討論。說到這裡時，我側眼看了一下李鍾祺，他臉上只有淡淡的無奈，想來此事他早已知悉。

在台北，最不缺的就是逛街的地方，不過我們沒到東區，也不在信義區，甚至連五分埔都沒去，吃完飯，一下午全耗在西門町。本來是想稍微走走而已，沒想到李鍾祺一踏進萬年百貨就失控了。我跟映竹站在賣模型的店家門口啼笑皆非，只見這個三十幾歲的大男人一臉如獲至寶似地，在裡頭東翻西找，完全忘了門口還有兩個女人在等待。過了半個小時後，他難掩臉上興奮的神色，但又微露一點抱歉，手上還捧著好幾盒玩具模型，有坦克車、軍艦，還有賽車跟直升飛機，全都是靜態模型。

「你這是在幹什麼？」完全傻眼，我看著他。

「可能還要一下子。」有點不好意思，他說：「介不介意讓我在這裡慢慢找，二位可以先去逛衣服？」

我眞不敢想像，居然會在李鍾祺的臉上看到這種表情。映竹說她也不知道原來李鍾祺有玩模型的嗜好，不過鄉下地方本來就很難買到這些進口玩具，而且以前學生時代，大家都窮，即便有，大概也買不起。

「不管怎麼說，一個三十幾歲的人還這樣，是眞的有點怪。」映竹苦笑。

「還好啦，」然而我卻有不同的看法，眼見得他已經又鑽了進去，開始研究起那些東西。我雙手抱胸，跟映竹說：「我喜歡這樣的男人。」

「為什麼？」愣了一下，她問。

「至少我覺得他很真實，一個人真實並沒有什麼不好，不虛偽，不做作，他喜歡玩這些，表示他腦子裡有一部分一定還是個孩子。」從模型店走開，搭著手扶梯往下，萬年百貨裡不會有適合映竹穿去見未來公婆的衣服。一邊走，我一邊說：「妳不覺得嗎？我們每天看到太多西裝筆挺的人了，那些人一天到晚不斷表示出來的，全都是他們有多麼社會化，好像走在時代的很前面似的，而且一點都不回頭看。這樣的人隱藏著自己原始的想法跟欲望，不能輕易表露自己的初衷，唯恐只要有一點疏漏，就會被別人嘲笑，會被當做是個不成熟、幼稚的人，搞到最後，只能把那張面具整個黏在臉上，從此過著不是自己的日子。這樣的人哪，妳在大街上隨處可見，那種感覺看久了就會膩，讓人不舒服，偶爾來一個不戴面具，還會玩模型的大男人，至少賞心悅目許多，雖然他把兩個美女丟在路邊，實在有點缺德。」

「萬一他到六十歲了都還在玩模型怎麼辦？」

「那就讓他玩囉。」我笑著。

映竹的個子很高，身材比例也漂亮，其實穿什麼都好看，不過她還是試了一件又一件，當然我也不厭其煩地給意見。東區才是大人逛街的地方，我看看手機上的時間，李鍾祺一直沒聯絡，搞不好還在買模型。

見我不時拿起手機，映竹說如果我還要忙，想先走也可以，她就自己慢慢挑。而我笑著搖頭，說只是好奇，不曉得李鍾祺這當下是不是已經傾家蕩產。

「妳很關心他。」

「是呀。」沒有隱瞞，我告訴映竹，雖然一開始並沒有特別的感覺，但經過這陣子的相處，他一直讓我頗有好感，甚至可以說是喜歡。

「爲什麼是他？」她露出疑惑的表情。

「爲什麼不能是他？」

「這該怎麼說呢？」站在試衣間的門口，手上還拿著小洋裝，映竹想了想，說：「應該說，即使他有妳剛剛說的那些優點，但我覺得李鍾祺沒有妳聰明，很多時候他可能沒辦法做到很貼心，讓妳覺得他很稱職吧，甚至，說不定有些時候，他可能連自己惹妳生氣了都還不曉得。不會嗎？」

「會，而且經常。」我笑著說：「不過這些都無所謂，就因爲他很老實、很笨，所以才讓我覺得與眾不同。而且我在想，或許這就是我喜歡跟妳，還有他相處的原因。」

「意思是說我也很笨嗎？」沒想到映竹非常認眞，指著自己問我。

「是呀，傻大姊，快點把衣服換上吧！」再也忍不住了，我哈哈大笑。

這就是她跟李鍾祺最迷人的地方吧，也是我們之所以能夠一見如故的原因，我想。直接、簡單、沒有任何銳利感，至少在大多數時候都是如此。逛了一下午，映竹買了兩件洋裝，結帳時，她還拿起擺在櫃檯邊的帽子去付錢，買完後，她將帽子拿給我，說是陪她逛街的禮物，同時也想送我當生日禮。

「帽子？」看著粉紅色的棒球帽，我詫異。

「剛好配妳的外套，而且我覺得妳戴帽子應該會好看。」她笑著說。

映竹說她雖然好奇於原因，卻不感到太意外，還說直覺上，似乎我跟李鍾祺就很合得來，那不只是前後任執行長特助的交接關係，更是彼此應答時的默契。當吃飯時，李鍾祺說他前兩天又把一張什麼什麼表單給誤送進碎紙機裡，我可以補上「元月份營運結算表」八個字，不用在場看他做蠢事，因爲算算，這時候就只有這張表單要給執行長過目；當他說到前天在電梯口撞倒那個管理後勤部門的誰誰，害得對方整個便當灑滿一地時，我也嘆口氣幫他說出受難者，「副總啦！」連副總都敢撞倒，除了說他很帶種，還眞不曉得該如何形容才好。

陪映竹走到捷運站附近，她住的地方也不遠，幾站而已。

「以後如果約得到時間的話，經常一起出來逛街吧？」她說房務部的同事幾乎都是媽媽級的，很少有能夠聊得來的朋友，想逛街也沒人可約。

「那有什麼問題。」而我笑著，指著她手上那兩袋衣服，問：「不過妳還有空嗎？如果這趟去見了未來公婆，大家感覺都不錯，搞不好很快就要開始忙著準備婚禮了吧？」

一說到這個，映竹原本的笑容忽然沉了下來，想了想，她說自己也很茫然，按理說應該要高興的，可是不知怎地，愈想卻愈是不安，也不知道在不安些什麼。

「遇到這種人生大事，會慌張是在所難免的，但如果確認了自己的心意，就不要再想太多，一直鑽牛角尖是不好的，特別是在愛情裡，如果因爲這樣，導致最後眞的出了什麼狀況就不好了呀。」我試著安慰她，「而且你們最近的相處應該也還好吧？至少沒再聽妳說起之前的那些問題？」

「能像妳這樣豁達就好了。現在一切都還好，但就是心裡不踏實。」她勉強露出一點笑容，也點點頭，還笑著說或許眞的是太多心了，這個男人已經算是好男人了，要是再不答應，自己都三十幾歲了，以後搞不好就沒人要娶了。

「放心，如果這個嫁不成，我保證一定還有一個男人想娶妳。」

「誰？」她笑著搖頭，問我還能有什麼選擇。

「李鍾祺。」我沒有一點開玩笑的意思，如果這份隱藏多年的情感，李鍾祺自己永遠開不了口的話，沒關係，我替他說。哪怕是賭一把，我都願意，本來愛情就是一齣我愛他，而他愛她，無分時空，反覆不斷永恆的戲碼。只是這三個字一出口，映竹就呆住了。

我爲什麼把這件事告訴映竹？可能的原因有好幾個，比如說，如果李鍾祺眞的跟我在一起，那麼我希望他心裡只住著我一個人；比如說，如果映竹眞的猶豫於她現在的對象，那站在朋友立場，至少我應該告訴她，其實她還可以有別的選擇，而且不會比現在的更差；更比如說，如果這是一場競爭，那至少我不要讓映竹在不知不覺中成爲別人的對手，那對誰都不公平。

✣

很晚了，坐在窗邊的小桌前，屋子裡迴盪的都是梁靜茹的歌聲，輕輕地，慢慢地，低迴在每個角落中。丸子睡得很熟，就伏在我的腳邊。看著數位相機裡的照片，那是一起吃飯時，拿起來隨手拍的，我在中間，李鍾祺在左，映竹在右，三個人都笑得很開心。

我喜歡映竹跟那隻大笨鵝，是因爲他們沒有沾染這城市裡的冷漠氣息，大笨鵝初來乍到也就罷了，映竹已經在台北多年，卻還始終保留著原本的個性，這是非常難能可貴的。而我眞的像映竹所說的那樣嗎？她說的，跟劉子驥說的一樣，都覺得我一點也沒有都市人繁忙緊張的焦慮感，永遠都踩著自己的腳步在前進。看看照片裡自己的樣子，我心虛。對那些毫不在乎，或者沒有直接關係的人，當然可以不受影響，很多事也不用放在心上，只要擺出笑臉，配合同事們的步調，大家就能夠相處得很好，在每一個非必要時刻裡，我不談自己，也不過問別人，自然可以八面玲瓏，讓大家都開心；可是對自己所在乎的人，卻不可能做到這樣，情緒與想法一定會跟著映竹或李鍾祺而有所起伏，說的或做的也都會考慮到他們的感受。如此一來，我眞的還算是踩著自己的腳步嗎？獨坐窗前，有種深深的寂寥不斷從內心裡竄生出來，我不禁要想，這樣做眞的對嗎？不只是把李鍾祺的暗戀之情洩漏給映竹的事，也包括自己對他坦白情意的這一切。這樣對嗎？好嗎？會不會因爲一時的情不自禁，反而破壞了原本的平衡呢？我是惶恐而無解的，但除此之外，還有更好的辦法嗎？沒有答案，恐怕就算有，答案也是否定的。我知道自己不是能夠長期壓抑的那種人，即使每次跟他有爭執，設法給對方找下台階的人都是我，但那畢竟只是小事，遇到眞正的大問題，我知道自己是不可能壓抑得住那些大悲大喜的。所以我惶恐，卻沒有更好的辦法，只能一步步淪陷下去。這時候還能保有自己的步調嗎？恐怕一點也不了吧？

接洽後，南部的旅行社傳了企畫書過來，將我們飯店及周邊景點做了配套，納入規畫行程中，這是草案，提供做參考。我跟乾媽討論很久，確定定案後，才上呈給執行長。一上十五樓，很稀奇地，居然不見李鍾祺，爺爺說自從他到任後，這個特助就沒放過一天假，雖然很努力工作，但可惜腦袋始終不怎麼進步。

「別急嘛，他是很認眞在學習的。」

「我知道，我知道。」哭笑不得，爺爺說。正當我要告退離開時，他忽然又叫住我，問我最近跟李鍾祺怎麼樣了。

「什麼怎麼樣？」

「妳說呢？」沒回答，卻一個反問。我笑了出來，說現在是愛情了，但還沒結果，可能還有得等。他點點頭，也不多問，只祝我好運。

如果祝好運就眞的有好運的話，那該有多好呢。笑著下樓，繼續自己的工作，而說也奇怪，爺爺的祝福過後，好像精神就特別好，辦事效率也比較高，還不到傍晚，就已經把事情都忙完。正在考慮要不要偷溜，趁早回家，結果電話響起，李鍾祺很好意思地傳簡訊來，問我今天會不會準時下班，如果會，可否請我帶個便當去給他，訊息中還說，他已經一天一夜沒吃飯，餓到走不動了。

還眞的是好運呢！我覺得眞不可思議。不過不免也好奇，這樣的好運能有多久。拎著食物，走進他的住處時，心裡感覺非常奇異。怎麼我會在這兒？爲什麼我要給他送便當來？基於什麼理由，一個放假的人自己不出去覓食，卻要我下班後才帶食物來？是不是他其實想見我，但又不好意思說出口，才用這種爛理由？

依照地址，找到房門口，按了門鈴後，又過好久，李鍾祺才來開門。門開的瞬間，我愣了一下，還以爲找錯地方。這個人平常雖然不是很修邊幅，但至少是面容整齊，非常素淨的，但我現在看到的他，卻是滿臉鬍渣，只穿著舊到褪色的水藍色上衣跟一件短褲，而且還光著腳。

「忙什麼可以忙到一天一夜沒吃飯？」在門外脫鞋時，我問他。

「妳看看就知道了。」而他說。

不進去看就罷了，一看更讓我張大嘴巴，完全傻眼。這裡比較像是學生宿舍，沒有廚房，只有狹窄的空間裡擺了張小床，還有一面衣櫃跟書桌、電視以及冰箱，角落則是浴室。本來這房間雖小，但至少應該還有一點小空間可以容身，可是現在空間全都沒了，取而代之的，是一地散亂的小東西，我再仔細一看，赫然發現就是那些需要慢慢組裝的模型玩具，零件到處散亂，幾張說明書也攤在一邊，李鍾祺指指桌上一架還在砰砰作響的小型機器，說那是空氣壓縮機，用來噴漆的。我掩著鼻，難怪一進來就聞到讓人非常難受的怪味，原來就是做油漆溶劑用的松香水，他在玩具店裡不只買模型而已，居然砸大錢把整套設備都搬回家了。

「你該不會從昨天晚上就開始玩這些，一直玩到現在吧？」

李鍾祺點點頭，根本沒時間開口說話，關掉壓縮機，狼吞虎嚥地吃著便當，而我略蹲下來，稍微看了一下，這裡至少有好幾組模型同時動工。真讓人佩服哪，這麼凌亂又細微的，那些小零件他還分得清楚哪個是哪個。

我勉強在床邊找到可以坐下的地方，看著他把飯吃完，也將我帶來的飲料一飲而盡，然後又蹲回那堆模型中間。居然一點跟我講話的打算都沒有，忍不住問他：「其實你把我當成送外賣的對不對？」

「話不是這麼說，我是眞的也想見妳。」他低著頭，一邊拿零件去核對說明書，一邊說話。

「可是你根本不怎麼看我耶。」

「很快，再一下子，我現在在想辦法把這個輪胎給裝上去，有點難。」他說工具不足，很難作業，還說早知道應該叫我順便也給他買雕刻刀跟砂紙來。

「你確定只需要再一下子就會有時間跟我聊天？」其實我一點都不相信，他就算可以很快就裝上那個輪胎，但也絕不可能裝完輪胎就收工。

「反正沒什麼事嘛，妳又不趕時間，不是嗎？」

「基本上是不趕時間沒錯。但我看除非天塌下來，否則根本動搖不了你，對吧？」

「這麼說倒也對。」話還沒說完，他已經裝好輪胎，跟著打開空氣壓縮機，就準備開始調漆。

「不過我有一件比天塌下來更重要的事想告訴你。」趁他還沒開工前，我也有話想說。李鍾祺愣了一下，抬起頭來，總算好好地跟我面對面。很輕鬆，一點都不拐彎地，我有話直說：「我替你跟映竹告白了。」

低著頭，李鍾祺雖然還看著手上的模型玩具，卻已停下了動作，他沉默片刻後，問我爲什麼要說出去。

「因爲都已經這麼多年了，我相信這些感覺不會是假的。況且映竹可能就要結婚，在那之前，我想她有資格知道，你也有必要讓她知道。」盤腿坐在床上，抱著陌生的枕頭，我說。

「但我什麼都沒爲她做過，而且妳這樣一說，難道不怕影響了她原本既定的任何打算？或者影響到她籌備婚禮的心情？」

「你沒做過什麼，那只是因爲你沒有機會而已。」我說：「至少在過去的十年裡是這樣。你們處在不同的環境裡，而且也沒告白過，是能爲對方做什麼？」

嘆口氣，李鍾祺說，就算現在同在一家飯店裡上班，也沒機會了，人家都要結婚了。

「還沒結婚之前，什麼都還有可能；就算結了婚，也不見得就一定能白頭偕老，童話故事只是故事，但人活在現實裡呀。你老是怕會影響她的生活，又怎麼不想想，即使你不表白，她的愛情或婚姻也未必就會幸福到老，照樣可能有其他變數。」

「不要這麼壞心去詛咒人家呀。」他埋怨地瞪我一眼，想了想，又說：「那妳怎麼辦？」

「我？」

「對呀，就是妳。」李鍾祺說這會讓三個人的關係變複雜，連我，他都不曉得該怎麼面對我了，更何況是之後面對映竹。

「不用想得太複雜，愛情是愛情，喜歡一個人並沒有半點的錯，那是誰也勉強不來的，對吧？而且除卻愛情的成分後，大家還可以有很多種相處的關係，至少我跟映竹就沒有半點情敵的對立關係。」

「妳們算什麼情敵呀？」

「之於我，她當然是情敵呀。」

「有勝負落差跟競爭性的才叫做情敵，妳這根本是自己一廂情願吧？人家可沒半點想跟妳爭的意思，還在那裡枉做小人。」他故意冷笑一聲，說：「少臭美了。」

嘟著嘴，本來覺得這人很可愛，還像個小孩一樣在玩模型，非常有赤子之心的，沒想到一轉眼就講出這麼討人厭的話來。我替你跟她告白，是因爲我希望你選擇我，結果你不但沒有任何感激，居然還好意思這樣嘲笑我？什麼態度！於是我也不囉嗦了，省下那些來來回回的爭辯，直接把手往前伸，也不消多遠，就在桌上一掃，剛剛做好的幾個士兵模型就全都往地上掉，稀里嘩啦摔得亂七八糟。

「妳這傢伙！」他大吃一驚，但已來不及阻止。

「哎呀，掉了。」然後我得意地說。

聽我說完最近的事，劉子驥說未免太過冒險，這等於是拿自己的幸福去賭，萬一賭輸了，可是把自己心愛的男人給拱手讓出。我搖頭，說這不是賭博，只是我想對誰都公平。

「愛情哪有什麼公不公平？要換做是我，我就連一個屁都不會放。」他啞然失笑：「不過沒關係啦，反正妳都說了。萬一最後失戀了也無所謂，妳知道哪裡找得到我。」

「等我缺錢的時候會再跟你聯絡的。」而我說。中午在天台上遇到來抽菸的他，小聊幾句，這人還是不改痞子本色。

不管感情問題怎麼變化，生活還是生活，工作還是工作，總有些閃不開也避不掉的。我不是真的很喜歡跟陌生人溝通往來，大多數時候，在這城市裡遇到的人，我都選擇冷淡以對，除非對方能像爺爺、映竹或李鍾祺那樣，第一眼就讓我有種揮之不去的親切感，不必對方先開口，我就會想自己靠過去認識人家。但工作上可由不得我任性，總會有那種非得跟陌生人見面不可的時候。陪業務去一趟旅行社，既簽訂新一季的合作新約，同時也就之前的方案重新檢討。事畢後就不再回公司了，我們在旅行社外面分開。

天色還早，我拉拉風衣外套的領子，搭著捷運，跑到中正紀念堂來，很久沒逛兩廳院，雖然有加入會員，會定期收到活動資訊，但事實上我卻從來沒認眞看過。所以既然有點時間，不如直接過來走走晃晃，順便瀏覽一下活動公告，也許可以發現什麼好看的東西。

不過逛了一圈，沒看到什麼吸引人的內容，手機卻先響起。李鍾祺問我是不是又蹺班了。我說蹺個頭，本姑娘今天下午很認眞在跟客戶談活動，講得口沫橫飛，現在才終於可以喘口氣。

等了他半小時，李鍾祺剛把工作處理好，然後直接搭計程車過來，就約在一樓的摩斯漢堡。

「妳跑來這裡做什麼，逛中正紀念堂嗎？」風塵僕僕地，他到的時候，由我代點的食物早已送來，漢堡都涼掉了。

「逛是逛，不過我是來找表演資訊的。」說著，將一堆傳單攤在桌上，我問李鍾祺有沒有看過舞台劇。他問我這該如何定義，於是想了想，我說現場演出、在舞台上、有燈光音效、有劇情、或唱或講都可以，這是最基本的條件。

「那誰沒看過？我從小看到大的。」

「眞的？你在哪裡看？」眼睛一亮，我從不知南部的舞台劇欣賞風氣也這麼盛行。

「我家住屏東呀，本來在滿洲鄉，就在佳樂水附近，後來才搬去恆春的水蛙窟。在滿洲的時候，我一個星期至少看一天舞台劇。」他非常得意，充滿嚮往與懷念的口吻，說那是個非常美的地方，小山巒之間的平地上種植著牧草，青青草浪中，好片原野。在那片草原邊，就是他們經常戲水的小溪，而另一頭則是孩提時大家常聚會嬉鬧的地方，那是一座在當地規模算大的土地公廟，叫做福安宮，在福安宮前的小廣場上有個籃球架，那裡同時也是他們打球的地方。

「誰管你打球呀，我們現在說的是舞台劇。」我急著把話題拉回主軸。

「就在福安宮看表演呀，」他理所當然地說：「有舞台、有燈光音效、現場演出，而且有唱也有講，照妳這種條件，路邊野台的歌仔戲不就是舞台劇的一種了？」

我哭笑不得，但也不能否認，廟門口的歌仔戲確實可以算是舞台劇，而且還免費呢！等他吃完漢堡，也喝完飲料，我這才問他，急著找我究竟什麼事。

「其實也沒有什麼事，我下午跟映竹碰了面，聊了一下。」說到這個，他原本聊童年聊得眉飛色舞的神色就黯下來了，叫我以後別跟映竹提這些，還說這樣他眞的會很困擾。

「爲什麼？」

李鍾祺說他今天午後難得有空，過去飯店那邊，想去跟映竹解釋解釋，就在房務部那個小休息室，兩個人聊了一陣子。從以前念書的過去，聊到後來台北的生活，也聊到現在的工作，最後則提到了未來。映竹說那天我的幾句話，眞的讓她陷入很深的迷惘裡，好像自己平常所以爲的一切全都錯了，長久以來，她始終認爲李鍾祺是個念舊又善良的老同學、好朋友，卻從沒想過，在客氣跟體貼之下，還有一份這樣的情感。因此，這幾天裡，她不斷在想，如果自己對一切的認知都如此偏失，那她眞的還能看清楚未來嗎？那個結婚的對象眞的適合她嗎？愈接近人生的抉擇點時，她愈是莫名地慌張起來，感覺很不踏實。

「妳看妳把事情搞成什麼樣子。」埋怨著，李鍾祺說：「好端端的，妳去提那些做什麼？現在害她連結婚都怕了。拜託一下，有些玩笑真的不能亂開的，好嗎？」

「我怎麼聽都不像你在說你的困擾耶。」等他好長一陣都說完，我想了想，問李鍾祺：「從頭到尾，你告訴我的都是映竹的事，那麼，請問你的困擾在哪裡？」

「我……」他語塞。

「或者你要告訴我，其實映竹的困擾就是你的困擾？」此話一出，他更加無言，只好低下頭。嘆口氣，我說：「親愛的，你什麼都很坦白、很老實，也很直接，但就是這一點不及格。如果你喜歡她，很在乎跟重視她，那麼請你好好地、清楚地讓她知道。沈映竹不是溝通不來的人，她也不是非結那個婚不可，甚至你也可以在這時候把她搶過來。如果你們的決定是這樣，那我絕對無話可說，而且還會大大祝福。

「可是你不能混淆了觀點跟立場，把問題到處亂推呀，請問你現在是以什麼身分來責備我？而我又是你的誰？你在乎映竹的感受，又可曾在乎過我的感受？我告訴你，這件事對我而言，絕對不只是無聊時的雞婆瞎說而已，我看映竹時，看到的是她正朝著一個死胡同裡面鑽的樣子，這對她很不好，不管站在什麼立場，我都希望她以後是幸福的；而我看你時，看到的則是過度保守，對愛情太過膽怯的模樣，你可以誠實地面對這世界，卻不敢坦然地面對你自己，尤其是愛情的那部分，直到現在都是。」站起身，我將桌上的垃圾放在托盤上，拿到垃圾箱去處理好，轉個頭，我對他說：「我很確定一件事，從頭到尾，我都不認爲自己有哪裡是在開玩笑，也認爲沒有任何一份愛是可以開玩笑的，所以我從來不談『開玩笑』的愛情。我愛你，但我希望我愛的是很知道自己愛誰的你，而不是現在這樣的李鍾祺。」說完，我轉身走開，夜幕剛好籠罩了正開始繽紛的台北，但我則忍著淚水往前走。

沒有一個春天應該充滿感傷，當和風拂過時尤其適合笑著，

但親愛的，你把靈魂忘在昨夜夢裡，

潺潺河水就漂走了方寸間的短暫愛戀。

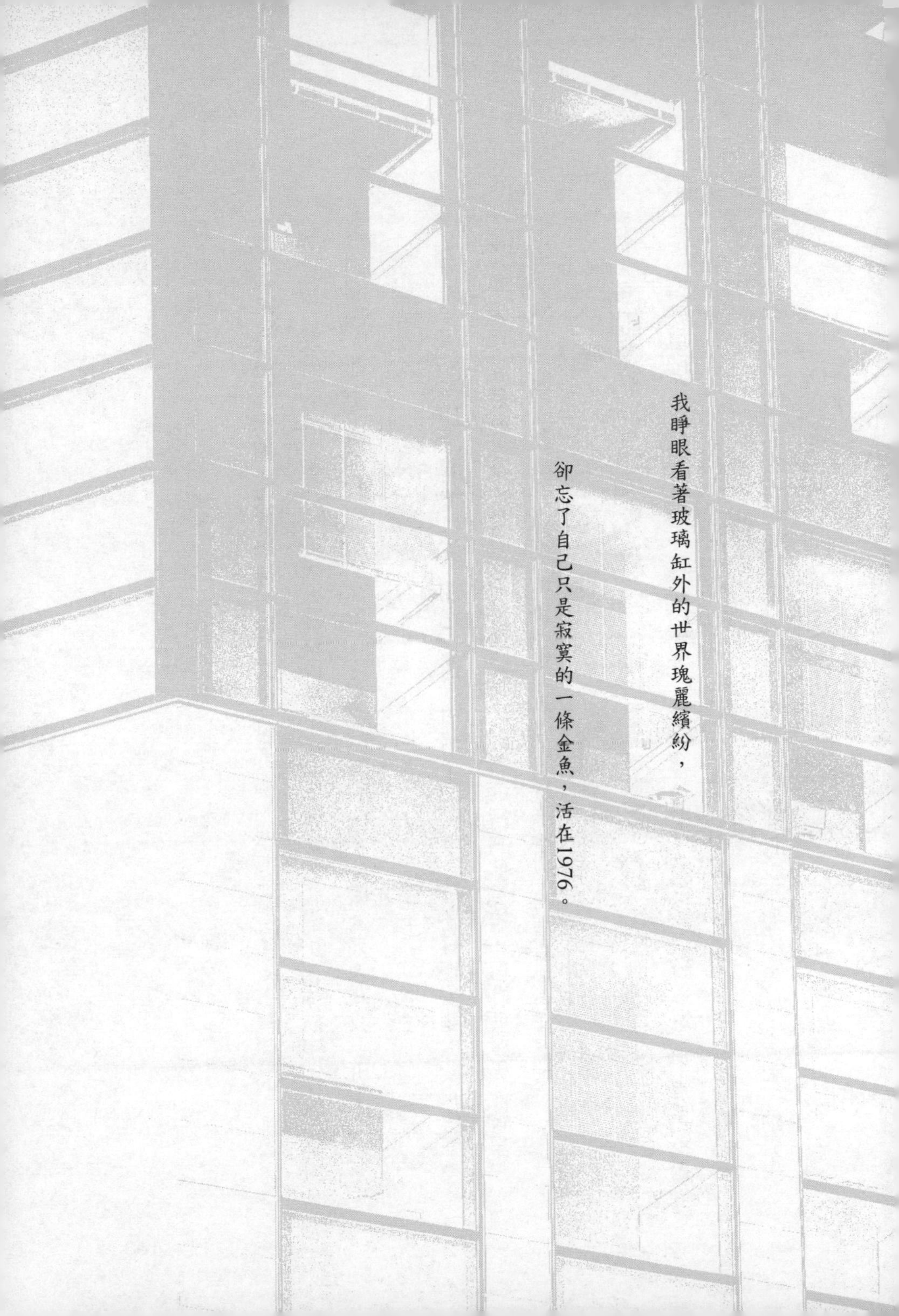

我睜眼看著玻璃缸外的世界瑰麗繽紛，
卻忘了自己只是寂寞的一條金魚，活在1976。

✣

幾天沒跟他說話，或許李鍾祺自己也在思考吧，但他會怎麼想，我卻一點都不了解。想找映竹聊一下，然而這幾天房務部很忙，有些客房的設備正在汰換中，所以她也焦頭爛額。都過了快一個星期，她才有時間喘口氣，撥了分機上來，問我下班後要不要一起出去走走。

先聊了點工作上的事，房務部過年前就申請了預算，今年度有許多該汰換的房間設備，最近都要趕著完工。已經累了好一陣子的映竹顯得有些憔悴，但即使今天能夠早點走人，她也沒能立刻回家休息，找我一起到附近的百貨公司，說要買生日禮物。

「妳怎麼一天到晚在送人生日禮物？」我調侃她。

「好朋友生日不能不送，男朋友生日也不能不送呀，對吧？」她笑著說。

對於這個我只遠遠見過一次面的男人，要送些什麼，還真讓人難以幫出主意。不過男人會需要的物事有限，想來想去也就那幾樣，所以理當不會太難挑。只是儘管如此，我們還是花了大把時間在瞎走。男裝部裡，看半天，映竹說不如繼續往上走吧，她男人在投資顧問公司上班，平常就是個講究衣著的人，衣櫃裡根本不缺什麼；再往上到禮品區，又晃一晃，什麼名片夾、領帶夾，或者鋼筆之類的，也都不缺。我說這要換做是李鍾祺的生日禮物就好辦了，去一趟萬年百貨，隨便買幾盒模型就可以交差了事。

「說到這個，妳知道前幾天他來休息室找我嗎？」走著，映竹問我。

「不只知道，而且還因此跟他吵了一架呢。」我嘆氣。沒把詳細的內容告訴她，我只說，因爲李鍾祺在感情方面太畏縮，讓人看了不耐煩。

「這個人就是這樣呀，沒辦法。」她也苦笑，又擔心地問我，這樣吵架會不會影響到什麼。

「完全不會，妳放心。」我帶著笑回答，不過其實是心虛的。

逛著逛著，最後她買了一條很貴的項鍊，手工細膩，純銀材質，一個小小的十字架墜子，非常好看。結帳時，我稍微看了一下，不由得倒吐一口涼氣，那一點點的分量，居然要價八千多元，看來果然很名牌。

「這話我跟李鍾祺聊過，雖然他也一再安慰，但不知道爲什麼，我總是覺得很惶恐。」映竹雖然帶著笑，卻一點笑意都沒有，問我這算不算是婚前恐懼症。

「我沒結過婚，所以可能給不了答案。不過妳惶恐的原因究竟是什麼呢？」買完東西，將禮盒收在包包裡，一起在百貨公司的咖啡店裡坐下，櫥窗外是繽紛的街景，樹上纏滿五顏六色的燈泡，絢爛，卻有點虛無飄渺、不眞實的荒謬感，就跟我現在的感想一樣，原來要結婚的、戀愛陷入膠著的，不管什麼處境，大家居然都一樣惶恐不已。到底這城市裡還有沒有眞正開心的人呀？看著窗外，我苦笑。

「好像離婚姻愈近，就離自己愈遠。」她也看著窗外，說：「這幾天很忙，跟他沒什麼聯絡，所以才比較有時間好好想想，到底自己在幹什麼，或者究竟想要什麼，甚至也會懷疑，我跟他是不是眞的合適呢？結婚之後就會比較幸福嗎？我想在這個婚姻裡得到些什麼呢？」說著，她又把頭轉向我，「我沒有怪妳的意思，甚至還應該感謝妳，因爲上次妳說李鍾祺一直對我有感情，這件事眞的讓我很詫異，也不免要重新檢討自己看待這世界的眼光，對很多以前認爲理所當然的一切都產生質疑。」

「這次妳不但把問題想得有點多，而且也還有點遠了。」我安慰她：「別讓自己陷在這些反覆的漩渦中，這些事不是一步走、一步看，慢慢才會找到平衡的嗎？」

「話是這麼說，但這畢竟是一條不能輕易回頭的路呀，寧可事前先想清楚，不要事後才後悔，對吧？」

我點點頭，每一種說法都很有道理，但誰也找不出最好的答案。映竹說不如找個機會，讓我見見她男朋友，或許可以給比較明確的意見。

「不用見了，我一定會毫不留情，勸妳立刻跟他結婚的，免得妳哪天反悔又不嫁了，反而回過頭來跟我搶李鍾祺，那可就大事不妙了。」我哈哈大笑，逗得映竹也笑了出來。

李鍾祺前幾天跟我的不愉快，都是爲了映竹，這些我其實也明白，但不管這男人怎麼樣，至少，希望無論如何都不要影響映竹與我的關係。儘管我也清楚，這在本質上是一種矛盾，李鍾祺只要一點搖擺，隨時都可能左右我與映竹，但沒辦法，無論未來會如何，我只能盡量去控制，試著將對大家的傷害都減到最低。

吃完晚餐，本來還想再逛一下的，結果她的手機響起，從講話的語調聽來，應該是男朋友。本來兩個人說得好好的，但映竹一說起她今天提早下班，卻跟我在逛百貨公司時，似乎她男朋友就不高興了，幾句話一過，映竹的臉色也沉了下來。我本來想打打手勢，叫映竹告訴那個男的，今天逛街可不是爲了敗家，而是在幫他挑禮物，然而手都還沒抬起來呢，映竹表情一愣，跟著就把手機放下了。

「他掛妳電話？」我咋舌。無奈地嘆了一口長氣，她點頭。

映竹說這是她覺得最感拉扯的地方，時間推著她往那個方向走，但每近一步，卻發現問題好像就多一點，以前男朋友可以幾天不聯絡，非得等女生打電話或發脾氣了才找得到人，好不容易找到，卻又一點不把這些事放心上，還說不是三歲小孩，有什麼好擔心；現在情況卻反過來，映竹在飯店忙了幾天，整個人瘦了一圈，男朋友沒有什麼安慰的話語，卻因此而不高興，她只是花兩個小時來跟我逛一下，爲的還是男朋友的生日禮物，結果驚喜都還沒送到，卻已經先被掛了電話。

「如果說這是因爲兩個人終於決定要結婚了，他才認爲我的一舉一動，或我的情緒與想法很重要，非得正視不可了，那是不是等於也就意味著，以前他從沒把我放在眼裡？」映竹滿是狐疑與懊惱地說：「雖然在一起的時間不算短，但這一點我始終沒有眞正搞懂過。人的情緒究竟是怎麼變化的？我常常在這一分鐘裡讓他寵愛有加，但下一分鐘，也許因爲問了什麼蠢問題，或者做了什麼蠢事，他脾氣一上來，那所有的美好就全都毀了。到底爲什麼會這樣呢？我眞的不明白。」

「這又是另一個牛角尖，拜託，千萬別鑽。」提醒她，我說。不想看她難過，也認爲無須爲了這種事而受委曲，我勸映竹再撥過去，約她男朋友出來，至少今晚可以把禮物先送一送。

「這樣好嗎？」她面有難色。

「有我這個外人在的話，他應該不會發那麼大火吧？」我說電燈泡有時候也是可以有好處的。再三勸說下，她才撥了電話，把人約過來。同時跟我介紹一下，稱呼她男人小馬就好，而我才知道，小馬原來比映竹年輕幾歲，今年才廿九。

帶著一種說不上來究竟能否算得上是期待的心情，陪她等了大概二十分鐘，本以為小馬會過來一起喝咖啡的，沒想到映竹電話又響，小馬說他不上來了，叫我們走出百貨公司的門口就好。納悶著，我跟映竹只好搭手扶梯下樓，中間他又打來催促了一次。

到得門外，晚風甚涼，雖然不算太低溫，但天空居然又飄起細雨。我們都只穿著單薄的外套，瑟縮著到了馬路邊，小馬就在車上，也不下車，放下車窗，一臉不耐煩地問映竹：「妳到底在忙什麼？」

「這幾天飯店比較忙呀。」反而像個媽媽一樣，映竹很溫柔地回答，還問小馬要不要一起吃飯。

「都幾點了，還吃什麼飯。」他依舊是滿臉不耐，看看我，又看看映竹，嘮叨地說：「而且妳說平常沒空也就算了，今天難得正常下班，結果呢？一通電話也不打，還跟朋友跑來逛街？眞不知道是在想什麼耶，如果還有力氣逛，那妳乾脆就繼續加班，趕快把工作做完就好了呀，難道不知道後頭還有多少事嗎？叫妳跟婚紗店聯絡，去約時間試婚紗，拖拖拉拉的老說沒空，現在卻有時間逛街？」

那當下我感到非常錯愕，從頭到尾，映竹都站在車旁，吹著冷風，滿臉歉意地陪笑道歉，而這個男人不但沒下車，還大剌剌地坐在車上嘮叨個沒完。我很想走過去，一腳踹爛他的車門，把他拖下來打一頓。眼看他還要繼續囉唆下去，我帶著笑容上前一步，跟映竹說：「不是有禮物要給小馬？讓他看一下嘛。」

這不說則已，我一講，映竹把禮物一拿出來，小馬當場發飆了，他連看都沒看，光瞧包裝盒上的商標，就一臉怒容，說兩個人爲了結婚，已經花掉太多積蓄，接下來還有一堆開支等著要付，這種昂貴的禮物根本毫無必要，而且顯得多餘，到結婚時又不能帶著進禮堂。

「老天爺，妳可不可以搞清楚現實呀！」生著氣，他居然把盒子塞還給映竹，叫她拿上去退錢。而一臉尷尬的映竹，現在已經無地自容，眼看著眼淚都快落下了。

「你才可不可以搞清楚現實吧？」終於按耐不住了，我更上前一步，接過那個誰都不想拿的小禮盒，對小馬說：「女朋友還沒嫁你哪！充其量只能算是未婚妻，這是跟未婚妻講話的態度嗎？知不知道現在外面很冷？知不知道她已經連續辛苦工作了一整個星期？知不知道她今天犧牲休息時間爲的是什麼？別說是給你挑禮物了，哪怕只是找個朋友，一起吃飯、逛街、看個電影又如何？她甚至有資格要求放兩天假在家睡覺，也不需要聽你在這裡大放厥詞！這個禮物你愛要不要都可以，無所謂，但是拜託一下，你自己才要先搞清楚現實吧，男朋友！」說著，把那個小禮盒往車窗內砸進去，也不跟他繼續囉唆，我拉著映竹轉身就走。

不辨東西，只是漫無目的地亂走，我一手提著包包，一手挽著映竹，也不說話，兩個女人經過好幾個路口，遇到紅燈也不等，直接右轉又繼續前進，走了好久，我心裡的怒火才慢慢平復下來，再回頭時，卻發現映竹已經流了一臉的眼淚。

「別哭了，妳連哭都比我好看的話，會讓我很自卑的。」幫她擦擦眼淚，我說。

然而映竹沒有停下來，不是那種嚎啕大哭，她只是一語不發，但眼淚卻肆虐而下。無奈地，我也不曉得該怎麼安慰才好，只能陪她在街邊坐著。很想再說點什麼，可是總感覺說什麼都不對，兩個人在路邊的小椅子上默默地坐下，一直到很晚了，已經晚上十點多，街邊的店家已經開始陸續打烊，映竹才說了一句：「很抱歉，本來想好好介紹你們認識的，沒想到卻弄成這樣。」話剛說完，又是一陣眼淚。

「算了，沒關係的。」拍拍她的背，我輕聲地說。

或許也眞的累了，她點點頭，用最後一張面紙稍微擦了擦眼睛，說今晚的感覺太糟，想回家休息。而我不便再留她，事實上，我的安慰顯然也沒太大效果，最後只好幫她攔部計程車，讓她先走。

這是愛情嗎？或者說，這樣還算是愛情嗎？看著黃色的車身在遠方隱沒，我嘆口氣，不曉得該怎麼辦才好，而再環顧四周，頓時覺得自己好像眞的變成一隻金魚，在一個五彩繽紛的魚缸裡來回游著，看似自在，可是卻非常封閉，不管哪個方向，其實全都是盡頭。想做點什麼也完全欲振乏力，只能如此茫然，毫無施力之處。回想起映竹的眼淚，更讓人心疼不已。

「你現在有空嗎？」站在路口，看著遠處，這城市裡還閃爍著的霓虹，猶豫很久後，我打了一通電話，李鍾祺沉吟一下，說有點忙，因爲直升機的螺旋槳不管怎麼黏，都老是歪一邊。

「那就是有空了。」我說：「你現在馬上打電話給映竹，安慰她一下。」

「我？」他納悶。

「我相信這世界上，這當下還能給她安慰的人，就只剩你一個了。」把今晚的狀況稍微說明一下後，我說。

電話那頭，李鍾祺沉默了許久，他才又問：「金魚，妳知道自己在說什麼嗎？」

「當然。這不是我願意做的選擇，卻是最好的選擇。打這通電話給你，我絕對不會比任何人好受，但沒辦法。」嘆口氣，咬著牙，忍下所有五味雜陳的情緒，我說：「而且我相信，她這時候會很需要你，也知道你會很擔心她。」說完，掛上電話時，眼裡所見的霓虹，卻也朦朧霧美了起來。但我還不哭，是因爲不到哭泣的時候，且這城裡一晚上不需要兩個哭泣的女人。

我對著鏡子檢查良久，確定自己腦袋沒有破洞。既然沒有破洞，腦漿都還在，爲什麼會幹出這種蠢事呢？已經過了兩天，半點消息都沒有，儘管同在一家飯店，但每個人各忙各的，平常也遇不到，下班後累得半死，再不就是像現在這樣出差在外，我根本沒時間去探聽後續，只能在飯店房間的浴室裡，對著鏡子問自己：我怎麼會幹出這種國中生才會做的傻事呢？把自己喜歡的男人，眞的推到另一個他喜歡的女人那裡去了，還自以爲這叫做寬宏無私，什麼大愛？什麼豁達？其實最後的下場，就是我一個人在這裡自言自語、自怨自艾。成全了別人，讓自己落得狗屁也得不到的下場，再低頭，赤著腳站在光滑的地板上，我覺得待會應該去找掃把來掃一掃，套句愛情小說的八流說法：心都碎一地了。

這件事沒告訴任何人，我想大概對誰也不適合說，但是藏在心裡，又不能阻止它無止盡地發酵，以致於實在無心工作。原本這幾天我負責的內容就很簡單，看看，然後筆記，搞懂一些東西，最後帶著這些資訊就可以回去交差了事的，然而幾天下來，溫泉節的活動手冊還沒翻完過、公關公司的企畫也沒看完、礁溪分館的活動簡介更是連碰都沒碰。那我到底是來幹嘛的？還站在浴室裡，對著鏡子，我嘆口氣，看來那些偶像劇或愛情小說都是騙人的，電視裡的畫面都極美，人物都很好看，但活在這個眞實的世界裡，就會發現那不過全是美化過後的效果，誰能活得那麼曲折？誰能活得那麼浪漫？當我前幾天在天台上吃飯，看著那冷掉的飯糰時，就覺得一切都是假的，只有飯糰裡依舊鹹得要死的酸菜才是眞的。

順便修了一下眉毛，反正都站在這裡了。我把眉心中間的雜毛刮掉，順手再梳梳頭髮，也抓掉幾根分岔，最後正在考慮著要不要索性再洗一次澡，看能否把心裡的煩躁給洗掉時，手機卻響起，劉子驥打電話來，問我後天一早有沒有空。集團最近要拍一個電視廣告，宣傳旗下這些分館，主要的拍攝場景就在我們台北館。劉子驥說大致的東西都已經談好，後天早上要簽約，希望我可以一起去。

「這種事你找曉寧也可以呀。」我說。案子是曉寧在負責，我只是幫忙的。但劉子驥卻告訴我，從今天下午，曉寧就請了假，也不曉得後天能否正常上班。

「請假？」我一愣。不在台北兩三天，我還搞不清楚公司裡的事。

「感冒，發燒，隔離，現在全公司都戴著口罩在上班。」他無奈地說。

很漂亮的環境，這個公園有全台灣極少數的平地溫泉，整個公園設施都以此爲主題，不但讓當地人多了個休閒去處，更吸引不少外地遊客。我看了一下環境，深覺如果台北也有這樣的地方，那不知道該多好。難怪很多台北人跑到宜蘭來置產。

主場地那邊搭了舞台，有當地的學生樂團表演，也有傳統樂器的演奏，當然更少不了主持人插科打諢的說明介紹。場地周圍是園遊會，今天人山人海；另一側則是一整排好幾個攤位，全都是配合這次活動的溫泉飯店與旅行業者，等於就是個小型旅展了。

我走逛了幾個攤位，看看別人家構想出來的活動配套方案有哪些，也試著從中找尋一點可供借鏡的地方，遇到不懂之處，就請宜蘭分館的同事指點。如此直到下午，活動圓滿結束後，本來打算趕緊收拾了就要回台北的，然而就如同每次這類活動的慣例，收工後一定會有名爲慶功，實則喝酒胡鬧的宴會。

果不其然，攤位都還沒收完呢，他們已經開始約人，而且這一回比起上次在高雄還猶有過之，上次只有高雄分館的同事一起聚會，他們這次可是連旅行社的人都來了。我本來已經收拾好行李，也辦妥了退房手續，包包就寄放在飯店櫃檯裡，打算稍微露個臉，打打招呼之後就離開的，沒想到這群熱情的宜蘭人根本不肯放行，先是飯店公關部的輪番敬酒，跟著行銷部人員次地把盞，最後則是旅行社的客人熱烈招呼，我喝了一杯又一杯啤酒，眼看著已經有點不勝酒力，正準備起身告退，沒想到屁股才剛離座，分館的執行長居然走了過來，一陣熱絡的掌聲過後，他從懷裡掏出一個大紅包，說雖然爲數不多，但絕對足夠讓大家今晚醉死，還叫現場所有人都斟滿杯，只見這位豪氣大叔高舉杯子，喊了一聲：「一個也不許走，都給我乾了！」

然後我就暈了。

一直鬧到晚上十一點多，幾乎所有人都醉得差不多了，我總算還保留著一點體力，看看滿桌狼藉跟東倒西歪的人群，只覺得他們其實也很可愛，這若是在台北分館，那是肯定不會發生的狀況，在那裡，大家每天都有忙不完的事，今晚或許可以稍微放縱一下，但明天還是得準時上班，而且工作進度照樣要跑，誰能像這樣快樂地過日子？我嘆口氣，忽然很羨慕他們。雖然目前自己現有的工作也算應付裕如，但那終究是繁忙的生活，而幾年下來，其實已經有點過膩了。

在如此的疲倦下，偶爾會有種想掙脫的欲望隱隱竄動，說李鍾祺是讓我還戀棧不去的原因，或許也並不爲過。每天上班雖然未必都遇得到他，但那是一份期待，儘管只有偶爾簡單聊幾句，卻也是莫大滿足。我忽然好懷念他剛來的那幾天，這個什麼也不懂的呆頭鵝，只能在一堆資料裡埋首苦讀，或者在辦公室裡到處修理東西。雖然笨拙，可那時他都還在我轉頭就看得見的地方，根本不像現在。

而再一想起現在，我就覺得乾脆還是留下來住一晚算了，反正回去也沒什麼意義了，這幾天來，李鍾祺簡直跟蒸發了沒有差別，別說是電話了，甚至連一封簡訊也不曾傳來，都不知道他那一晚究竟去找映竹了沒有，也不曉得後來還有什麼發展，搞得好像我其實是跑龍套的，只需要小小露臉插花即可，現在人家故事演到哪裡，完全沒有打算知會我一聲的樣子。一想到這裡就讓人萬念俱灰，管他什麼劉子驥的公關廣告，那又不是我負責的業務。

不過當然這只是想想而已，再不情願也不能丟著不管。剛剛分館的人告訴我，說從礁溪到台北的路程不算太遠，而且至少有兩三家客運車在跑，再加上火車運輸，總不會沒車回台北。這話說得有理，我也認爲理當如此。然而搭著飯店門口的排班計程車一到車站，我就發現失算了。沒有一家客運是超過十二點還有車的，即便是火車，最晚一班自強號也在十點半多就走了。

我站在車站外錯愕不已，跟著當機立斷，如果礁溪是小地方，車子不多的話，那距此最近的宜蘭總還有車吧？走出來，又上計程車，馬不停蹄地直衝宜蘭市。可是一邊開車，司機一邊想了想，卻叫我別抱太大希望，他說雖然沒在宜蘭排班過，但根據印象，似乎宜蘭市也沒有超過晚上十二點的客運。我聽得皺眉，心裡忐忑不安，暗想，該不會這麼誇張吧？難道宜蘭都沒有需要半夜出門而又非得仰賴大眾運輸的人嗎？

「哎唷，不要想說這裡很靠近台北，就以為它真的很熱鬧呀。」那個司機居然一再跟我強調，說宜蘭只是鄉下地方。

半信半疑中，先抵達火車站，但這裡空蕩蕩地，末班車是十一點零三分發車，那都是快兩個小時前的事了，事不宜遲，我們立刻又開到附近的轉運站，但不必下車，光在車上看，我就整張臉都綠了，轉運站早就打烊。一下去再瞧瞧，果然最晚的客運都在十一點多就已開走，不管是首都或葛瑪蘭，每家客運都一樣，站在原地，我的頭都還在暈呢，一肚子酒精，只覺得全身不舒服。拎著大包包，哭笑不得，好像被全世界給遺棄了一樣。我知道附近應該也有飯店，卻不敢前去投宿，因為在這種半醉半醒的情況下，明天根本不可能早起，大概會直接睡死到中午。

把包包往地下一丟，頹然坐倒，我忽然感到一陣笑意，只是不用照鏡子，自己也知道這笑很苦。火車站外面應該還有排班的計程車，但我實在不敢這麼晚了還在陌生的地方搭計程車，人心難測，台灣的治安可沒有好到這種地步。眼見得走投無路，正在想，或許應該拿出手機，看看有沒有誰在宜蘭，可以收留我一晚的，沒想到手機卻先震動了起來，多日沒有聯繫，李鍾祺終於肯主動找我了，然而他什麼私事都沒說，竟然只是傳來訊息，提醒我明天要配合公關部，準備拍廣告的事。我這時已經沒有生氣或抱怨的力氣了，甚至連自傷自憐的心情都很缺。簡單回覆，我說如果他能幫我弄到車，讓我現在可以從宜蘭轉運站回到台北，明天別說是拍廣告了，就算是拍三級片，我也二話不說可以當女主角。

不過這封訊息傳出去後，居然就石沉大海，那隻該死的蠢鵝竟連一點回應也沒有，難道是故意假裝沒看到嗎？我出差的簽呈在乾媽簽核過後，還會上呈到執行長那裡，爺爺過目前，李鍾祺肯定也看到了，他不可能不知道我是真的人在宜蘭，可是卻對我的訊息視而不見。

休息了一陣，精神慢慢好了點，然而火氣也就隨之而上，我一面氣苦於他的無視，一邊也懊惱於自己平常太少跟外地的友人聯絡，以致於手機電話簿找了又找，居然沒一個可以投靠；至於這幾天所認識的那就更甭提了，他們現在應該都還醉死在宜蘭分館的宴會廳裡。

百無聊賴中，我決定不想太多，走到附近的便利商店，隨手買了兩本雜誌，或許今晚就靠它們了，胡亂將就一下，等天一亮，如果搭到最早的一班車，說不定還有一點時間可以回家洗個澡再上班。雜誌裡都是漂亮甜美的女模特兒，穿著非常時髦新穎的裝扮，擺出各種好看的姿勢，文章內容卻乏善可陳，盡介紹一些時下流行的化妝或髮型，看著看著，我又煩悶了起來，弄那麼好看有什麼用呢？腦袋如果空空的話，不也一樣是個草包？而腦袋就算不空，可是老想些爛點子，做些錯誤決定的話，不也跟我一樣奇蠢無比，最後只能窩在車站前面抱怨連天？

想到這裡，我把雜誌捲起來，朝旁邊角落丟了過去，只覺得人生眞是一點意義都沒有。或許這兩天應該去把狀況搞清楚，如果李鍾祺眞的對我毫無興趣，一點感情也沒有，那我不如也遞個辭呈，到高雄去投奔謝大姊好了，當她特助的話，至少日子會好過許多，免得像現在這樣。我以手支頤，心裡不斷在想，說李鍾祺這人頭腦簡單，卻也經常讓我猜不著他的想法，就像這幾天，究竟事情如何了？他怎麼能夠忍得住不跟我聯絡？不跟我訴說狀況？他不可能不知道我有多麼關心他跟映竹的進展呀！但偏偏就是不願透露一點消息過來。這個人到底在想什麼呢？會不會其實他跟映竹已經在一起了，只是怕我難堪，所以不敢告訴我？或者，也可能是映竹不希望他說出來，因爲她也跟我一樣，在乎我們三個人之間的情誼？我左思右想，似乎什麼都有可能，然而卻也怎麼都不對，一來李鍾祺不是會乘人之危的人，二來映竹可也沒有因爲那場送禮事件，就跟小馬分手。如果這樣的話，他媽的爲什麼就是沒人願意告訴我，現在到底是什麼情形？

這些無意義的思緒不斷反覆，想著想著，眼皮慢慢沉重了起來，背靠著車站騎樓的柱子，我已經開始有了睡意，但偏偏外頭忽然又下起雨。看著雨絲在昏黃的路燈照耀下，細細紛紛地飄落，更顯得淒清寥落，我長長地嘆一口氣，反正注定就是這麼悲慘了，再怨天尤人也沒用，正打算拎起包包，另覓乾爽的地點好棲身，忽然卻看到一輛車開了過來，就在車站外面停下，我瞪大眼睛，確定自己沒看錯，那是我們飯店的公務箱型車，車身上都還有飯店的標誌，通常接送客人有其他的特定車輛，這一部則是屬於工務部的用車。

「上來吧，我們回家。」車窗搖下時，李鍾祺用一種喬裝得非常失敗的豪邁瀟灑口氣對我說話。

「你怎麼在這裡？怎麼弄到車的？」詫異萬分，我拎著包包，淋著雨，走到他的車門邊。

「執行長特助要用車，會有弄不到的時候嗎？」他還在那邊自以爲是，但也立刻下車來，接過我手上的行李，丟到後座，再把我拉到副駕駛座這一邊，打開車門，先把一臉傻愣的我給送上車。

「我的意思是說，你為什麼會跑來？」不是很懂，自從那天跟他通完電話後，就沒再講過話，我一直認為他應該會去陪映竹才對的。看著他匆忙又跑回自己車門邊，也上得車來，我問。

「如果我不能對老朋友見死不救的話，對女朋友當然更不行了，不是嗎？」抽了兩張面紙，擦掉我臉上的雨水，他說：「因為妳需要我，所以我就來了。」

如果我這輩子都這麼需要你，你會永遠在我身邊嗎？怔怔地看著他，我心裡閃過的是這句話。

我從不知道，原來李鍾祺上班的路線這麼麻煩，得先搭一班公車，才能到附近的捷運站，若是趕不上公車，那段路還得用走的。他說台北人跟南部人最大的差別，是台北人很習慣走路，總覺得一小段路程，走幾步就會到，因爲大家太習慣這種徒步走去搭捷運的生活。我說那不然南部人怎麼辦，他說：「只要肉眼看不見的距離，我們一定會騎機車。」

「台北到處都是高樓大廈，就算只是前面轉角的永和豆漿，在這裡一樣看不見呀。」我指著窗外，從這裡走過去，最多不超過五分鐘。

「那就騎車呀，不行喔！」可是他居然還是理直氣壯。我說這種想法眞是匪夷所思，完全不能理解，但他卻說：「妳試試看，尤其是夏天，那種熱死人的天氣裡，妳能踏出門口就算不錯了，更何況是在太陽下走路。」

我沒住過南台灣，當然也不知道南台灣的夏天究竟如何，李鍾祺說那簡直是火爐上的滋味。

「不過雖然熱，但好處還是很多，大晴天的晚上，跑到墾丁附近的草原去，一抬頭就是滿天星斗，妳看過天蠍座嗎？夏季大三角？大三角就包含牛郎跟織女星呀，也沒有？好吧，那至少北斗七星總有了吧？我們在草地上，幾乎完全沒有光害，很適合看星星。不過當然草原上也有缺點，妳根本看不清楚地上，有時候會有蛇，或者是動物的大便，比如牛大便，或者野生梅花鹿的大便。」他忍不住又說起南部的生活。

「野生梅花鹿？」我懷疑這種事的眞實性。

然而李鍾祺告訴我，墾丁直至滿洲一帶，是近年來台灣野生梅花鹿復育後進行野放的地方，這種不太聰明而又害怕人群的動物通常只在晚上出來閒逛，如果幸運的話，的確是很有機會在那邊的鄉下遇見梅花鹿的蹤跡。

「這大概說個三天三夜也說不完，眞的。」他用嚮往的口氣說：「所以呀，就算夏天熱一點其實也還好，反正妳永遠不愁沒事做；可是台北就不同了，這裡沒有赤裸裸的太陽，只有烤箱、蒸籠一般的熱氣散不掉。」

「你又還沒經歷過台北的夏天，怎麼知道這裡一定會悶熱？」躺在他的床上，看著坐在小桌前，很認眞在組裝模型的李鍾祺，我問。

「稍微有點常識的人都應該知道，什麼叫做都市熱島現象。」結果他瞪我一眼。

我說如果眞那麼好玩，那是不是可以找個時間一起去走走，南台灣的夏天究竟是什麼樣子、墾丁的海有多藍、那片青青草原有多翠綠，這些我都沒體驗過。李鍾祺點點頭，卻說了一句很讓人討厭的話：「妳乖的話，就帶妳去。」

距離夏天還有點久，至少得再等上將近半年，而擺在眼前的是忙不完的工作，每一件都有期限，每一件都得順利完成。那個廣告的事很順利進行，後續就讓公關部接手處理，不再需要行銷協助，我們整個單位的人馬全都掉轉矛頭，全力配合進行北部旅展的活動。在世貿人擠人了好幾天，幾乎把大家的體力都榨乾。每天一收工，拖著疲憊的步伐，走在大馬路上時，還眞覺得李鍾祺所言有理，台北世貿距離我們飯店是一個要遠不遠的尷尬距離，搭捷運等於繞路，坐計程車好像有點浪費，偏偏公車又不直達，最後果然一群人通通用走的。

連著幾天沒回家，丸子把整個房間搞得亂七八糟，滿地都是踩出來的貓砂，還有散落的飼料，甚至門口就有一坨牠吐出來的毛，而且還已經凝固了。我皺著眉頭，放下包包，即使已經累翻，卻不得不開始清理。一邊打掃時，一邊先把髒衣服丟進陽台邊的洗衣機裡，等地板掃好，換掉沾滿貓毛的床單，也把貓盆清理過後，衣服也已經洗好。再晾上去，一看時間，居然已經晚上十點多。

接連好幾天都窩在李鍾祺的宿舍，現在一回來，反而覺得自己的房間有點陌生。其實我的地方比他那兒大上許多，交通也便利不少，但很無奈，這人每天念茲在茲就是想要快點完成那些模型，所以只好我過去陪他。

洗澡時，一邊在想，這種感覺好不眞實，我們居然就這樣在一起了，爲什麼呢？我本以爲自己下了一個孤注一擲的賭注，篤定是要大敗虧輸的，沒想到竟然出乎意料之外，反而起死回生，甚至還打動了李鍾祺。照照鏡子，我怎麼看都覺得怪。昨天晚上，他撫摸著我的臉頰，親吻我的耳垂，緊緊地抱著我時，那樣溫熱的氣息感觸依稀還在，然而今晚就像過去好幾年來一樣，我又回到自己一個人入睡的夜晚。

那天，李鍾祺是怎麼跟映竹談的？我叫他去安慰映竹，怎麼安慰到後來，變成我跟李鍾祺在一起？那天他怎麼會忽然去弄了車，跑到宜蘭來接我？那時的他究竟是怎麼想的？幾天的忙碌中，幾乎沒時間去細想這些，白天不在飯店，無法遇到映竹，回到內湖，偶爾提及，李鍾祺也沒多說。直至此刻，一個人獨處時，才有時間慢慢思考。洗完澡，用大浴巾把自己纏起來，頭髮都還在滴水，我走出浴室，撥了一通電話，卻進入語音信箱。

映竹現在還好嗎？她跟小馬的衝突應該沒事了吧？不曉得婚紗去試過了沒有，如果還沒，或許找個假日，可以陪她一起去？一邊想，一邊換衣服。我想出門去買杯睡前的卡布奇諾。

剛在便利商店買完飲料，本來還在考慮要不要再撥個電話給映竹，然而李鍾祺卻反而先打來，問我想不想喝咖啡。笑著，一邊接過店員的找錢跟發票，我都還來不及跟他說這提議有點遲，就聽見便利商店的開門鈴聲，赫然是李鍾祺拿著手機，一邊講話一邊進來：「別拒人於千里之外嘛，我送來的可不是什麼亂七八糟的廉價咖啡，而是這世界上最獨一無二的……」

「好呀，那你告訴我，一樣都是四十五元一杯，同一家店，同一個店員，還同一台咖啡機做出來的咖啡，你要怎麼獨一無二給我看？」根本也不必講電話了，相隔不到一公尺，非常近的距離，明知道獨一無二的地方不在咖啡本身，而是在於那是他買給我的，但我還是直接對著錯愕不已的李鍾祺說：「來，你來，來弄杯獨一無二的什麼咖啡給我喝喝看，要是跟我手上這杯毫無差別，你今晚就跟丸子一起睡陽台吧。」

那天晚上，李鍾祺陪著映竹在台北街頭晃了一夜。一個是傷心難過而睡不著的女人，一個是不善言詞、不懂如何安慰別人而只好陪著瞎耗的男人，兩個人就在通霄營業的速食店裡楚囚對泣一整晚。

「即使已經在電話裡聽到他的聲音，約了碰面的地方，但眞正看到人時，心裡的感受還是五味雜陳。到底我該怎麼面對呢？這個人哪，我認識了好多年，以前過年過節也不太會聯絡，除非剛好大家都在屏東，頂多到恆春鎮上聚會一下，但往往也都是一群人，不會單獨出去。不過他很細心，始終記得我的生日，每年總是那前後會寄一張賀卡到我家。以前會想，這是個很難得的朋友，但沒想到，原來除了噓寒問暖、保持友誼之外，他還有更深一層的心意。」看看外面的天空，映竹呼了一口長氣，說：「如果更早一點，不必太多，再早兩年就好，要是兩年前他就讓我知道的話，或許一切都會改觀吧？可是都到現在了，還能怎麼樣呢？」

「至少那份感動是一樣的，對吧？」我問。

「是呀，我覺得很感動，可是同時也只能覺得很抱歉。不過還好，至少他身邊現在有妳，這對他來說可是更大的福分。」笑著，她接過我遞上的別針，將腰身的幅度訂出來，跟著檢視了眼前三款不同的頭紗，挑了一個雪白的。由我幫忙披掛好，然後照照鏡子，映竹想了想，問我這禮服會不會太低胸了點。

「還好吧，又不是沒身材。」我說有本錢的女孩可以大方表現出來，不用擔心。然而映竹考慮了一下，決定還是再換一套，她說男方家很保守，而她南部老家那邊的親戚大概也看不慣這麼新潮的禮服。先挑了一件桃紅色旗袍，與一件寶藍色窄版禮服，做爲晚宴的兩套服裝，然後也決定了婚紗照的兩件白紗，但就是主要的那套禮服遲遲無法選定。我們看了又看，後來勉強選中三套，也還沒眞正定案，兩個人已經覺得很累。原來換禮服是如此辛苦的事。坐在休息區，看著裝潢得美輪美奐，又極具現代感的婚紗店，我說其實咱們飯店跟婚紗業者的合作也有增進的空間，之前宴會廳那邊就曾提出新的計畫，交由行銷企畫來處理，後來好像沒什麼下文。

「妳滿腦子都是工作呀？」她看看我。

「不然呢？」笑了一下，看看掛了整排的婚紗，我說女孩子，誰不夢想過自己穿上婚紗的模樣，總覺得人生就是非得一襲白紗地走一次教堂，這才不虛此生。可問題是，這年頭我們想結婚，也未必有男人敢娶，這城市裡太多人都一樣，看起來光鮮亮麗，但骨子裡卻苦哈哈的，口袋沒有多少閒錢，戶頭裡空空如也，只能過一天算一天。就拿我現在來說，當然幾年下來還有點積蓄，但別說是籌辦婚禮了，我連年度的保險都付得很吃力，而且還想買車，根本沒有結婚的預算。

「李鍾祺呢？」映竹說如果我結婚的對象是他，那就不用擔心太多了，李家在墾丁經營民宿，難道還怕沒錢讓我們結婚？

「也太快了吧？」我哈哈大笑。正式交往才不到一個星期時間，談結婚未免早了點。映竹告訴我，那個台北街頭漫步的夜晚，她跟李鍾祺聊了很多，這個男人不是太有主見，也不是很懂得表達自己，但至少做什麼都很認真，也算得上是個可以依靠的人。還提醒我，如果真的愛他，千萬要好好把握，別讓他飛走了。

「我懂，但我也相信，如果他不想走，那誰也趕不走他，可是如果他今天想離開，恐怕也任誰都留之不住，人就是這樣，對吧？心在一起，人就在一起；心要是不在一起，那人當然也沒辦法在一起。對這一點，我倒是看得很開，沒關係，隨緣就好。」笑著，我說。

「緣分不可能每次都憑空掉下來，該爭取的時候，還是得爭取一下吧？」

「能爭取得到的話，我可能現在已經嫁給金城武或喬治克隆尼了，誰還要他李鍾祺呢？」我哈哈大笑著，忽然心念一動，說起了呆頭鵝跑來宜蘭接我的事，然後又問映竹，知不知道究竟是怎麼回事，到底沒跟我聯絡的那幾天裡，李鍾祺腦袋裡是否發生了什麼變化。

「沒有吧？」愣著，皺一下眉，映竹說：「我不記得有發生過什麼事，從上次小馬那件事後，我們幾乎就沒再碰過面了，只有講過一次電話而已。」

「講了什麼？」我急忙問。

「妳是公關部拍廣告的前一天回來的，對吧？」映竹說：「那之前，李鍾祺打了個電話給我，他沒頭沒腦地，忽然問我，該怎麼面對妳。而我想了想你們之間的狀況，再想想我自己對愛情的看法，於是只告訴他一句話，我說：『想想看對方爲你做了些什麼，你就會知道，自己應該爲她做些什麼。』這樣而已。」

然後我就忽然明白了，所以那天晚上，在宜蘭轉運站外面的細雨中，他才會那麼對我說。因爲我需要他，所以他就來了。

休息夠了，映竹起身，又繼續挑禮服。看著她忙碌於幸福，其實很讓人羨慕。至於那個小馬，被我責罵過幾句後，映竹說他最近很乖，簡直百依百順，這反而讓她覺得抱歉，所以還是排出了一下午的時間，趕快先來試婚紗，然後跟婚紗店的人約好時間，準備到北海岸一帶找風景點，就要開始拍攝婚紗照了。

✣

我看看手機上顯示的時間，已經傍晚六點，距離約好的時間稍微遲了些，李鍾祺說下午陪爺爺開完會，也會過來一趟，然而大櫥窗外車來車往，行人穿梭不斷，就是沒看到他人。把手機收回包包時，看見左手食指上的割傷痕跡，我愣了一下。昨天下班後，過去李鍾祺那邊，這傢伙已經完成了好幾組模型，但地板弄得亂七八糟，到處都是塑膠碎屑，不但踩起來非常不舒服，而且很容易沾到床上去。所以我掃過地，還順便拿抹布擦一遍，最後則乾脆連他房間一起整理。說是先看看對方為你做了些什麼，你就會知道自己也應該為對方怎麼做。不過我看李鍾祺的智慧程度，大概也只能做到來宜蘭接我那一次吧？不然下一回，他會自動地來幫我打掃我家，還順便清理丸子的貓砂嗎？

昨晚收拾櫃子的擺設時，我差點嚇了一跳，那是個老舊的三格櫃子，附有小門，門一打開，裡頭的東西居然掉了滿地，有棒球手套、兩顆球，還有一堆奇奇怪怪的雜物，甚至還有一個過期而發霉的麵包，跟早就故障，根本打不開的雨傘，我費了很大力氣才勉強將它撐開，結果傘布上印的圖案居然是蠟筆小新。

那當下我嘮叨起來，直說這人的習慣眞不好，一堆垃圾也不清理，就全都塞進櫃子裡，想來個眼不見爲淨。李鍾祺人在浴室洗澡，一邊喊著說那櫃子裡其實也不全然是廢棄物，至少還有幾件有紀念性的東西，比如棒球手套就是他高中參加棒球隊時的重要裝備。

我搖頭嘆氣，最後只好把三層櫃子裡的雜物全都搬出來，準備一一再整理過，結果在最下層發現一個奇特的東西，那是一個木製的小盒子，應該是音樂盒之類。盒蓋上有個鐵卡榫，大概好多年沒開過了，所以根本打不開。費了九牛二虎之力，手指扳得很痛，最後終於將它開啓，不過左手食指也被卡榫的邊角給刮出一道小傷口。忍著痛，我本以爲打開後就會聽到音樂的，然而卻什麼聲響也沒有，暗紅色的木頭盒子顯然已經有多年歷史，裡面的金屬大概也早就腐鏽了，那個小發條連轉都轉不動。

莫可奈何，我把盒子又蓋上，重新收進櫃子最底層，再將其他東西一一擺放好。李鍾祺出來後，我問他為何要把這些古董帶來台北，他說那些都是生命中極為重要的東西，不捨得丟，也不想放在屏東，所以才帶著到處跑。我點點頭，沒再多問。

「其實我覺得這裡就是拍婚紗照的好地方了，而且配妳那套旗袍更是恰到好處。」發呆片刻後，我回過神來，指著一邊擺設得很有復古氣息的角落，跟映竹說。

「是嗎？」她也回過頭來。

走到那角落，一座描金畫繡的大屏風將這角落與外面的現代感區隔，屏風旁有座好大的立燈，布幔的燈罩裡透出昏黃的光，一個約與腰齊的小茶几，上面擺著老舊的手搖式電話、一個看來很貴氣的金屬筆筒，還有一架小留聲機。不過這留聲機假了點，我跟映竹說，如果換成比較有質感的音樂盒也不錯。聊著，我想起昨晚所見，正想跟映竹說，沒想到她點點頭，卻說：「眞的，這個場景很不錯，一定可以拍出那種清末民初的風格。但是這留聲機看起來一整個就很不眞實。要說音樂盒的話，我以前倒是買過幾個，國中畢業時分送給好幾位同學，自己也留一個。不過可惜的是，我那一個早就壞了，丟在屏東老家。」說著，她忽然想起什麼似地，說：「可以問問李鍾祺，我記得好像也有送他一個。」

「是嗎？」睜大眼睛，我愣了愣。

「嗯，不過我看以他那種個性，大概也不曉得早就扔到哪裡去了吧。」聳個肩，她說。那當下，我點點頭，看著專心在瀏覽擺設的映竹，心裡忽然有種莫名的感慨，但也說服自己不要多想。只希望，無論這份感覺在最後會演變成怎樣的結局，但願在多年後，他也會如此重視我的曾經存在，就像他雖然平常不會留意，但搬家遷徙時，卻不忘那個音樂盒所象徵的意義，帶著天南地北地到處跑，這樣就好。

沒有說話，我只是握住了他的手，在回家的路上。李鍾祺顯得很累，今天那個會議，爺爺要的資料甚多，而且與會的多是高層幹部，所以他的壓力更大。好不容易把會開完，爺爺沒有立刻離開，跟總裁又聊了一下，當然他也不能走，還得侍立一旁，照樣得隨時提供資料或建言，直到晚上七點多，這才趕緊搭計程車過來。可是這時段的台北市交通何只一個「塞」字了得，等他到時，我們早就看完婚紗了。

✣

約好了拍婚紗照的時間，映竹走到附近去搭捷運。我跟李鍾祺則穿越馬路，戲劇院外頭貼了新的海報，不久前來時還沒看到。一齣新戲要上，站在海報牆前面，跟他大致說明了一下，李鍾祺對舞台劇其實一竅不通，我介紹了幾個表演團體，但除了明華園，其餘的他居然全都沒聽過，別說果陀或屏風了，他連表演工作坊跟相聲瓦舍都不知道。

「那你除了歌仔戲，還看過什麼現場演出？」我忍不住問他。

「布袋戲呀。」他說，而我就輸了。當下只好答應，如果下次我看到什麼表演，覺得好看的，就帶他一起來開開眼界。

我不想讓兩個人的相處有任何不同，除了偶爾幾個晚上到他那邊過夜之外，大部分時間，彼此還是各自忙碌著工作。中午吃飯時，才會一起窩到天台上面去。但那裡可不是只有我們，其他同事或吃飯，或抽菸，其實人來人往，兩個人也不好太過明顯、太過親暱。不過當然這是因為李鍾祺的緣故，坐得近了點，有同事上來時，他會不自覺地挪開屁股，連我把便當盒裡的滷蛋夾給他，他都還會害羞一下。

「這樣不太好吧？」

「一顆滷蛋的交易是何等的光明正大，有心人才會往有心的方向去想。」說著，我把一塊不愛吃的魚也挾給他。

吃完午餐，他回十五樓，替爺爺跑腿辦事，我則在十四樓繼續敲打鍵盤。回想剛才吃飯時，李鍾祺說感覺最近大家對他的態度似乎有了變化，但又說不出差別在哪裡。只是覺得大家好像對他比以前客套而且尊重，還問我原因。

「很簡單，因為你現在比較少挨罵了，這樣而已。」我告訴他，其實特助本身是一個虛職，並不手握重權，對整個企業管理也沒有實際的影響力或決策性，但因為這個職位是屬於側面輔佐的角色，執行長對公司的資訊掌握，大多都透過特助做為媒介，誰要想升官發財，首先不是去奉承執行長，而是要先巴結特助，只要特助願意幫忙多說點好話，他們就前途無量，反之，要是特助不高興，在執行長耳旁嚼嚼舌根，他們就得吃不完兜著走。李鍾祺沉吟著點頭，直說這種感覺讓人很不舒服，而我說這就是企業生態，非得調適跟習慣不可，他現在覺得不舒服，那是好事一件，表示還沒被污染同化。

「妳跟那隻鵝的午餐也未免吃太久了吧？」一下來，方糖從忙碌中抬起頭來，問我現在的師徒關係是不是有變化了。

「說沒變化是不對的，可是說變化，又好像變化也不大。」我回答得模稜兩可，然而辦公室裡的其他女人們立刻紛紛把視線投注過來，有的問我劇情是怎麼發展的，有的問我是誰先主動的，居然還有人問我們婚期定在什麼時候。

「開個記者會吧？」最後是乾媽站起來，她一臉想看好戲的表情。我說這實在沒有什麼好解釋的，但行銷部裡的女人們可不這麼想，乾媽尤其厲害，她說：「我們這是什麼地方？是行銷企畫部哪！做行銷企畫的人當然要廣泛蒐羅奇聞軼事，才能增加自己的見聞，以後才能寫出更好的企畫，大家說對不對？」

非常無奈，最後我只好很簡短地跟大家報告，事情的始末很簡單，就是李鍾祺打從一開始便讓我很有好感，因為他沒有都會裡那些男人的油嘴滑舌，也沒有機伶狡猾的應變能力，有的只有我非常嚮往的赤子單純，因此，早在農曆過年前，我就開始對他動心，繼而展開行動，最後將他擒捕歸案，並且不打算接受保釋。說明完畢，我看著這些女人，眼神中帶有「現在可以自由提問」的意味。

「所以是妳追他？」阿娟率先舉手。

「在客觀角度來說，是的。」我點頭。

「他都沒有任何猶豫或遲疑嗎？」然後曉寧補上。

「就戰略過程而言，並沒有太大的阻礙，不過當然中間有遭遇一點零星抵抗，但構不成威脅。」

「所以現在可以算是眞的在一起了？」

「以技術層面而言，我想是的。」這一點頭，全部的人哄堂大笑，言下之意已經非常清楚，就是所有該發生的全都發生完了。

晃了一圈公館，沒有什麼特別吸引視線的東西，邊走邊聊，李鍾祺問我爲何可以這麼大方地將兩個人的戀情公諸於世，我則提出糾正，「首先呢，沒有於世，只有我們行銷部的五個女人知道，勉強可以算上公關部的劉子驥是半個，所以總共也才五個半；再者呢，我並沒有說明得太詳細，只是應觀眾要求，給了最基本的狀況說明而已，其他細節倒沒透露太多。」

「可是她們終究是知道了呀。」李鍾祺埋怨著，說這樣以後在辦公室遇到大家會很彆扭。

「別人都不彆扭了，你幹嘛自己心虛？」

「就整個都很怪嘛。」他居然扁嘴，瞪我一眼，「妳不害羞，我可還會呢！」

「喔，那好呀，那你以後如果有事要找行銷部，就不必進來了，站在辦公室門口，等看看有誰要去接你就好了，免得太多人看到你，你會不好意思。」我「哼」了一聲，故意把他的手甩開，自己繼續往前走。逼得李鍾祺只好乖乖地又跟上來，但我還是又瞪他一眼，瞧這傢伙一臉無奈的模樣，還眞讓人有氣，也不曉得這麼個大男人是在害羞個什麼勁，要比資格的話，也應該是我這個主動求愛的女性才有資格害羞吧？

在公館隨便吃了點東西，我拉著他作陪走逛。也沒有特別想買什麼，只是因爲那天在婚紗店，聽映竹如此一說，心裡有點悵悵，他還保留著當年的禮物，儘管早已故障損壞，卻始終不肯丟棄，而且還帶到台北來。那我呢？我能不能也送給他什麼足以珍藏一生的禮物？或者我想不想要他也給我什麼？這份愛情來得很快，會不會跟著也去得快？我心中有點惶然，那種太倉卒的不踏實感始終揮之不去，但又無法明確地說出口。

逛了大半圈，始終看不到什麼足以與這份情感相當的東西，最後我們停在專賣銀飾的商店前，李鍾祺跑去買飲料的同時，我則看中了一只銀耳環，很簡單的造型，卻又別出心裁，小小的金魚，圓嘟嘟，還有兩個小眼睛，非常可愛。問過店員，他們居然說這沒有一對，就僅此一只，這是最大特色，但也因此反而賣不出去。

隔著玻璃櫃，看了好一會兒，那店員見我喜歡，索性拿出來讓我試試。撥開頭髮，我在右側的耳邊比比看，又換到左邊對照對照，總覺得還有哪裡不對，正想放回去，李鍾祺已經回來，他看看那只嘟嘟魚耳環，也沒多說，只告訴我，如果喜歡，就買給我當禮物。

「但它只有一隻。」我說。

「跟妳一樣獨一無二呀，對吧？」

就在那瞬間，忽然心念一動，叫李鍾祺再去買個酒釀湯圓，把人支開後，我跟店員說，這個耳環我要，但我想再穿一個耳洞。那不過短短的一分鐘左右，李鍾祺都還沒回來，我坐在椅子上，只覺得耳朵有點腫熱，店員非常熟練地就把耳洞給穿好了。

等他回來，一臉愕然地幫我付過錢，好奇地問，爲什麼兩邊已經各有一個耳洞了，還要另外再穿，而我說：「因爲這個耳洞從此不會再戴其他耳環，只有你送給我的嘟嘟魚會一直一直住在這裡。」

「一直一直，那是多久？」

「等貓學會潛水了、狗會攀岩了、北極熊會彈鋼琴了，我才會拿下來的那麼久。」

我說，就是一生。

十五樓的角落一共有三個獨立分隔開的辦公室：最左邊間，視野良好，空間也最大的，那是總經理工作的地方；最右邊其實不怎麼可觀，還靠著電梯口的這間則歸副總使用；而中間這一間，有著方正格局的，就是我以前工作的地方——執行長辦公室。

敲了幾下門，又等片刻，始終無人應答。我凝眉想想，這時間應該沒有例行會議要開，莫非爺爺帶著李鍾祺出去了？萬一撲空那可不妙。小心翼翼地推開門，正想探頭看個究竟，沒想到剛好看見爺爺睡眼惺忪地走過來正要開門，當場彼此互嚇了一大跳。

「無事不登三寶殿，妳總不會那麼好心，想找我這老頭聊天吧？」驚魂甫定，爺爺坐回椅子上，還拍拍胸口，跟著就點了香菸。這是他的辦公室，有獨立空調，他愛怎麼抽都可以。

有點不好意思，我提起手上的塑膠袋，晃了兩下，爺爺立刻明白。袋子裡裝的是一杯我們中午吃便當時，順便叫外送的飲料。反正戀情都已經公開了，也不用遮掩什麼，所以我很貼心地幫李鍾祺點了一杯，還服務到家地給他送上來，沒想到居然撲空。爺爺說他中午就把人派出去跑腿了，恐怕下午才會回來。無可奈何，這杯珍珠奶茶只好便宜了爺爺。

「照這麼看來，那些傳言應該是眞的囉？」喝著珍奶，臉上露出滿足的表情，爺爺問我。

「傳言？」本來已經要告退了，愣了一下，我回頭。

「當然妳要否認也可以，我就當做這杯珍奶是從窗戶外面飛進來的。」他聳肩。

笑了一下，也只好點頭。不過我問爺爺，這傳言是怎麼聽來的，他說那還有什麼好不懂的，一個祕密如果讓五六個女人知道，那這個祕密很快就會失守，要沒幾天，當然全公司的人都會知道，就差沒有寫在簽呈上面正式報告而已。

「阿祺算是不錯的人，不過就是優柔寡斷了點，做事沒什麼魄力。跟妳比，只怕還差得遠。如果要相處得久，恐怕累的人會是妳。」他說：「這一點我記得告訴過妳，有心理準備了吧？」

「怎麼知道一定是他拖累我？」

「看名字就知道了呀。」爺爺說李鍾祺這三個字平凡無奇，一點特色也沒有，比起我的菁瑜二字可差得遠了，菁是精華，瑜是美玉，雖然後來綽號變成「金魚」，可能有點失了氣勢，但終究還是個好名字，當然也就搭配一個有智慧、有靈氣的人。我聽了哈哈大笑，說如果這是白喝一杯珍珠奶茶的謝禮，那我就不客氣地收下了。爺爺也笑著點頭，還叫我不必客氣。

「不過還是要提醒妳，辦公室戀情很辛苦，會是大家的焦點，要維持比較難。知道吧？」臨走前，爺爺居然還說李鍾祺雖然最近在工作上的表現比以前好多了，但總還是原本那個遲鈍粗心的個性，臉皮又薄，叫我多多包涵，以後盡量照顧他。

「這問題我一點都不擔心。」投以一個燦爛的笑容，我說：「我會好好保護他的，只要他願意的話。」

淡季的日子裡，大多都能準時下班，收拾好東西，跟大家說了再見，剛揹起包包，一出來就在電梯口遇到李鍾祺。他在那邊鬼頭鬼腦，裝做準備下樓的樣子，但未免太過不像，哪有十五樓的人沒事跑到十四樓來等電梯的？

「別再演了，非常失敗，根本一點都不像。」我冷冷地睨他一眼。

「妳以為我願意。手機不開，誰知道妳在不在。」一起進電梯，他還小聲地埋怨。

「有分機可以打呀，打了不就知道了？」

「那萬一妳真的不在，而是別人接的，豈不是很尷尬嗎？」

趁著電梯緩慢下樓，我轉頭，很認真地問他，究竟這有什麼好尷尬的，而好笑的是，李鍾祺自己也說不上來，其其艾艾了半天，也答不出什麼，轉個話鋒，又問我之前到底跟大家說了些什麼，爲什麼今天連爺爺都知道了，還叫他以後不可以白喝女生送的珍珠奶茶，自己要貼心點去送飲料才對。

「我沒跟大家說什麼啦。」眞討厭，這男人怎麼這麼囉唆呢？

「那不然爲什麼爺爺說我很不體貼？」

「難不成你認爲自己有這方面的特長？」於是我反問他。看著這傢伙愣頭愣腦，一時也答不出來的樣子，我忽然感到非常好笑，就像以前在欺負新人的他一樣。電梯門剛打開，已經踏出第一步，我忽然回頭，先按住開門按鈕，對他說：「我跟大家說，你從一進公司就開始暗戀我，百般糾纏，不斷找理由來接近我、騷擾我，而且幾乎到了茶飯不思的地步，讓人覺得很可憐，可是又很不耐煩，但礙於我是你前輩的立場，也不好意思跟你太過保持距離，所以非常爲難。」

「我？」他張大了嘴巴，臉上露出不可置信的表情。

「是呀，最後我不勝其擾了，又看你好像眞的頗有誠意，只好勉爲其難地答應，嘗試著交往看看。」說完，把按鈕一放開，呆頭鵝還沒會過意來，結果門就直接關上，他連再按開關都來不及，只見數字燈號不斷上升，看來他又被載回十四樓去了。

得意地笑著，不過也感到有點失策，他被送上去，然後再下來，這中間起碼要耗時幾分鐘，雖然被耍的是他，但是在這裡罰站的卻是我！百無聊賴，乾脆走了出來，才剛下班時間，門邊沒什麼人往來，我在花台的角落發現一隻很可愛的米黃色小狗，懶洋洋地趴在那兒，忍不住蹲下去，開始用手逗牠。大概是流浪狗吧，顯得有點怯生，而且骨瘦如柴。如果牠夠聰明，就應該繞到建築物的另一頭，那邊有廚房每天送出來的廚餘，總會有人可憐牠，給點食物才對。正在想還有哪裡可以找點東西來餵狗，免得牠舔著舔著就把我的手當做晚餐給啃了，旁邊忽然有人遞過來一片小餅乾，只見小黃狗立刻開心地叼了過去，低頭猛吃。我一愣，轉頭，赫然發現劉子驥不知何時已經在我身邊，而且就跟我蹲在一起。

「就說我是這城市裡最適合妳的人。」他得意地笑著說：「看看附近人來人往，也就只有妳跟我能如此博愛，願意照顧這個可憐的小生命了。」

話說得很好聽，但我卻趕緊站起身來，而且大步一跨，離他很遠。劉子驥不明所以，才要開口，我立刻阻止他：「拜託，別講話，別過來。也許你認爲我跟你是全台北最有善心的好人，但我卻不這麼想。每次只要有你在的場合，我都會非常倒楣。」

「有嗎？」他愕然。

「你的迎新會那天，我被李鍾祺誤會，幫你弄個廣告片，害得我差點流落宜蘭街頭；還有，上上次，我記得就是跟你在天台上聊天，一聊完，當天晚上李鍾祺就又跟我吵架了。」我說的都是事實，最近好不容易一切順利許多，偏偏又遇到這個人。

「不會吧？」

「就是會，這一連串的不順利實在太可疑了，我前兩天想了很久，最後才終於發現原因。」我很認眞地對他說：「說得好聽一點，就是咱們八字不合；講得白了，就是你命中帶煞，還專門剋到我。」

劉子驥露出無奈的苦笑，直說這是不可能的事，大言不慚地，還說放眼整個十四樓辦公室，他只覺得我是唯一一個聰明的女性，足堪與他匹配。

「會有這種天眞的想法，是因爲我們辦公室裡女性太少，所以才讓你有所誤會，眞的。」我說如果他不介意，前台那邊我也認識不少好女人，可以介紹幾個更優秀的給他。

「算了吧，前台除了一群老太太，還能有什麼年輕貌美又有才華的好女生呢？就算有，也早就被人捷足先登了吧？」

「是嗎？」

「那不就是？」說著，他眼光看向我背後，下巴一努。順著他的視線，我也好奇地轉頭，結果不看還好，一看就傻眼。李鍾祺搭著電梯又下來了，臉上已經不再是剛剛被我惡整時的錯愕表情，現在又回到一樓，看來也不怎麼生氣介意，因爲他身邊有個笑靨如花的女孩正在跟他聊天，映竹就穿著前台工作的制服，挽起的馬尾隨著她的步伐而晃動，剪裁合身的西裝式外套與長褲更修飾出她近乎完美的身材比例。

「哎唷，我沒看錯吧？」忽然湊過來一點點，劉子驥還故意在我耳邊說：「那個男的好像是妳男朋友喔？」

「媽的，你去死吧。」惡作劇是會有報應的，後來我開始相信這個道理，但在那之前，雖然還目不轉睛地盯著電梯口那方向，我已經一拳朝旁邊揮了過去。

✣

「鳳梨酥好吃嗎？」我問李鍾祺，他正露出一臉滿足的表情在吃著，滿嘴都是食物，只能頻頻點頭。

「那這個呢？這個芋頭酥怎麼樣？」我拿起另一個包裝袋，他更是點頭如搗蒜。

「媽的你怎麼不乾脆吃到撐死算了？」於是我生氣地揍他。

收到家人從南部寄來的糕點餅乾，映竹開心地拿到十四樓來分享，不料我卻巴不得時間一到立刻準時下班，所以錯身而過，反而便宜了被我又踢回樓上的李鍾祺。電梯下來時，他已經吃掉了好幾個，而厚臉皮的劉子驥也撈到好處，臨走時不忘抓了一把鳳梨酥。

捷運車廂內不能飲食，所以我只好在路邊等他把嘴裡那些東西都吃完了才進站。人擠人中，我忽然想到，李鍾祺出生於民國六十五年，換算西元是一九七六，足足比我大了十歲。可是再抬眼，他怎麼看都不像有這年紀的樣子。這隻大笨鵝不曉得在哼著什麼小調，兩眼無神，正搖頭晃腦地自我陶醉著。

「一九七六年，你出生的那時候，台灣是什麼樣子？」碰碰他手肘，我問。

「那應該是非常無聊的樣子吧？沒有統聯客運、沒有麥當勞、沒有捷運、沒有便利商店、沒有屈臣氏。」他扳扳手指，說沒有的東西可多了，除了剛剛說的那些之外，也沒有吉野家、三商巧福、頂好超商，更沒有手機、筆記型電腦，當然路上也不會有那麼多招牌跟來往的車子。

「聽起來像是一片荒涼。」

「不會呀，」他得意地說：「至少還有剛出生的我。」

雖然覺得很臭美，但似乎也對，沒有那些生活中的東西也無所謂，但要是當年沒有一個剛出生的他，那現在就不會有我們一起要去淡水了。李鍾祺講完，又開始繼續哼著他的小調，而我則看看他下巴沒刮乾淨的鬍渣，看著看著，順手就摸摸自己左邊的耳朵，這邊現在多了一個新的耳洞，垂掛著一隻圓胖的嘟嘟魚耳環。這感覺挺好，雖然還處在這擁擠的城市中，但我們距離這麼近，下班後可以一起去哪裡走走，一起吃個晚餐，再一起回家。什麼是最美的愛情？我覺得最美的愛情不必蕩氣迴腸，這樣平凡的生活就是最美的。

「怎麼了？」見我一直盯著他的下巴，李鍾祺納悶地摸摸看，還以為糕點屑沒擦乾淨。

「你有沒有想像過，怎樣的相處才是你在愛情裡所渴望的？」

「能一起吃飯、一起散步、一起看新聞、一起起床，這樣的就可以。」說著，捷運停站，門開處，我們被急著擠出去的年輕人撞了一下，他苦笑著說：「在捷運裡面就不要一起被擠來擠去了，這個不好。」

中途轉了一趟車，我們在人潮洶湧的台北車站裡幾乎被擠散，他把我的手拉得很緊，從藍線換到紅線，理所當然地又沒座位，兩個人擠在車門附近的角落中，我嫌棄他身上都是鳳梨酥的味道，他說：「總好過妳一身狗味吧？」

過了劍潭站後，終於有位置可坐，但前行不遠其實也就快到淡水。雖然準時下班，但可惜的是即使春天已漸臨，白晝還是很短，沒能看到夕陽。

如他理想中的愛情，我們一起吃了一頓飯，隨意走了一圈。老街永遠都一個樣，不管多久來一次也不會感到哪裡有所不同。我走馬看花，李鍾祺也不太感興趣，我說淡水可是北台灣的特色景點，多少南部人來台北玩，都一定要跑一趟淡水，他怎麼如此意興闌珊。

「我知道南部人都一定會想看看淡水，不過妳問過那些人看完淡水後的心得嗎？」

李鍾祺環顧四周一圈後，看看搖頭納悶的我，他說：「除了這麼寬廣的河川出海口可能是南部所沒有的風景之外，坦白講，其他的一點都不稀奇。」

「不稀奇？這裡是老街耶！」

「這算什麼老街呀？」他聽得哈哈大笑，「如果這樣就算老街，那妳下次到滿洲鄉我老家那邊去看看，那裡不成古董街了？」

按照他的觀點，這些台北市附近的老街，基本上都還不夠格稱之爲眞正的老街，它們只是房子或街道稍微舊了點而已。但這種「舊」，是因爲與繁榮且現代的台北做比較，才會顯得舊，也才讓週末假日苦無去處的台北人有點消遣跟懷念的地方。但這種台北人眼中的舊街道要是拿到中南部的鄉下去，他說：「我還需要逛什麼老街？逛自己家外面的馬路就夠了。」

半信半疑，但我沒親眼見過屏東滿洲鄉的風景，當然也只好讓他隨口瞎說。從堤岸邊走過，再從老街繞回來，路上有好幾家販賣紀念品的小店，本來那些商品也不怎麼特殊，然而不知怎地，我腦海裡始終都揮之不去李鍾祺房間裡那個小音樂盒的樣子，總覺得自己也希望能夠送他一點什麼，無論我們會在一起多久，至少都還有個東西可以陪伴他一輩子。

不過李鍾祺可一點都不明白我的心思，在小店裡，他有興趣的全是些稀奇古怪的玩意兒，好看好玩，可是完全沒有紀念性。而我晃了好幾家店，也看不到什麼特別的東西，最後只好黯然放棄。散步時，聊起了映竹的事，李鍾祺說其實他所認識的映竹，跟現在有點不太一樣。

「這該怎麼說呢，」沉吟一下，他說：「以前的映竹比較容易鑽牛角尖，經常為了一些其實不是很重要的事而傷透腦筋，比如說，高中班遊的時候，她連規畫個行程都可以花上好幾天，做不出一個決定，還差點延誤人家的飯店訂房；或者一群人要出去玩，到底是該先吃飯呢？還是該先看電影呢？這種小事的先後順序，她也會想很久，最後還是我跟她說，不如大家帶了食物進電影院，這樣才解決了她的問題。」

「這麼誇張？」

「可能就是想要做到盡善盡美吧，怕顧此失彼，就會左右為難，而且要是身邊再缺個可以商量事情的人，就更容易自己鑽牛角尖。不過現在或許是因為在飯店工作吧，手底下還帶著一個小組，歷練多了，也就比較克服這樣的毛病了。」李鍾祺說：「不過有一點倒是跟以前一樣，她非常愛笑，而且笑起來很真心。」

「那倒是。」我點頭。這也是映竹讓人第一眼就很喜歡的原因。不過同時我心中也在想，或許工作上，映竹已經鍛鍊出果決的領導架勢，但同樣身爲女人，我卻很清楚，在愛情裡，映竹恐怕還是本來的樣子，她想的永遠都比別人多、比別人深、比別人複雜，因此，也就比別人苦惱。

晚上各自回家，因爲沒先約好，所以當然也沒有換洗的衣物，總不能連續兩天都穿著一模一樣的衣服來上班，那未免太明顯了些。不是沒考慮過同居，但想想又覺得這樣好像快了點，才在一起不久，貿貿然地就住在一起，似乎也不太方便。況且他喜歡在屋子裡玩模型，搞得到處都是松香水的氣味，我們白天去上班也就算了，把丸子關在毒氣瀰漫的屋裡，搞不好沒幾天就把我的愛貓給毒死了。

其實還不算太晚，不過九點左右。李鍾祺晚上還有報表要整理，從台北車站分開，各自搭上回家的捷運，不過我才剛進車廂，列車甫要啓行，手機卻又響起，映竹問我睡了沒。

「妳聽這聲音就知道了。」我笑著說。捷運車廂關門前那陣尖銳刺耳的「嗶嗶」聲剛揚起，映竹也笑了出來，問我要不要出來坐坐。

「現在？」我愣了一下。

「台北很大，認識的人很多，可是在遇到妳之前，眞的想喝杯酒、聊點心事，我只能回家找無尾熊布娃娃作陪。」她說。

「妳挑地點吧。」我爽快地說。映竹剛剛說話時聲音裡帶著笑，而我想起李鍾祺說的話，也在想，或許任何一個臉上帶著完美笑容的人，心裡一定都藏著或多或少一點的悲傷無奈。

映竹問，如果有一天，李鍾祺跟我求婚，我會不會答應？想想，我說這很難講，接受與否的比例大概各佔五成，會想接受，是因爲我愛他；但會拒絕，也是因爲我愛他。

「一定要講得這麼深奧嗎？我們是同一個時代裡的人吧？妳用白話文來說明好不好？」兩個人都已經微醺，並肩而坐，醉得東倒西歪，嘻嘻哈哈了一陣後，映竹說：「妳愛他就跟他結婚呀，幹嘛拒絕？」

「因爲我不知道李鍾祺到底愛不愛我呀。」我說：「雖然看起來，我們是已經在一起了，但萬一他只是一時的意亂情迷，搞不清楚自己到底愛不愛，又被我霸王硬上弓給吃掉，所以搞不清楚狀況，那怎麼辦？」

「那……」她想了想，醉眼歪斜地，本以爲她要問什麼，結果想半天後，脫口而出的問題居然是：「好吃嗎？」

「將就著還可以啦！」然後我們又大笑，在小小的酒吧裡，全是角落這一桌，兩個無聊女人的鬼叫聲，還不時引來別人的側目。

她說晚上去男方家裡吃飯，感覺非常差，兩個人都已經拍了婚紗，也訂好婚期，眼看著過兩天就要預定宴會廳來準備辦喜事了，可是今天去到那邊，她那個未來婆婆還是一張臭臉，始終不肯和顏悅色地跟她說上幾句話，爲的還是同樣的原因，她就是不希望媳婦的年齡比兒子大，而且大概也嫌棄沈家在南部沒有豐厚的嫁資相陪，感到門第不登對。

「這麼囂張？別人結婚關她屁事！又不是她要嫁！說，他們家住哪裡，我去替妳幹掉他們！」舉起酒瓶，我大呼。

「好！就拜託妳了！」她也跟著大嚷，然後我們又乾了一大口啤酒。

酒館裡高朋滿座，音樂聲雖然不到震耳欲聾的地步，但肯定也讓大家都無法輕聲細語地聊天說話。燈光有點暗，更讓掛滿牆上的霓虹招牌增添閃爍，煙霧繚繞中，我們也跟吧台那邊的服務生買了一包香菸，不抽菸的兩個人學著呑雲吐霧起來。即使笑鬧不已，但每個安靜暫歇的片刻裡，映竹臉上總有無奈的神情。她前年底認識小馬，小馬那時還在外商公司上班，當時負責接待幾位國外訪客，投宿在我們飯店好幾天，輾轉才跟映竹彼此相識，進而產生戀情。

「想想還挺荒謬的，飯店哪，一個來來去去的地方，每個人都只是擦肩而過，誰也不會眞的認識誰，今天我笑容滿面去招呼的房客，明天換個場景再遇到時，可能就只是個陌生人而已。這麼生張熟魏的環境裡，卻有人要發展出天長地久的愛情，怎麼看都很不眞實喔？」叼著香菸，一口也沒吸，映竹看著吧台上晶亮透明的一整排酒杯，眼光渙散。

「這樣不好嗎？」

「不是不好，只是覺得荒謬，而且讓人有太多不安。」她聳聳肩，轉過頭來面對我：「金魚，我跟妳說個祕密，千萬不能告訴任何人喔！」看著我，她很認眞地說：「其實，一直到拍完婚紗爲止，不管那些過程中，應攝影師的要求，露出多少種笑容，但自始至終，看著身上那一套換過一套的婚紗時，我始終都不認爲自己眞的要結婚了。」

「怎麼會？」我一愣，酒也醒了大半。

「就像妳說的呀，我愛小馬，可是那就表示我非得要跟他結婚嗎？正因爲我愛他，所以我花了很多時間跟精神，去了解關於這個男人的一切。他年紀比我小幾歲，學歷卻比我高一級，家境好、教養好，爸爸是生意人，媽媽還是國中校長退休的。他其實對我很好，就像妳第一次在飯店側門看到的那樣，很細心、很體貼、很懂得照顧人。可是我能爲他做什麼呢？有時候想一想，好像除了掃地、做飯，甚至生小孩之外，自己居然一點本事也沒有。我非常懷疑，以後嫁進去，我的貢獻度搞不好就跟菲傭一樣，甚至還可能更低。」

「家庭主婦不就這樣？或者妳不想只當個好老婆、好媽媽？」

「不是不想，那其實是我的心願。」映竹搖頭：「問題是，那個家庭裡其實不是很需要一個這樣的角色。」

我點點頭，如果照她這麼說，確實也是。瑣事已經有傭人料理，而家裡的大權全都握在婆婆手中，整個家族的大小事全都由人做主，這對任何一個出過社會的年輕女性而言，都會感到很不自在。

「至少妳愛他，而他也愛妳。」

「但結婚卻不是兩個人相不相愛就可以決定的事。」她點頭，但同時也推翻這個條件。

「可是事情已經發展到現在，恐怕無法再去想這些了吧？」嘆氣，我問她。

「或許吧。」她這當下的眼神很深遠，凝視著前方，想了想，說：「所以我最近常想一個問題，究竟自己這輩子到現在，三十幾年來，做過幾次眞正勇敢而又正確的決定？又有幾次我下決定時，是眞正忠於自我的？」

「幾次？」

「恐怕一次也沒有。」她轉過臉來，苦笑不已。

眞是一種莫可奈何的心情。我們喝到很晚，直到店家都快打烊了，映竹起身去上廁所，而我則先結帳，今晚她心情已經夠悶了，這點酒錢就由我來付吧。離開時，請店員幫忙叫了計程車。洗過臉，已經很清醒的映竹，跟我一起站在店門口，吹著夜裡清涼的晚風，她忽然想起什麼似地，對我說：「答應我一件事好嗎？如果過陣子，我忽然不見了，別找我，別擔心，也不用急著跟我聯絡，我猜我只是回老家去休息休息而已。」

「什麼意思？」我愣住。

「我這輩子都在糊裡糊塗過日子，下一步該往哪裡去、該做什麼，這些一直都是順水推舟地，被推著往前進，雖然看來一切都很平順，卻永遠都存在著一股身不由己的感覺。我到高雄念高中，是因爲我父母這麼希望；我讀餐旅，是因爲我剛好考到這樣的科系；我到台北，是因爲南部分館不缺人，但偏偏我又應徵上了，所以他們推薦我來台北受訓，結果從此留了下來。這些在很多人眼中看來都是理所當然的一切，之於我卻完全不是這麼一回事。我以前就常在想，如果人生還能重來，再讓我選一次，我想不管怎麼選，一定都不會是現在這個樣子。

「但是我也清楚，也明白，人生怎麼可能重來？對吧？既然不可能再有重來的機會，那我現在把選擇權重新抓回自己手上，這應該也還不嫌晚吧？亡羊補牢，或許前面三十年，我的人生只能讓別人來決定，但至少未來的日子，我不想再後悔，不管是工作或感情，我都希望是這樣，我要自己做主，眞的，就像妳一樣勇敢。」說著，她忽然看向我。

「我很勇敢嗎？」我笑了，勇敢二字眞的適合形容我嗎？

「當然，妳是我見過的，最勇敢的女生。妳知道自己要什麼，或者不要什麼，不管是工作或感情。所以我一直都很羨慕妳，眞的。而除了羨慕之外，我也經常在反觀我自己，想知道下次做選擇的機會，到底何時才會出現。」

「看來機會到了，是嗎？」

「是呀，我現在所遇到的、所要決定的，就是一個以後絕對不能後悔或抱怨的方向，而且眞的只能由我自己做決定。所以我告訴自己，絕對絕對，不能永遠這麼得過且過，對吧？」見我點頭，她拍拍我的手，又說：「在台北好幾年了，可是數來數去，跟我認識時間最短的妳，卻是我最要好的朋友，所以這些話我只能跟妳說，因爲妳一定會明白我這當下的感覺，對吧？」

「我懂。」點頭，很認眞地看著映竹，而她也凝視著我好一會兒，最後才說了再見。

我不知道那意味著什麼，是否映竹在洗臉時，想通了些什麼？回到家，睡了一覺，隔天我跟李鍾祺說起晚上去喝酒的事，他抱怨連連，說我們都不約他，又說這樣其實很危險，兩個女孩子萬一喝醉了怎麼辦。把映竹最後那幾句話說了，李鍾祺也不明所以，但臉上有跟我相同的擔心。

想多問點什麼，不過映竹口風很緊。之後我跟李鍾祺陪她吃過幾次飯，但她卻不再提及這方面的事。婚禮訂在三月初，時間日漸逼近。這天我剛忙完，時間接近傍晚，眼看著可能還要加班，心裡正煩，本來打算買個便當去頂樓吃的，但轉念一想，又覺得孤孤單單，可是看看時間，李鍾祺應該陪爺爺還在開會，一時也走不開。最後只好走進電梯，一到八樓，晃到房務部的小休息室，正要敲門，就看見薛經理滿臉愁容地走出來，而背後跟著幾個一樣一副苦瓜臉表情的職員，不過當中卻沒有映竹。

「何小姐？」薛經理一愣，問我怎麼會過來。

「我找映竹，她在嗎？」

一聽我說，薛經理跟那幾個人面面相覷，無言了半晌，這才對我說：「她不在，而且我們也在找她。如果有映竹的消息，或者妳跟她聯絡上了，可以請她回個電話嗎？」

「她沒請假嗎？」我大吃一驚。

「請假是請了，但一開始放假之後，她就失聯了。」嘆口氣，他說。那瞬間，我整個人天旋地轉，杵在原地，瞠目結舌了好半晌，卻一句話也說不出來。那瞬間，我忽然明白了映竹在小酒館外那幾句話的眞正用意。逃婚哪，如果這是一個女人一生所做的最大決定，那未免太果敢了吧。

這城裡的愛情太虛無如霓虹止熄於初曉之後，
夢的醒滅盡在轉瞬間。
天堂哪、地獄哪，相隔一線而已。

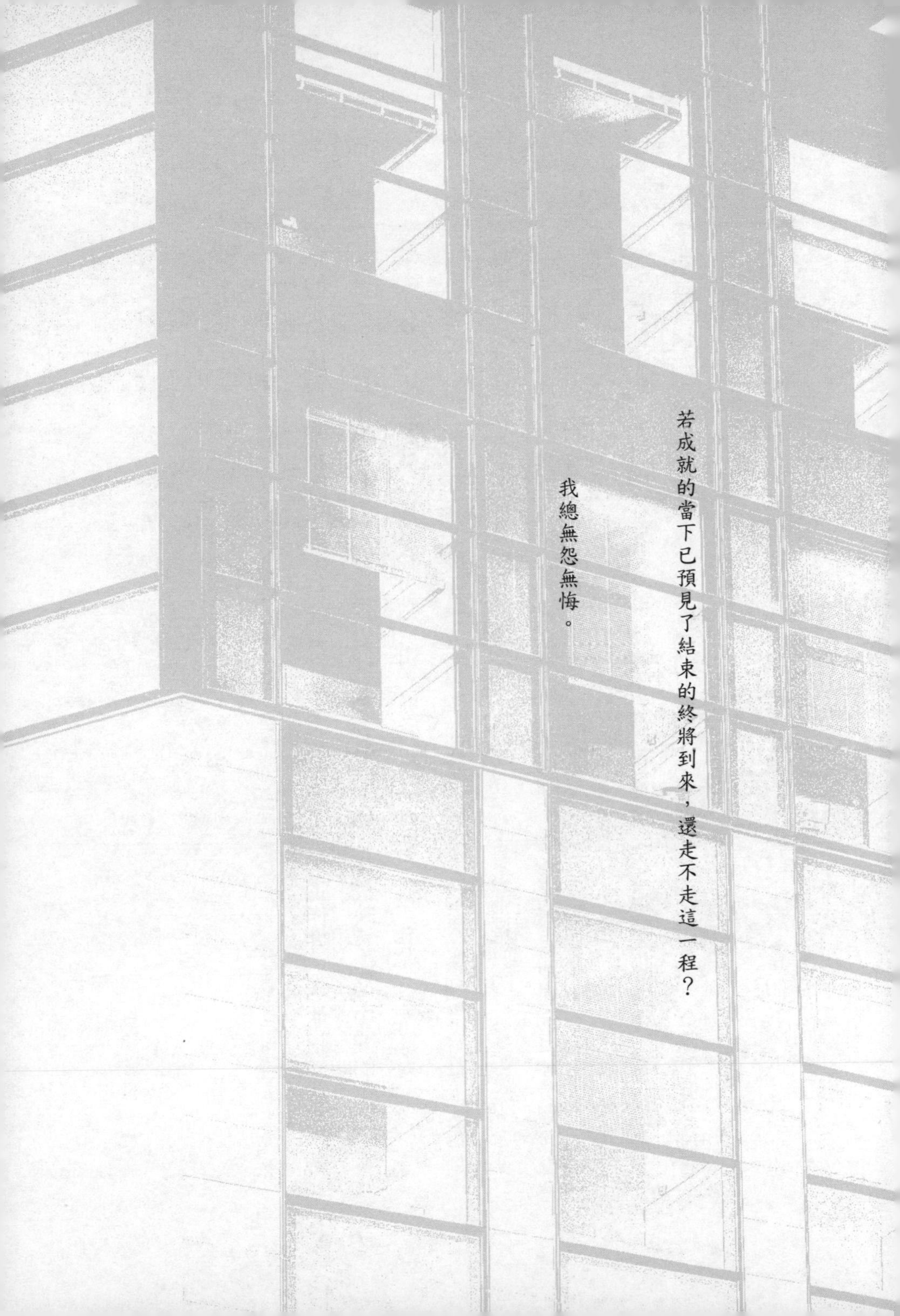

若成就的當下已預見了結束的終將到來，還走不走這一程？

我總無怨無悔。

不是沒有經過請假程序，事實上薛經理也親筆在假單上批了核可，但問題是映竹所帶領的小組成員全都是些年近半百的大嫂級人物，除了本份工作外，其他時候若非映竹在，否則別人是使喚不來的。薛經理對此感到有些頭痛，想找映竹做個中間的橋樑，一撥手機才發現始終關機，打電話去她賃租的地方也沒人接，已經呈現失聯狀態。

愀然不樂，李鍾祺問我怎麼會變成這樣，而我又能怎麼回答？跑到宴會廳去，跟阿宛姊借了場地預定表來看，果然也沒查詢到映竹有登記，看來她是眞的打定主意了。

「簡直讓人不敢相信，她居然會這麼做。」驚嘆不已，李鍾祺面色凝重，又問我眞的不知道是怎麼回事嗎。

「我知道的一切就跟你差不多。」攤手，我也無奈。不過還是提醒他，這時候最好不要急著找人，因爲映竹雖然是不告而別，但至少離開前的那幾天，一起喝酒時，她曾經做過暗示性的交代，要我們別擔憂。

「但願不會出事。」李鍾祺說，而我握緊了他的手。說不擔心是假的，但這當下也只能靜待映竹自己願意給消息了。

「我很想幫你，但事實上卻愛莫能助，不好意思。」或許映竹有跟小馬介紹過，所以他才能找到這兒來。在飯店大廳的咖啡店裡坐了大概十五分鐘，稍微跟他聊一下，小馬臉上滿是懊惱沮喪，他大概永遠都不可能了解映竹內心深處的眞正想法吧，還問我是否曾在事前察覺過什麼端倪。

「恐怕是沒有。」我回答得很含蓄。也不知道他們之間溝通的情形如何，沒敢貿然回答。

送他離開，再回頭找李鍾祺，他恨恨不平地說，就是有這種男人，平常只顧著自己的感覺，一點都不懂女人的心情，還以爲接送過幾次、下雨天撐個傘，這樣就算是愛情了。現在可好，老婆不見了才開始慌張，天底下哪裡找去。

「你是怎樣，這麼激動做什麼？」瞪他一眼，我說。

李鍾祺的情緒反應會很大，這我可以明白，畢竟映竹是他多年來始終惦記在心的人。然而現在我才是他的女朋友，總得顧慮顧慮我的感受才對。事情已經發生了好幾天，但我們在那之前卻幾乎完全沒得到任何預警，可見映竹是鐵了心的。而我不免一直回想起一起去喝酒的那晚，臨走前她所說的話。她花了多大心思才下了最後決心呢？她這輩子眞的做了一件忠於自我的決定了，但這決定未免太過驚世駭俗，讓大家爲之震懾。

結婚不是兩個人說好就好的事，會牽涉到兩家族的所有人。婚紗試好了，婚紗照也拍了，甚至連日期都訂了，就差登記在宴會廳的預定表而已，可是她卻在一切幾乎都已就緒的這當下毅然放棄，而且不再跟任何人商量，就這麼做了決定。這決定會引發的後果與騷動該有多大？可能影響多少人？我猜映竹不是沒有考慮過，可是正如她自己說的，不能連這個命運的轉捩點都渾渾噩噩地得過且過。只是我沒想到，她扭轉一切的方式竟然會如此激烈。於是難免又想，在我眞正認識她之前，那一兩年的時間裡，她在愛情裡究竟是怎樣委曲求全，才能夠撐到現在的？如果不是長久的壓抑與勉強，又怎會讓一個個性非常溫和的人，在這麼關鍵的時刻，做出如此劇烈的大轉變呢？對比於她，我眞的一點都不覺得自己「勇敢」了。

晚上沒心情吃飯，留在辦公室繼續整理資料，一直到夜深了，警衛上來巡視時，問我是不是要熬夜，我說不會，待會還要回家。他點點頭，指指樓上，說上面也有一個還沒走的。我才曉得，原來李鍾祺也還在。

「你猜她會去哪裡？」雖然不太願意跟他談這個，但除了李鍾祺，我也沒能跟誰說這件事。站在天台欄杆邊，晚上有風，微微地冷。我把跟映竹聊過的內容都一一告訴他，李鍾祺聽完，說或許她眞的是回屏東老家了，不然映竹大概也沒地方好去。

我點點頭，可能吧，如果她連可以一起喝杯酒的朋友都沒有，現在當然更無處投奔，或許只有回家才是她唯一的方向。看著繁華似錦的夜空，各色霓虹閃爍，隱約都還聽得到嘈雜的聲響，這片璀璨的燈光美景把天空映得半邊紅，我忽然覺得很孤單，伸出手來，抱住了李鍾祺。

「會冷嗎？」

「會怕。」把臉貼在他的胸前，我說：「這世界太可怕了，本來以爲的一切，可能眨個眼睛就全都不一樣了。」

「不會的，」他拍拍我的背，說：「總有些什麼是不會變的。」

「眞的嗎？」

「希望是。」他說。

是嗎？在這個什麼都發生於轉瞬間，讓人猝不及防的城市裡，還有不變的事物嗎？閉著眼睛，感受著他胸口的溫度，雙手抱得很緊，深怕稍微一鬆開，可能就連他都消失了。我無法想像，被遺棄下來的小馬要怎麼獨自面對所有人的疑問與責難，當夜深人靜時，他會不會一個人躲在黑暗的角落裡痛哭失聲，可是哭泣流淚又怎樣呢？能改變什麼嗎？或者，他會因此而想通一些什麼嗎？究竟映竹離開的原因爲何，我猜小馬可能永遠不會明白。這是一個富家子弟所無法領略的，更是一個男人所不可能眞的透徹了解的。

「不曉得爲什麼，映竹的這件事，讓我覺得，我們在這個擁擠的城市裡，其實都是孤單的。」看著繁複的燈光點點掩映，李鍾祺感慨地說：「人能擁有與掌握的何其有限，這裡的一切都很美，又好像什麼都可能在一眨眼之間就全都消失。」

而我不說話，只是更用力地抱緊他。

「妳會不會有一天也這樣離開了？」還看著夜景，李鍾祺忽然問我。

「會。」我說：「等你心裡住不下我的時候，我才走。」

幾天沒有映竹的消息，或許正如她所說，別急也別找，她只是需要一點安靜的休息空間。而我也忙著修改台北旅展後，跟幾家旅行社所草擬的合作企畫。辦公室裡大家都在忙，工作到中午，還沒來得及吃飯，乾媽帶著我跟方糖又上樓去，爺爺對五月後一連串畢業季的活動策畫不甚滿意，要找我們討論討論。這一講又是兩個小時，我忍著飢腸轆轆，口沫橫飛地講述了好久，爺爺這才滿意地點頭，但依然提點了不少改進指示，讓我們繼續修改。

會議中，李鍾祺一直坐在旁邊，我不時偷眼看過去，只覺得他好像心不在焉，有時候根本就兩眼無神、一臉癡呆。等會議開完，我跟乾媽都還沒走出執行長辦公室，背後就聽到爺爺開始對他嘮叨的聲音。

「他被罵了耶。」乾媽小聲地對我說。

「蠢死了。」而我也覺得很丟臉。

晚上回家後，他坐在小桌前，半晌沒有動靜，依舊是木然的表情，看著躺在地上，露出肥肚的丸子發呆。這讓人感覺很不對勁，他雖然平常下班後也沒有太多的休閒活動，但總不至於這麼無精打采，特別問了一下，他這才告訴我，原來早上接到映竹的電話了。

「她跟你聯絡上了？」剛收進晾掛在陽台上的衣服，正在分類整理，我驚訝地停止動作，轉頭看向客廳。

李鍾祺點點頭，說他終究還是不放心，所以特別打電話回屏東老家，請他家人幫忙翻出高中的畢業同學錄，找出映竹家的電話，然後撥過去。映竹果然回了屏東，只是不在家，所以他留下姓名。早上晨會剛開完，他就接到映竹回撥的電話了。

我點點頭，問他可有什麼消息，李鍾祺說：「其實也沒什麼，她回家幾天，幾乎足不出戶，只有每天下午出門去散散步而已，還說過陣子就會回來，因爲只請了三個星期的假，不想回來上班也不行。」

我又點頭。所以李鍾祺是昨天下午打到映竹家的，而昨天晚上我們明明在一起，但這件事他卻沒告訴我。是忘了嗎？還是他覺得不方便說？看看客廳裡的他正打開電視，其實也看得很不專心，始終眉頭緊鎖的樣子，我覺得很惆悵。

「嘿！」繼續整理衣服，我努力撐起笑容，問他：「如果我們下次一起去屏東玩，就順便約映竹吧，好嗎？」

「好呀，帶妳去我們以前高中時常去吃冰的那家店。」然後他臉上有了一點好不容易才浮起的笑容，卻讓我的心情更沉了。

晚上，夜很深了，李鍾祺躺在我的床上已經睡著，但翻來覆去，可能也睡不太沉。

而我坐在小桌前，今晚不聽音樂，不開電視，只有小日光燈照耀著。把雜物移開，桌上擺著的是一幅就快完成的拼圖，圖案是雨中朦朧的東京鐵塔，這是之前跟方糖一起在網路上合購的商品，但買回來後就被我丟在櫃子上，從沒打開來玩過。李鍾祺有一次來這裡，看到我把未拆封的拼圖放在衣櫃上，好奇地問了一下，我說沒去過日本，沒看過鐵塔，但至少可以拼個拼圖，假裝過過癮。他那時興味盎然，說自己也沒去過，一樣感到新鮮。於是我們多了一個以後想一起去的地方。

找了好久，始終找不到可以送給李鍾祺的禮物，既然這樣，那不如就努力點把拼圖完成，然後送給他吧？所以花了兩個晚上的時間，我很認真專注地與它奮鬥。本來今天也打算早點回來繼續的，可是又放心不下李鍾祺，兩個人出去吃飯，回來後等他睡著，我才從沙發底下把拼圖拿出來。

眼看著已經接近完成，我更是小心翼翼，深怕它被丸子給破壞，塞進沙發底下時，還會先用幾本雜誌壓住。最開始的邊框拼好後，跟著是鐵塔的主體部分，等這個也拼好，剩下的就是細雨中被黃色大燈映照成一片藍色的天空空景。很專注，一點都不想分神，一片片地拿過來試，等到最後只剩大約幾十片時，眼見得已經拼不下去了，便將這些拼圖碎塊按照形狀區分，再一一去填補剩下的空格。

趴在桌上，拼著拼著，我不時坐起身來，拉開距離，看看這幅由下往上仰拍，帶點斜角的鐵塔風景。那上面看到的風景會不會跟台灣的夜景一樣呢？不曉得鐵塔的高度，但應該會比我們飯店高一點吧？會有一起上鐵塔的機會嗎？應該會有吧？轉頭看看終於熟睡的李鍾祺，他現在有做夢嗎？會夢到些什麼？我們說好要一起去的地方很多，有東京鐵塔，有墾丁的牧草草原，我還說要帶他一起去看舞台劇，而他說會帶我去他們高中時常去的冰店。唉，我嘆口長氣，也不知道這麼多地方，是不是眞能一起前往。

心裡長久以來都存在著一股莫名的惶恐與不安，但究竟在惶恐不安些什麼，自己卻弄不清楚，而這樣的感覺時而浮現，尤其是最近，我想那或許是因爲這份愛開始得太突然，而陷在愛情中的人又缺乏認識的基礎，所以才會這樣吧。原本我寄望於時間的累積，能讓這份不安慢慢淡去，但哪知道，現在卻又發生了這麼一件大事。

映竹的這件事對大家而言，都是個突如其來的遽變，或許她自己並沒有想太多，只是單純地就婚姻與未來的方向去選擇，可是對我跟李鍾祺而言，無形中卻也產生了一點變化。放下最後那幾片拼圖，我走到廚房泡了一杯茶，心想，之後會變怎樣呢？今天下午，飯店前台那邊有電話打到我的分機，一接起來，赫然是高雄分館的謝大姊熱情招呼，他們一行二十幾個人來做參訪研習。把我叫過去聊了一下，也又問了一次，想不想到高雄去。這次她提議時的表情跟之前一樣認眞，我說當然好，但目前去不了，一來我喜歡行銷企畫的工作，二來我男朋友也在這裡。謝大姊笑著稱讚我的老實，也說如果我喜歡，特助一樣可以兼任行銷企畫，但是男朋友這一點她就沒辦法了。她說：「妳知道，這讓人很爲難，祝福也不是，詛咒也不是。所以妳好自爲之，反正在我找到比妳更適合的人選之前，這個位置隨時都空著。」

又看看李鍾祺沉睡的樣子，我在心裡跟他說：嘿！別睡了呀，你知道外面的世界每一秒都在改變嗎？如果不夠小心，你可能隨時就跟不上地球轉動的速度囉！誰也不知道之後會變怎樣，更不曉得自己在那樣未知的轉變中能否全身而退呢。你難道都不緊張、不擔心嗎？好吧，跟不上也沒關係，至少還有我會等你。但你得眞的愛我才行哪，如果你的心裡不讓我住了，那我就要自己走了喔！很安靜，我無聲地說著，不過李鍾祺只舉起手來抓抓臉，然後一個翻身卻又睡著，根本聽不見這些我用眼神說出來的語言。

這男人是一九七六年生的，不知怎地，我覺得這四個數字的組合就是很好聽。那是個什麼都沒有的年代，但是卻有他，而他從那個什麼都沒有的年代裡一路成長過來，現在有我。想想還挺甜蜜的，雖然，在這麼速食而讓人毫無安全感的都會裡，其實愛情脆弱得不堪一擊，讓人害怕不已。

高雄分館的研習內容很繁重，講師們的課程一堂接一堂，也有我們飯店的資深主管要去分享經驗，乾媽跟謝大姊原來認識，兩個人聊了很久，還約好過兩天等研習全部結束，要大家一起出去吃吃喝喝。

「到時候我再順便跟妳談談挖角的事。」毫不避忌，當著乾媽的面，謝大姊直指著我說。

「那有什麼問題，妳挖得走就試試看囉。」乾媽也絲毫不遜色地回嘴：「不過妳先別急著挖，先抓吧。」

「抓什麼?」我聽不太懂，在一旁問。

「等喝酒的時候妳就知道了。」乾媽狂妄地笑著說：「讓她先抓一整晚兔子再說。」

我跟著她們一起笑，但整個人卻頭昏眼花，在會議室裡播放投影片時還接連出錯。昨天晚上很努力地把拼圖全部完成，再抬頭，外面居然已經濛濛地亮了，這一晚沒睡的代價，就是今天精神非常不濟。

熬到下班，趁著李鍾祺還在忙，我傳個簡訊告訴他要先走，趕回家去，把拼圖先送去裱框。裱框店的老闆本來說這需要一點時間，但我大方地拿出春節做企畫時，北投溫泉業者送的一整本泡湯優待券，他當下立刻改口，說一個工作天就能完成。而且我跟他還打了商量，抄寫好地址，我說：「麻煩你幫我包好，然後找貨運寄送過去，但是想辦法跟貨運行溝通一下，上面不要有任何寄件人的地址或姓名，因爲這是一個非常重要的神祕禮物。」連著抄寫地址的便條紙，還有另一疊我們飯店所屬西餐廳的餐券一起遞給老闆，這則是阿宛姊送給我的。

「一定給妳辦到好！」那個老闆於是拍胸脯保證。

不管內心裡存在著什麼樣的不安全感，只要抱持著信心，努力地往前走，總有一天，所有的努力，遲早都會換來成果的，我如此深信著。當又一天過去，研習會結束時，一群人果然嘻嘻哈哈，全然忘了白天他們在會議室裡有多麼昏昏欲睡，一個個精神了起來，開始準備要大吃大喝。我看看時間，這當下貨運應該已經把東西送過去了吧？

李鍾祺的宿舍樓下有警衛可以代收，他只要一回家，就會發現這個神祕禮物，那當下肯定一頭霧水，跟著再一拆開，便可看到這個瑰麗浪漫的鐵塔風景，同時也就會喚醒記憶，想起他曾在我房間看到拼圖的事。他會開心點嗎？應該會吧？我心想。這拼圖不只是個禮物而已，我還想讓他知道，關於那些兩個人一起說好的心願，我們都會慢慢逐步去實現。

依照往例，這類的聚會都辦在飯店的宴會廳，阿宛姊特地給大家保留了包廂，一大票人熱熱鬧鬧地喝起酒來，我坐在靠窗的位置上，看著乾媽跟謝大姊都豁出去了，居然挽起袖子開始划拳，她們今晚的賭注非常有趣：誰能撐著走出去，我就當誰的屬下。

在眾人的起鬨下，兩位高級主管完全失去形象，叫嚷聲此起彼落，眼看著乾媽漸漸不支，一連喝了好幾杯紅酒，整個人搖搖晃晃，就快宣告投降，結果包廂的門開處，赫然是爺爺走了進來，他一聽說這邊有聚會，主客又是他也認識的謝大姊，當下急忙下場助陣，又接連幾拳，果然扳回頹勢，讓謝大姊也連飲數杯，引起眾人又一陣鼓譟。

「有這麼不想我走嗎？」我笑著問爺爺。

「當然，妳要是走了，那我就完了。」他在幾番來往中也偶有輸拳，一樣喝得滿臉通紅，對我說：「知不知道妳那個天兵男朋友今天又幹了什麼蠢事？我叫他把電腦裡面，客房部的預算調查表叫出來，印一份給我，準備拿去跟財務長開會用。他居然有聽沒有懂，根本不知道腦袋在想什麼，動作還非常順手，把檔案丟進了資源回收桶，然後就按了清理。我嚇了一大跳，但根本來不及阻止，等我叫他的時候，這小子才回過神來，可是一切都完了。」

「怎麼會這樣？」我大吃一驚，忙問這是爲什麼。

「妳不知道爲什麼，我不知道爲什麼，我看他自己也不知道爲什麼。」嘆口氣，爺爺問我是不是跟他吵架了，最近幾天他常這樣魂不守舍的。

皺著眉頭，本來歡愉的氣氛忽然全都沒了，我藉故起身，走到包廂外，先打電話去客房部找薛經理。電話接通，我先說了抱歉，請他代爲查詢一下，確定他那邊還有這個檔案的備份後，我鬆了口氣，道過謝，說明天再過去拿。跟著又打給李鍾祺，他眞的有點怪怪的，本來以爲只是因爲映竹的事，讓他覺得難過或擔心而已，在得知映竹無事後也就好了，但看來情形似乎更加嚴重，不去關心一下不行。撥過去，響沒幾聲，李鍾祺接了起來。他說剛到家，而且在管理室收到一個包裹。

「包裹？什麼包裹？」我明知故問，語氣裝得很鎭定，但其實已經開始偷笑。先玩完這個把戲，我再慢慢問他工作的事還不遲。

「不知道呀，一大片，但不太重，可能是海報之類的，上面也沒有寄件人的姓名或地址，根本不知道是誰寄的。」他說剛進門，還沒時間拆來看，我就已經打電話來。說著，他問我晚上宴會好玩嗎？

「還好，看長輩們鬥酒挺有趣的。」不想把話題轉開，我又問他拆封了沒。

「等等，正在拆嘛，這包得很緊呢。」大概是把電話夾在肩膀上吧，聲音有點不清楚。幾下隱約的紙張撕扯聲後，傳來李鍾祺大呼的聲音。

「怎麼樣？裡面是什麼？」我興奮地急著問。

「東京鐵塔的拼圖！」他大叫，語氣裡充滿了喜悅，連我這邊也感受得到，急忙問他，爲什麼會有這個禮物，知不知道是誰送的，李鍾祺想了想，嗯哼幾下，本來我期望他會立刻想起，然後高興不已的，但沒想到他卻迸出了一個讓我心都冷了的回答，說：

「我猜一定是映竹，因爲上次她拿鳳梨酥給我吃的時候，還在說她想請長假去日本玩……」

我沒哭，也沒生氣，只有李鍾祺摸摸鼻子，自己來跟我道歉。但其實他是可以不必低頭的，因爲故意不署名，本來就是我惡作劇的點子。佈了一個局，人家沒踏進去，那也不是對方的錯，只怪我高估了他的記憶力，如此而已。嘆口氣，吃著麵包，天台上的風變大了些，整大片的雲層覆蓋了全台北的上空，雨要下不下，只有涼風陣陣。據說是冬末初春的最後一波鋒面，氣溫會掉個幾度。等三月底，應該就可以正式進入春天了。

✣

「這麼孤單，一個人吃飯呀？」我坐在架起水塔的那個小階梯上，還沒吃完麵包，旁邊的門被推開，劉子驥走了出來。

「果然又是你！」我皺眉頭，昨天發生這種事，今天就遇見他！正想走人，結果他卻急忙把我叫住，還說要介紹朋友給我認識。說著，手一比，一個很漂亮的女孩跟著也走出來，她還沒弄懂究竟發生什麼事，但我已經先說了：「妹妹，妳聽著，本飯店是個制度優良、分工細膩的公司，在連鎖飯店的業界算是非常有聲望與名氣，能在這裡工作，是很榮幸的一件事。不過呢，妳可得千萬小心，因爲即使是這麼現代化的地方，我們還是不免要講究風水或八字之類的。妳可不要嗤之以鼻，眞的，有些人妳能離多遠就離多遠，千萬別靠太近喔。」

「是嗎？」小女生看來不過二十歲左右，還有滿臉的青澀稚氣，聽我這麼一說，臉上立刻露出恐慌。

「絕對沒錯。比如妳旁邊那個男的，妳看妳看，」指著劉子驥，我說：「這個男人就是典型的範例，他來這裡之前，我的人生都非常順利，一切都朝著光明的方向，元氣十足地前進著；他來之後，我的挫折開始變多，每次一跟他聊天，不用兩天就會出事，搞得我現在感情不順利，工作也不順利。」

「不要這麼缺德吧？」他哭喪著臉：「我只是想追妳而已呀。」

說是狼心狗肺，還眞是一點也沒有侮辱了劉子驥。等那個小女生落荒而逃後，他就又變回原本瀟灑自若的他，點了香菸，倚著欄杆，問我到底發生了什麼事。

「都是爛事。」不想提自己的狀況，我反而問他剛剛那又是什麼情況。

「我們公關部新來一個小女生。」他聳肩，問我覺得如何。

「很漂亮，但看起來做不久。」我說這一看就知道是剛畢業的，要在公關界打拚，沒有一點老成練達的眼光跟器量，只怕很快就撐不住。

「放心，我會好好帶她的。」劉子驥驕傲地說。

「別把人帶進了不該帶的地方就好。」而我嘆氣。

「那就看她自己囉。」笑著，他說：「這年頭哪，沒有什麼非得是什麼的，就像妳說的，誰也不曉得她可以在這公司待多久，既然這樣，那我要不要傾囊相授，就變成値得考慮的問題；但如果有了不一樣的關係，彼此產生了超越同事之間的情誼，也許狀況就又完全不同了，或許我就會因此而盡力協助她，甚至也把自己的客戶介紹給她，對吧？」

「說得輕鬆自在耶，這麼玩世不恭的樣子好嗎？」我苦笑。

「我們每個人都一樣，只是在找一個停靠的港口而已，不要計較太多，就會讓自己好過一點。」他聳個肩，把菸抽完，準備離開時，又回頭對我說：「當然了，過盡千帆皆不是，妳始終都是我的最愛，眞的。」

「滾你的吧。」然後我就笑了。

而後，我連小女生叫什麼名字都不知道，就已經被找來參加迎新會了。公關部一向只收俊男美女，有美女的聚會肯定不怕沒人參加。我猜居酒屋的老闆一定很喜歡公關部的人來這裡，因爲他們總是呼朋引伴，而且人數只會愈來愈多，多到老闆笑得合不攏嘴。

最近有很多喝酒胡鬧的應酬活動，老實說還眞有點受不了，但偏偏又都是推不掉的，所以也只好硬著頭皮上。李鍾祺坐在我旁邊，也是一臉憨呆，他大概比我更累，因爲整天幾乎都被爺爺使喚著出去跑腿，到了晚上才回來，馬不停蹄，連休息都沒有，接到我的電話後，急忙忙又趕來聚會。

這些愛起鬨的傢伙，特別把已婚的，或者已經有固定交往對象的人分列成一邊，其他所有單身的男女則在另一邊。我們這位新人一臉茫然，只能坐在主位。劉子驥率先敬酒，然後就對小女生油嘴滑舌了起來，說她如果不介意的話，可以陪著師父坐到死會者的那一邊去。這一說立刻又引起譁然，大家開始紛紛笑鬧，已經有人舉杯要祝他們百年好合。

「你看，還好有我，不然你也只能坐在對面，而且瞧你一臉苦悶的樣子，整晚大概也沒人找你聊天，最後就只好孤零零地一個人喝悶酒了。」小聲地，我對李鍾祺說。只是本來我是帶著玩笑口氣的，沒想到他卻非常認眞地回答：「萬一要是這樣，那我就直接回去了呀。」他也把音量壓低，「反正我本來就不喜歡這種場合的嘛。」

我說這恐怕不是喜不喜歡的問題，在這樣的工作環境裡，一件事往往需要好幾個部門彼此配合支援。跟大家打好關係、培養交情絕對是必要的，所以想不來也不行。他嘆口氣，說這就是他不喜歡在大公司工作的原因，眞正忙活的時間已經夠長了，下了班，還得跟大家一起這樣鬼混。我知道他的感受，卻無法改變，只能拍拍他的手背，以示安慰。

酒酣耳熱中，行銷部過來與會的這些女人們當然也不會放過李鍾祺，果然問起了我們交往的過程。那些其實她們早就知道的一切，現在非得要由男主角親自再描述一遍不可，而且每個人提問之前，都先敬他一大杯。擋也擋不掉的酒，讓李鍾祺喝得面紅耳赤，說起話來結結巴巴，不善酬對的他根本招架不住眾多娘子軍的犀利攻勢，沒幾下就被灌得頭昏眼花，完全敗下陣來。我趕緊跳出來幫忙，企圖幫他轉移大家的注意力，可是話匣子一開之後，她們又怎麼停得下來？亂烘烘地鬧了一整晚，最後不但連我也喝得醺醺然，李鍾祺更是宣告投降，他先去廁所吐了一回，然後又在走廊上差點跌倒。

「這麼快就不行了？裝的吧？」已經是人妻的阿娟不改豪邁本色，斟滿一杯啤酒，遞到李鍾祺面前，硬是要他接過。見李鍾祺一臉爲難，她還不饒人，問說：「怎麼，不肯喝是吧？有這麼漂亮的女朋友在旁邊陪你，更應該表現男子氣慨才對呀。」

「所以他可能心裡在偷想前女友，才會不買現任女友的帳？」跟著方糖湊過來補上一句，但這句話不說還好，一出口，我看見李鍾祺的臉色一變。

「看，肯定是！都說舊愛才是最美，糟了糟了，這樣不行喔！」然後阿娟更進一步，最後果然逼得李鍾祺只好仰頭一飲而盡，但這也就是他的最後一杯了，喝下去不到五分鐘，他已經整個人癱倒在我懷裡。

「這男人的酒量不行，要多鍛鍊啦。」在一旁看好戲的曉寧也已經醉了，可是卻還指著李鍾祺說。

「人家白天辛苦上班呀，現在還要被折磨，妳們也未免太狠了。」方糖笑著說：「看，現在醉成這樣，回去跟死魚一樣，要怎麼辦事呢？」她這一說，一群人立刻又大笑了出來。

我覺得這些玩笑話都還好，甚至也可以陪著大家一起開心，然而眞正的問題是散場後才開始。李鍾祺眼看著不醒人事，我們一群人費力把他扛到計程車上，我陪他一起回內湖。到了大樓外面就尷尬了，把人拖下車後，勉爲其難，只好請警衛來幫忙，將他又扶進電梯。

「醒一下，到家了。」拍拍他的臉，我叫喚幾聲，但李鍾祺根本一點反應都沒有。好不容易回到房門口，我從他口袋裡掏出鑰匙，打開門。一片漆黑中，只好先把這個活死人輕輕放下，任由他倒在玄關，自己走進來。黑暗中不小心踢到了東西，只聽見

「砰」地一響，還夾雜著什麼碎裂的聲音，讓我嚇了一跳。趕緊伸手打開電燈開關。這房間很小，尤其當櫃子上擺滿了他做的模型之後，更顯得擁擠紊亂。燈光乍亮的瞬間，我沒辦法一一細看房間的每個角落，刺眼的光線讓人一時有點不舒服，但儘管如此，我還是一低頭就看見剛剛踢到的東西，那赫然是我拼好又裝框的拼圖。它本來被放在玄關的角落邊，經我這無意間地一踢，正面朝下翻倒，我趕緊蹲下，再翻起時，只見正面的透明壓克力板已經破裂，而更糟糕的是，裡面的拼圖也解體了，破裂的碎塊掉了好幾片出來。

心裡焦急萬分，一時間不曉得該怎麼辦，我小心翼翼地把散落的碎片先撿起來，準備要找地方放，可是這屋子裡到處散亂著東西，根本沒一處乾淨的空間，正在煩惱，結果一抬頭，人卻整個怔然愣住，很多事情在這瞬間恍然大悟。李鍾祺是我的男朋友，但我送他的拼圖被擺在門口的角落處；屋子正中央，那張他之前玩模型的小桌子上，卻是雜亂無章的屋子裡唯一一個乾淨地方，那裡現在什麼都沒有，只有一個老舊的小音樂盒。我佇立良久，看看音樂盒，再看看那幅拼圖，第一次見到它裝好框的樣子，卻也已經是破掉的模樣。我慢慢地開始明白，或許，不管做了再多，如果不該是我的，到頭來就終究不是我的。

他什麼時候翻開櫃子，找到那個音樂盒的？找到音樂盒後，心裡又是怎麼想的？是因爲找到這盒子，喚醒一些內心深處的記憶了，所以這幾天才會悶悶不樂嗎？也正因爲如此，他終於還是不能欺騙自己的感覺，無法忘記多年來對映竹的思念，所以才打電話給她，而今天晚上大家無心的話語，卻正好觸動了他的思緒，所以才有那樣的反應嗎？看著被我拖拉進來，安置在床鋪上的李鍾祺，我心裡一團紊亂，完全無法仔細思考。看到那個音樂盒的霎時間，整個人天旋地轉，各方的渾濁思緒排山倒海、鋪天蓋地地將我淹沒，那當下我根本不知道自己能怎麼辦，本能地竟只想轉身趕快逃出這地方。

但最後我還是忍住了，先把李鍾祺扶回床上，然後深呼吸了幾口氣，說服自己要冷靜，不管發生什麼事，我都可以接受，只要他願意對我說清楚。放下包包，把門重新關好，我先將地上丟得凌亂的衣服全都撿拾起來，丟進洗衣籃裡，這時已晚，他們這裡的公用洗衣機在外面，怕吵到鄰居，所以只好改天再洗。跟著我把垃圾分類收拾好，用一個塑膠袋裝起應該回收的保特瓶與空的金屬飲料罐，再拿小掃把將地板稍微掃一下，之後則是打包垃圾袋。等地板清理得差不多了，我走到浴室去，那裡面的垃圾桶果然也滿了，順手處理後，乾脆關上了門，打開了水，我拿起菜瓜布跟刷子，直接把浴室的牆面、地板，以及洗手台跟馬桶全都刷洗乾淨，那過程花了很長的時間，我一個人，非常安靜，完全沒有誰來說話，也沒有水聲跟刷洗聲以外的雜音。等這些全都做完，最後我才洗了個澡。

腦子裡一片空白，什麼也不想，或者說，其實我什麼也沒辦法想，有太多紛至沓來的滋味不斷侵襲，最後讓我失去了分析判斷的能力。但天知道，那曾經是我最自豪的本事。不管多少資料，多少問題或狀況，我總能夠在最短時間內釐析清楚，並且想出因應對策，提供給主管參考。可是現在卻沒辦法，我甚至連眼神都無法靈活移動，只能專注地看著眼前的一切。地上的每一片垃圾、磁磚上的每一點污垢，我都拚命清理刷洗，非常用力，好像每多出一點力氣，就可以把現實中的污垢，跟心裡面的障礙全都掃除似的。

洗完澡後，穿上原來的衣服，再看時間，已經凌晨四點。我想今晚應該沒得睡了吧？嘆口氣，照照鏡子，這張因爲熬夜又喝酒的臉孔竟是如此蒼白而毫無血色。我怎會變成這樣？不知怎地，我忽然好想出去外面，打開包包，把隨身攜帶的化妝盒拿進來，在已經完成卸妝的蒼白臉孔上再補一點妝。為什麼要這樣做？是因為即使我心中已經隱隱感覺到不妙，但依然希望李鍾祺看到的是完美的我嗎？可是，即使化了妝，難道就完美了？我對著鏡子裡的人搖頭，不，不夠完美，至少，在他心裡可能不夠。

於是我放棄了，把遮蓋住臉龐的頭髮撥好，也把身上的衣服順了順，打開浴室的門，在一片安靜中，走到角落的小櫃子邊，拿出剪刀與膠帶，小心翼翼地，將被我踢壞的拼圖擺好，先把那些碎片一一又拼回去，跟著將破掉的壓克力板也拼上，最後才用透明膠帶固定住。我知道壓克力板並不貴，也知道換塊板子不需要花費太多時間，但這原本是我送給他的禮物，是怎樣都無可取代的，即使裂了，也應該讓它保持在最初的樣子。所以我不考慮去換透明壓克力板，只想把它黏回去，雖然，膠布的痕跡讓它變得很醜，雖然，就算黏得再好，它也不過只能被擱在這個角落而已。

等這也處理好，我站起身來，準備要離開，一回頭，原以為李鍾祺還在睡的，沒想到這當下他卻已經坐了起來，頭髮凌亂，領帶已經解開，木然無語地看著被我收拾乾淨的房間，也看著我黏補好拼圖，卻不發一語，久久地沉默著。

「你有話想對我說嗎？」最後，是我蹲了下來，就在小桌子旁邊，在他面前。是很平靜的聲音，就像往常我們對話時一樣。可是李鍾祺沒有開口，他的眼睛泛紅，身上散出濃濃的酒氣，抿著嘴，完全沒說話。

「沒有關係，你有話可以對我說，好不好？」我輕撫著他的手掌，雙眼注視著這個我所深愛的男人。

「對不起。」而這是他唯一給我的三個字。

他說自己也不明白爲什麼，本來覺得非常確定的心，卻在一瞬間忽然動搖、分裂，而後崩解，這些他都隱約察覺得到，可是卻無法了解原因。大約就是在映竹請長假之後，這樣的感覺忽然洶湧而出，壓迫得他非常害怕，可是愈想轉移自己的心思在工作上，就愈是辦不好事，所以才會狀況連連，而且都很匪夷所思。前兩天，他終於受不了，心煩意亂中，把屋子裡的東西亂丟亂撒，東翻西找，結果就在那個櫃子裡，意外發現了這個之前帶來台北後，就一直扔在櫃子深處的音樂盒。那瞬間，他才懂了自己的心情。

「但你跟我在一起的時候，至少還是愛我的，對不對？」沒有生氣憤怒，沒有崩潰痛哭，靜靜地聽著，我問他。沒有回答，但李鍾祺點點頭，像個做錯事的孩子，用充滿惶愧的眼神看我。

「那就足夠了，不是嗎？」給他一個溫暖的笑容，我想起身，準備離去，也該讓他好好休息。但李鍾祺卻拉住我的手。

「怎麼了嗎？」

「我想說話。」輕輕地，他說。

「你確定要現在說？」我問，而他點了點頭。於是我又在墊子上坐下，想聽他說點什麼。

「有很多話，從以前到現在，一直都不知道應該怎麼對妳說才好，但我從來沒有忘記，第一次跟妳見面的那天，妳就站在我背後。」他的聲音非常地乾澀，也帶著沙啞。「從那天開始，妳就一直都在，不管我遇到什麼問題，妳都會幫我解決，帶著我進公司，不管是工作的交接，還是行銷部的業務內容，都是妳帶著我。」

「那本來就是我該做的。」依然微笑著，我說。

「有太多太多。」而他搖頭，「太多太多，我不知道應該怎麼說，但是如果沒有妳，我在台北一定待不下來，那不只是工作而已，還有很多很多事，都因爲有妳，才讓我不那麼緊張跟害怕。」看著我，李鍾祺慢慢地說著。雖然我很想告訴他，沒有這麼誇張，以他的能力，雖然會慢一點，但一定能夠勝任這份工作，也會適應這裡的一切，可是我沒開口，這當下我只想多聽他說。

「所以，當妳說妳喜歡我的時候，其實我不知道能怎麼辦，總覺得自己根本配不上妳。我們應該是兩個不同世界的人，妳在台北很久了，去過很多國家，看過很多不同的世界，可是我卻哪裡也沒去過，什麼都不懂，只是一個鄉下來的土包子，爲什麼妳卻會喜歡我？」

「因爲你是個很眞實的人。」我說，可是他卻搖頭。

「或許以前是，但後來卻沒有。」緊握著我的手，李鍾祺難過地說：「妳對我太好，好得讓我不知道應該怎麼回報妳，這段時間以來，我努力告訴自己，不要感到猶豫，事實上，不管我心裡怎麼徘徊不定，但現實中，確實已經接受了太多妳的存在，而且是一種必要的存在。所以，在去宜蘭的路上，我一直跟自己說，至少這是我能爲妳做的，因爲也只能做到這些。而且，我是眞的喜歡妳，眞的。所以我很想看到妳，非得去接妳不可。」說著，他忽然抬起頭來，看著我，問我相不相信這樣的心情。

「我相信，而且從不懷疑。」給他安心的笑，我等他繼續說下去。

「可是更後來，不知道爲什麼，我覺得一切又好像不對了，我很怕看到妳的眼神，看著妳，就像看穿了我自己的心虛，看到我自己的懦弱，看到我自己所有不能也不敢面對的感覺。但很奇怪，那種感覺究竟是什麼，我卻又說不上來，我們是情人哪，是一種應該可以透視對方的心的關係呀，不是嗎？爲什麼後來我卻會有這樣的矛盾呢？所以我想把原因找出來，很認眞找，但不管怎麼找，卻始終沒有發現，一直到……」說著，他的眼神看向了我背後的桌上。

「沒關係，我明白，也不怪你，至少你還願意告訴我，對不對？」

「妳可以不怪我，妳願意不怪我，但我要怎麼原諒我自己……」終於，有眼淚從他的眼角滑落，李鍾祺緊閉著眼，低下頭來，可是那淚水卻怎麼也壓抑不住，只能任由它流落。「我很想跟妳說，可是這話卻怎麼也說不出口，但我無法假裝沒這回事，我做不到。那種感覺很強烈，而且每天都在，我覺得很痛苦，不管怎樣都是爲難……」

「沒事的，你現在告訴我了，以後就不會壓抑著了。」

「對不起，眞的……」嗚咽的哭泣聲中，李鍾祺握緊了我的手，「從開始到現在，不管任何時候，無時無刻，都是妳在照顧我、鼓勵我，沒有妳，我眞的不可能撐到現在，我接受了太多妳對我的好，可是卻什麼也不能回報，甚至到現在也還是這樣，爲什麼……爲什麼明明喜歡的是這個人，可是我卻無法阻止自己心裡去想另一個人？我不知道原因，也阻止不了自己，這種感覺壓得我喘不過氣來，很可怕，可是不管怎麼逃，卻始終逃不掉，我完全無法面對自己，對不起……眞的……」說到最後，他終於泣不成聲。

「不要道歉，因爲你從來沒有虧欠過我，眞的。」而我只能輕輕地，這麼對他說。

三月底的初春，南台灣卻已經有夏天的感覺，不過雖然走得滿身大汗，但放眼看出去，是極美的藍綠兩色，倒也讓人心曠神怡。

從台北搭火車南下，到高雄並沒怎麼停留，我跑去轉搭客運，先到恆春，就在恆春鎮上簡單過了一夜，隔天才騎著租來的機車，一路慢慢往南。途中先去墾丁國家公園管理處索取一些資訊。我問櫃檯人員，知不知道這附近有個福安宮，他們說福安宮有兩間，都供奉土地公，一大一小，大者在恆春鎮上，小的則在滿洲鄉。我點點頭，小福安宮應該就是我要找的那一間。跟著我又問他們一些問題，而服務人員也很細心地給了指點。

所以沒在墾丁鬧區多停留，一路騎過去，過了大街之後，一切又慢慢轉變成荒涼景致。左邊是低矮的丘巒連綿，偶爾則有黃沙堆堆，可是更多的則全都是青蔥翠綠的草原風光。這些都是牧草，管理處的人告訴我的，跟李鍾祺所說一樣，這些都是國家輔導農民所種植的草原，在落山風很強的這一帶，稻米一年通常只有一穫，其他時候就種植這些比較耐得住風的植物。我把車速放得很慢，仔細地尋找，就在鵝鑾鼻附近，找到一條石子路。把租來的機車停下，揹著背包，開始徒步前進。路況很差，高低起伏非常多，不時還有很多石子當道。我小心翼翼地往前走時，同時放眼四周，果然一整大片全都是翠綠的草原，清風陣陣，許多已經割刈下來，正任其在地上曬乾的牧草便迎風而拂動。我沒有很好的相機，也沒有絕佳的攝影技術，所以乾脆走到草原中間，把包包一扔，整個人就躺了下去，掠過的風把草屑帶起，漫天而飛，雖然大白天，看不見半顆星星，但這好藍好藍的天空卻如此澄澈純淨，一點白雲都沒有。看得累了，我輕輕閉上眼睛，就在柔軟的草地上，非常安靜地感受這塊土地的氣息。就是這麼寬廣的地方，才能讓人有豁達而真誠的心胸吧？這樣的風景，在台北幾曾見過呢？

也不知躺了多久，幾乎快要睡著，我才慢慢掙扎起身，已經滿身草屑，但無所謂，也不去拍拂，就任它們沾黏在身上。慢慢走回來，再騎上機車時，也不過才中午左右，我在沒發動的機車上坐著，喝喝水，也吃了幾塊餅乾權充午餐。等吃飽後，又繼續騎車往前進，經過水蛙窟時，特別轉進去看看。

這裡以前是青蛙很多的地方，後來因爲開拓公路，導致水資源流失，以致於青蛙的棲息地遭受破壞。近年來經過復育，總算慢慢好轉了些，而同時這一帶也是野放的梅花鹿出沒之處。不過正如李鍾祺所說，大白天的，這種怕生的動物根本躲得不見蹤影。附近的小村落沒有幾戶人家，我不知道李鍾祺他家住在哪裡，總不好在這裡大聲嚷嚷，那會顯得很蠢，而且這也不是我來的目的。停車後，一個人在附近的小路上閒走，沒看見天牛或竹節蟲，倒是呼吸著他曾呼吸過的空氣，用力地看著他曾經看過的風景，直到走累了，這才甘願離開。上了車，要騎出村子前，再回首，幾幢低矮的房舍交錯，我在心裡跟他說：如果哪天你回來了，請記得，我曾這樣走過你家外面的小路，千萬別忘了我。

過午後就開始起風，可是卻一點都不冷。過了佳樂水不遠，就在路邊，福安宮果然非常顯眼。我開心地立刻把車騎過去，然後安全帽一丟，拔腿就往廟門口跑。眞的有小戲台，這裡是李鍾祺以前看「舞台劇」的地方，旁邊有個籃球架，而順著田埂小路過去，眞的有一條水色碧綠的小溪。我站在水泥石板橋上，佇立良久，看著不遠處的山，看看自己置身的這一大片綠色世界，再回頭看看來時路，林梢掩映中，福安宮的牆瓦不遠，這附近的房舍果然才是眞正的「老街」哪，比起來，台北市附近的幾條老街眞的只能是次級品而已哪！但瞧著瞧著，那一份愉悅的心情忽然慢慢地沉了下來。我放下包包，坐在橋邊，不自覺地伸出手來，摸摸掛在左耳上的嘟嘟魚，心裡有種莫名的惆悵。

終於來到這裡了，終於哪。可是卻是我自己一個人來的。那些我們說好的呢？周遭一片安靜，很適合讓人想念。看著幾乎靜止的河水，浮浮掠掠地，有我的倒影，那是孤單的身影，只有我一個人坐在這裡。

他進公司那天，我覺得這人眞是單純得近乎顢頇，可是後來卻發現，那其實就是他的特色，就像水蛙窟那邊的樹木，它們很努力地朝著陽光的方向生長，一點都不虛假，也不掩飾，像李鍾祺的個性；我記得他叔公在飯店大鬧的那一晚，李鍾祺根本就沒有任何解決辦法吧？萬一那個客人不是他的親戚，那事情怎麼善後？不過他就是很勇敢地走上前去了，就像管理處的那些人告訴我的，每年冬天，這兒的老百姓都爲強勁的落山風所苦，卻每年都努力與它對抗。大概是這樣環境下的人，生命中才有那麼勇敢的傻勁吧？即使那天晚上，我們在側門邊，看到映竹與小馬如此甜蜜地走在一起，可是他也沒有放棄過，還依舊把映竹放在心裡。我始終都記得他那時候的表情，帶點悲傷，帶點惆悵，可是咬著牙，卻怎麼也不承認。

後來爺爺來了，他當上特助了，然後我們在大台上猜拳，我其實不是很常跟男生告白的，可是這次我決定要主動，因爲在那個北方的城市裡，也許再也遇不到一個這樣的男人了，所以我不想錯過；然後，我想起更後來，當我流落在宜蘭轉運站時，本以爲他已經去陪映竹了，沒想到就在細雨紛飛的夜裡，他卻開著工務部的車子，大老遠跑來接我。幫我開車門，幫我放包包，他說對朋友都不能見死不救了，對女朋友當然更不行……

所以我們做了很多的夢，他說這座島嶼的最南方是他的故鄉，有偏僻的小路、有蔚藍的天空、有自由的草原，還有太多的回憶，有一天，他要帶我來看看，告訴我他在哪裡長大的。

不知道何時開始的，當我再回過神，竟然已經流了滿臉的淚。從開始到現在，幾個月的時間，即使遇到挫折或打擊，或者經常被那些莫名竄出的不安與惶恐所襲擊，我都不曾掉過眼淚，每次傷心難過時，我總是強自撐起笑容，不想把這些情緒帶給他，可是卻在這麼寧靜的午後，在這個遠離是非的空山幽谷間，我的淚水無聲蔓延，以致於自己竟完全不覺。

那就哭吧，或許所有積蓄的悲傷，也就只能在此刻傾洩了。望著那山，望著那廟宇，望著眼前的河水，我忽然明白，這份愛，它雖然不曾有過轟轟烈烈的開始，卻有個清清楚楚的結束，是呀，就這樣結束了，在那個晚上，我聽完李鍾祺說的話之後，就已經知道自己該怎麼做了。所以這當下的眼淚終於可以不必再忍耐或壓抑了，它盈盈漫漫地流淌，讓我濕了整張臉，把這段短暫卻又極其錐心的愛戀洗得更加透亮純淨，也洗出了更深的刻痕，從此牢牢烙印在心裡的最深處。我不勉強自己去止住哭泣，反而覺得高興，終於能夠痛快地流淚了，爲了那個我深愛的人。

又起了一陣風，沒擦眼淚，抬頭，樹上有落葉正緩緩飄下，像是在對我說什麼似地，在半空中一轉一轉，慢慢地落到河面上，然後順著緩慢的水流漂走。我凝視許久，它問我的是：若這份愛情在成就的瞬間，同時也就預告了結束的終點必將到來，我還走不走這一趟呢？而我看著葉子漂走，淚痕未乾，可是卻帶著笑容點頭，我說：當然願意。

天台上的風很冷，吹得人有種透骨的寒意。原本已經收起來的冬天大毛衣，現在又得重新穿上去。氣象報告永遠都失了那麼一點準頭，說是氣溫會略降幾度，結果現在呢？上來之前看過掛在牆上的溫度計，只有十六度！

剛掛上電話，拎起大外套，我走出辦公室，走樓梯上天台。沒有其他人，想想也是，誰會在這種天氣還上來吹風呢？不是爲了吃飯，也沒有特別想看風景，我剛剛講電話前，本來還繞過去公關部，想跟劉子驥講幾句話的，但一到那邊，卻發現他跟小女生坐得很近，兩個人也不曉得是不是在談工作的事，笑得非常開心，那當下我決定轉個身，還是別去打擾了。《桃花源記》裡的劉子驥不走運，一輩子都找不到桃花源，但是這個劉子驥可不同，只要他願意，說不定會有一堆桃花讓他挑。

放完幾天假回來，能停留的時間很短暫，我還有一堆瑣事等著處理。不過那些其實也還好，這是個有錢就很容易辦事的時代，我所處的地方，更是一個有錢就能擺平絕大多數問題的城市。所以今天完成交接後，只要待會離開公司前再打個電話，搬家公司的人明天一早就會過來。乾媽搖頭嘆氣，直說那些酒都白拚了，其他同事除了祝福，誰也不好多說什麼，只能看著我整理桌子，這張辦公桌我終究還是無緣，以前坐沒幾個月就上樓去當特助，過了四年才回來，又待不到半年，現在卻遞了辭呈。

「都差不多了吧？」乾媽問我，而我點頭，說只剩下最後一件事。

天台上，風聲獵獵，比較起來，還是墾丁的天氣好。旅行時，我回到水蛙窟附近找民宿過夜，晚上就在院子裡看星星，雖然不曉得那些星座怎麼分辨，不過卻感到心滿意足，原來夏天的星空如此璀璨，比起這城市的夜景還要美上萬分。

「爬那麼高做什麼？」我走到階梯最高的地方，站在水塔旁邊，正極目力以遠眺，看能看到多遠的地方，結果樓梯下面卻傳來李鍾祺的聲音。他還是原本的樣子，只是消瘦了點。才幾天沒見，臉頰整個陷落下去，不過，當然大笨鵝還是大笨鵝，略帶點滄桑的眼神裡，依舊有他永遠不變的憨直。

「想知道從這裡能不能看到水蛙窟呀。」我笑著說：「可惜天氣不好，不然搞不好連福安宮我都看得到。」

「妳還記得我跟妳說過福安宮呀？」

「不但記得，而且我跟你說，福安宮旁邊的牧草已經收割了，現在只剩短短的一點點，我本來想去踩一踩的，可是草地上眞的有很多牛大便，所以只好放棄。」

「妳去過了？」他愣了一下，眼睛睜得很圓。

「因爲我知道以後的日子，你可能沒辦法陪我去了呀，所以當然得趁著記憶還鮮明的時候，趕快去看看囉。」帶著笑容，我說：「所以我現在要努力往南邊看，看看還沒有牛大便，要是沒有了，那我就可以再去玩了。」

也笑著，可是卻笑得很悵然，李鍾祺走上十幾階的樓梯，站在我旁邊。「妳看錯方向了，」他把手一指，說：「另一邊才是南邊，妳看的是北方。」

「喔」地一聲，我眨眨眼，給他一個俏皮的笑容，然後轉過身去。可是那邊剛好有水塔，當然什麼也看不到。

「不過這個方向只能看到水塔耶。」他哈哈一笑。

「沒關係，反正這世上不是什麼都能恰如人願的，對吧？」我聳個肩。這句話觸動了彼此，他頓時無語，而我也久久說不出話來。過了好半晌，他才問我是不是眞的非得離開台北不可，如果改變主意了，打通電話到高雄分館給謝大姊，其實馬上就能取消的。

「怎麼能取消呢？都已經安排好了呀。」收藏起所有激盪於心的情感與情緒，我的眼淚在福安宮旁的小溪邊已經流乾了，這最後的一別不該如此濫情，我想讓李鍾祺看到的，是跟那幾個月前一樣，開朗的金魚。所以給他一個永遠不變的笑容，我說：「請不要擔心我，好嗎？你知道我一向都很堅強，很能照顧好自己的，所以不管到任何地方都無所謂，我一定會活得很開心。倒是你，你才要加油呢，以後沒人當你靠山了，知道嗎？要是再不小心把什麼檔案給刪了，或者送進碎紙機了，可得自己想辦法了唷。」

「金魚……」他已經無語，而我也一陣鼻酸，就在眼淚快要落下的瞬間，我忍不住終於還是緊緊地抱住了他。

「記得宿舍裡的垃圾要常倒，地板要常擦，而且你酒量不好，陪爺爺去應酬，自己少喝點；玩模型沒關係，但不要常常熬夜，你用噴漆，記得窗戶也要開著……」最後一次，感受著他身體的溫度，我努力讓自己的聲音聽來不哽咽。這是個好長好長的擁抱，久到我幾乎無法鬆手。最後，當我再抬頭時，在他臉頰上，只留下一個輕輕的吻。

「我知道你會好好的，因爲這麼多年來，我從來沒有看走眼過任何一件事，當然也包括你在內。」深深地吸了好幾口氣，讓自己勉強再平復一點，恢復到可以正常說話的程度後，拍拍李鍾祺的肩膀，我說：「你是我最棒的徒弟，不可以給師父丟臉。」說完，我轉身要下樓梯，李鍾祺也跟著要一起下來。那當下，我忽然又停住腳步，轉過身，問他能不能再陪我玩一次猜拳。

「可是妳會作弊。」他臉上是好勉強的笑容。

「對付你這種程度的貨色，我還需要作弊嗎？」

「這麼有把握？我下班回家可也是有在練的喔！」

「自己跟自己練，左手跟右手猜拳嗎？」模仿他的口氣，我嘲弄著說：「拜託，別開玩笑了。」

笑聲裡，他舉起手來，果不其然，他很習慣地就出石頭，馬上被我的布給打敗。他一愣，而我已經踏下一階。跟著他又是石頭，但我依然是布，所以我又下一階。

「妳慢出！」

「我沒有！」嚷嚷的同時，他出的還是石頭，我也照樣是布。

「這中間肯定有鬼！」急忙忙地，簡直一點都沒長進，看來這幾個月都白訓練他了，李鍾祺已經手忙腳亂，出拳更是不經大腦，又是石頭，就又敗給了我的布。

「不行唷，不行唷，冷靜點呀，我親愛的大笨鵝唷，你這樣只會一直輸唷。」搖頭晃腦，故意說著風涼話，我這次改變戰略，出的是剪刀，果然他就剛好是布。一拳一拳，速度甚快，轉眼間，我已經退到樓梯的最下一階，他卻還在十幾階的最上面。

「聽好，如果我們以後不會再見面，那這就是我要跟你說的最後幾句話。」忽然收攝起所有嬉鬧的語氣，用最認眞殷切的表情，看著階梯頂層的李鍾祺，而他也收起了笑，專注地看向我。「我一點都不怪你什麼，眞的，即使到了現在也還是一樣。對我而言，愛情從開始的那一瞬間，就已經是完美的永恆存在，至於結果，無論是悲是喜，都只要笑著接受就好，沒有任何憤恨或責備的必要。

「所以不管今天我們結束的原因是什麼，或者你以後會跟誰在一起，請你答應我，心裡無論如何，都不要對我懷著一絲絲的愧疚，因爲我愛你，只是因爲我愛你；而後來我們不再相愛了，也只是因爲緣分耗盡了，或是該分開的時候到了，如此而已。你不需要覺得自己對不起誰，好嗎？

「我想跟你說：雖然沒看過一九七六年的世界長什麼樣，但我的一九七六年有屈臣氏、有台北捷運、有便利商店、有三商巧福，而且好棒好棒的是，有你。謝謝你曾讓我愛過，你已經在我心裡留下了最美的記憶，眞的。」說完，我就要轉身，後面傳來李鍾祺急忙要踩下鐵梯的腳步聲，於是我又轉頭，比比他的腳下，眨眨眼睛，用眼神提醒他，千萬別忘了我們的遊戲規則，輸的人要原地罰站一分鐘。
這一刻不該再有悲傷，目送我離開就好。在心裡，我這麼說。

【全文完】

—後記—

那城市

我其實從不曾在那城市裡真正長住過，甚至，每回到那城市，總帶著一點排斥與抗拒，無論為何而去，總在事畢後匆忙離開，就怕多留一分鐘，會讓自己迷失了路徑方向，或者淹沒在洶湧的人潮中——我說的當然是台北。

那城市裡的人們有我所陌生的思維模式與始終跟不上的匆忙腳步，用同樣的語言文法說出我領略困難的內容，也用不太一樣的觀點跟我一起觀看眼前相同的世界。大概是因此，所以太多年來，我只能是那城市的過客，卻永遠無法真正側身其中，並在那裡自由呼吸著。李鍾祺或許就是這樣的人。

本來這不是我今年該寫的故事，但這個故事卻有我非寫不可的必要理由。當年歲漸增，慢慢走出了青澀的少年或青年歲月後，社會化的過程中，忽然明白，愛情原來不會永遠只有愛情，更多時候，風花雪月的背後還有明天午餐吃什麼的顧慮，兩小無猜的甜蜜中，也藏著這個月薪水不太夠用的無奈感。所以我想或許就是時候了。

如果故事裡那段愛情的時間線往後挪一點，金魚不要太早愛上李鍾祺，或許慢慢習慣城市生活的李鍾祺會更加沉著穩定，更能面對與處理自己心裡那些矛盾衝突，那麼這個故事可能會有不同的結局。但如果李鍾祺已經不是最初剛來台北時的李鍾祺，金魚是否還有可能會愛上他？或許這些處在擁擠世界中，卻孤單寂寞的靈魂，誰也找不到一個真正的歸宿吧？人與人的距離愈近時，原來心與心也就愈遠，於是每個人都渴望回到那個簡單而又單純的原本世界，但偏又誰也回不去。映竹最後還是得回去上班，李鍾祺還是得勝任這家大飯店的執行長特助，唯一一個能夠走出去的金魚，卻已經傷痕累累。那城市太美，但美在虛無，美在冷漠，美在每一個走進那城市的愛情迷宮裡的人，都非得成長，也非得頓悟不可。

所以後來我寫的是一個沒有結局的結局，一如大多數我聽過這城市裡所發生的愛情故事一樣。平凡無奇，普遍性之高，彷彿所有看這故事的人都可能成為故事主角，甚至你會覺得，可能在什麼樣的電視劇或小說裡發現過類似的脈絡。但我說，對，就是這樣，因為我們都活在相同時空中，這些愛與不愛只能反覆上演，直到哪天既是對的人，又是對的時間點上，「全文完」三個字所畫的才是完美的休止符。

就別再細細計較李鍾祺或金魚或映竹的每個轉變了吧?當我們都允許這城市裡原來竟有著如此多的不完美時，這些與城市踩著不同步調的人又怎能好好地、自在地呼吸著城市裡的空氣呢?這些人，在品嚐愛情的當下，同時也經歷著疏離、桎梏，以及空洞虛無的痛苦，於是帶著傷，走向各自的結局，而結局之後的一切則只剩下一張名為「後來」的明信片，以及每個人自由的想像。這個故事是結束了，但那城市始終不變的微細冬雨與霓虹掩映中，還有更多等待發掘的美好或不美好，依舊眩惑著每個渴望愛情的人。我是寫小說的人，故事雲淡風輕，留下的是太多如同現實之不可預知的片段，要給每個看故事與活在故事裡的人。

值得一提的是故事人物的名字，金魚的菁瑜二字，已經在爺爺口中解釋過;映竹則人如其名，就如同竹節一般，在一定幅度內可以被扭曲，但壓抑至極時則玉石俱焚，竹能斷而不能折屈，是這樣的精神，讓她最後選擇放棄那段幾乎已成定局的婚姻;李鍾祺是故事中除了女主角之外，唯一需要綽號以表現個性的人，這不在話下，但我想說的是劉子驥，他是故事裡最「台北」的人物，他很自在，懂得改變，雖然內心裡或許還有著對愛情的堅持，卻更知道在現實中如何取捨。他是台北的劉子驥，不是《桃花源記》裡的劉子驥，古代那個劉某終其一生都找不到自己夢寐以求的桃花源，但台北的劉某一如金魚的觀感：只要他願意，恐怕可以有一堆桃花讓他挑。以古映今，其實他才是故事裡最帶哲思的人物。

最後，感謝每個陪我認真寫完這篇小說的人，更感謝每個在陪我寫小說時，還努力幫忙給意見的朋友，在我寫到彷徨無助的時刻裡，多虧了大家的相陪，感激殊深，謝謝你們。

穹風

二〇一一年三月三十日於台中大里

國家圖書館出版品預行編目資料

寂寞金魚的1976／穹風著. －－初版. －－臺北市：
商周出版：家庭傳媒城邦分公司發行, 2011.10（民100）
面：　公分. -（網路小說；183）
ISBN 978-986-272-047-9（平裝）

857.7　　100019192

寂寞金魚的1976

作　　者／穹風
企畫選書人／楊如玉
責任編輯／楊如玉

版　　權／翁靜如
行銷業務／朱書霈、蘇魯屏
總 經 理／彭之琬
發 行 人／何飛鵬
法律顧問／台英國際商務法律事務所　羅明通律師
出　　版／商周出版
台北市民生東路二段 141 號 9 樓
電話：(02) 25007008　傳真：(02) 25007759
Blog：http://bwp25007008.pixnet.net/blog
E-mail：bwp.service@cite.com.tw
發　　行／英屬蓋曼群島商家庭傳媒股份有限公司城邦分公司
台北市民生東路二段 141 號 2 樓
書虫客服服務專線：(02) 25007718、(02) 25007719
服務時間：週一至週五上午09:30-12:00；下午13:30-17:00
24 小時傳真專線：(02) 25001990、(02) 25001991
劃撥帳號：19863813；戶名：書虫股份有限公司
讀者服務信箱：service@readingclub.com.tw
城邦讀書花園：www.cite.com.tw
香港發行所／城邦（香港）出版集團有限公司
香港灣仔駱克道193號東超商業中心1樓
E-mail：hkcitc@biznctvigator.com
電話：(852)25086231　傳真：(852) 25789337
馬新發行所／城邦（馬新）出版集團【Cité (M) Sdn. Bhd. (458372U)】
11, Jalan 30D/146, Desa Tasik, Sungai Besi,
57000 Kuala Lumpur, Malaysia.
電話：(603)90563833　傳真：(603)90562833

封面設計／黃聖文
排　　版／新鑫電腦排版工作室
印　　刷／高典印刷有限公司
總 經 銷／聯合發行股份有限公司
電話：(02)29178022　傳真：(02)29156275

■ 2011 年 10 月 4 日初版

Printed in Taiwan
城邦讀書花園
www.cite.com.tw

定價200元

 ISBN 978-986-272-047-9

商周出版

廣　告　回　函
北區郵政管理登記證
台北廣字第000791號
郵資已付，免貼郵票

104台北市民生東路二段141號2樓

英屬蓋曼群島商家庭傳媒股份有限公司　城邦分公司

請沿虛線對摺，謝謝！

商周出版

書號：BX4183　**書名：**寂寞金魚的1976　**編碼：**

商周出版

讀者回函卡

謝謝您購買我們出版的書籍！請費心填寫此回函卡，我們將不定期寄上城邦集團最新的出版訊息。

姓名：______________________________

性別：□男　□女

生日：西元 __________ 年 __________ 月 __________ 日

地址：______________________________

聯絡電話：__________________ 傳真：__________________

E-mail：______________________________

職業：□1.學生 □2.軍公教 □3.服務 □4.金融 □5.製造 □6.資訊

□7.傳播 □8.自由業 □9.農漁牧 □10.家管 □11.退休

□12.其他 __________________

您從何種方式得知本書消息?

□1.書店□2.網路□3.報紙□4.雜誌□5.廣播 □6.電視 □7.親友推薦

□8.其他 __________________

您通常以何種方式購書?

□1.書店□2.網路□3.傳真訂購□4.郵局劃撥 □5.其他 __________

您喜歡閱讀哪些類別的書籍?

□1.財經商業□2.自然科學 □3.歷史□4.法律□5.文學□6.休閒旅遊

□7.小說□8.人物傳記□9.生活、勵志□10.其他 __________

對我們的建議：

____

____

____

____